U0144293

Lewis・N.Whitby・E.Whitby ◎著
劉華珍・李珮華 ◎譯

理科
英文論文寫作

眾文圖書股份有限公司

前言

這是一本為非英語系國家的科學論文寫作者介紹如何以英文——充滿魅力的全球性共通語言，來撰寫科學論文的工具書。

在這個國際化的社會，尤其是科學技術領域，英文早已突破國界藩籬，成為彼此間溝通交流的語言。學者們藉由英文論文發表研究成果，更是蔚為風氣。日本的研究者所發表的論文數量逐年增加，論文篇數現今已排名全球第四；然而，論文平均被引用率的排名卻落在十名以外，最主要的原因是論文的寫作方式不佳。

對於非英語系國家的研究者而言，不論有無寫作經驗，用英文進行一般寫作已令人頭大，何況是要用英文撰寫能準確傳達研究要旨的論文。然而撰寫論文時，並非只有非英語系國家的研究者有問題，英語系國家的研究者也常寫出內容空洞、格式錯誤百出的論文。由此可知，英語能力固然是撰寫論文的必要條件，但掌握正確的寫作方式能讓論文寫作達到事半功倍的效果。言簡意賅的敘述方式，會讓更多的人了解論文的要旨。這就是本書想傳達的訊息。

本書共分五個 Part、33 個 Chapter。Part 1 為初次撰寫論文的寫作者，介紹英文科學論文寫作的基礎，以及如何寫出出色的英文論文。Part 2 繼而說明對非英語系國家的研究者在撰寫論文時有幫助的英文用法及實用文法，例如冠詞的用法等。Part 3 則將重點擺在如何製作簡單清楚的圖表，以及如何善用電腦及網路來幫助寫作。Part 4 則帶領讀者進入論文寫作流程，從制定寫作計畫、撰寫論文、投稿到出版，一一舉例說明如何增進寫作的效率。Part 5 則以例句點出非英語系國家者撰寫論文時最容易犯的錯誤，並提供解決方法。此外，每個 Chapter 都附有 Key Points，方便讀者複習要點。

　　關於本書的使用方法，筆者建議初次撰寫英文論文的研究者可以從 Part 1 開始看起，等到看完 Part 4，應該就能充分掌握論文寫作的訣竅。有過幾次論文投稿經驗的研究者，可以從 Part 2 看起。至於經驗豐富的研究者，只要瀏覽 Part 5，相信就能觸類旁通。總之，希望本書能提供各個寫作程度的研究者有效撰寫英文論文的方法。

　　本書是將《現代化學》期刊中的連載加以集結整理而成。內文中「Q&A」的部分都是讀者親身經歷的各種疑問。藉此，特別感謝這些讀者。此外，感謝竹谷晶子小姐爲本書繪製生動的插畫，以及平野佳子小姐協助文章的翻譯。最後，感謝東京化學同人的田井宏和先生的大力協助，讓本書得以順利出版。

作者代表

Robert M. Lewis

CONTENTS

Part **1**

基礎篇

科學論文寫作五要素

本書將介紹 technical writing，也就是以英文撰寫科學論文的方法。目前坊間很多有關英文科學論文寫作的書籍，都常只是條列英文片語、句型。本書除了介紹基本句型、文法，更會深入探討**如何撰寫一篇出色的論文**。事實上，並非所有以英語爲母語者都能寫好科學論文，因爲撰寫科學論文，除了要懂得正確的英語用法，還必須熟知撰寫方法。因此，本書除了以科學類英文例句進行解說，教導讀者如何寫出簡潔易懂的的英文，更提供科學論文寫作的實際步驟 (systematic process)。首先，我們來了解何謂科學論文寫作及其寫作格式的演變過程。

1.1 科學論文的歷史

首先來看看歷經數十個世紀的「書寫」(writing) 變遷史。如圖 1.1 所示，約 6,000 年前開始在黏土板上刻寫是書寫的開端，當時要記錄是相當困難的，而約在 4,000 年前開始使用紙莎草紙後，記錄就變得較容易。後來，也曾使用過動物皮革。而紙的發明約在 2,000 年前。最後，約於 500 年前發明了活字版印刷術，記錄的手法開始突飛猛進。

最早的科學期刊 (technical journal) 發行於 340 年前左右，與漫長的書寫歷史相較，科學論文的歷史極短。目前科學期刊所採用的格式，也是近年來的事。美國國家標準學會 (American National Standards

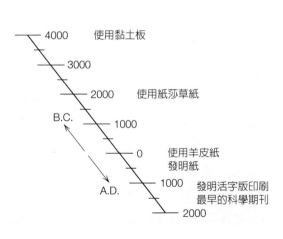

圖 1.1「書寫」的變遷史

Institute, ANSI) 目前所正式採用的 IMRAD (Introduction, Methods〈Materials and Methods〉, Results and Discussion) 標準格式，也不過是出現在 1972 年、短短 30 多年前的事。

300 多年來，收錄於科學期刊的科學論文也經歷了許多變化。早期的科學論文只是現象的紀錄，並沒有提供任何分析或討論。直到 19 世紀中葉，柯霍 (Robert Koch) 和巴斯德 (Louis Pasteur) 等人開始從事研究工作後，人們才開始重視論文的易讀性與實驗結果的再現性。19 世紀後期，受到愛迪生 (Thomas Edison) 和貝爾 (Alexander Bell) 等發明家的影響，實驗設計在論文中漸漸變得重要。到了 19 世紀末，工業革命帶動了科學的發展，科學論文的重要性和影響力日益增加。20 世紀中葉，人類進入了原子時代和太空時代，科學論文的發展臻於成熟，架構也更為完備，至此，科學論文的影響力已達世界規模。21 世紀的今日是資訊革命的時代，科學發展全面地影響人類的生活，這也意味著科學論文將持續扮演重要的角色。

1.2 科學論文的重要性與日俱增

今日，我們必須清楚了解科學論文的重要性。科學論文的重要性，從現今發行的科學期刊數量即可得知。1945 年，新創刊的科學期刊寥寥可數，但到 1955 年就多了 150 本，到 1965 年，新創刊期刊甚至多達 300 本。然而，1971 年創下近 400 本科學期刊創刊的高峰後，數量便逐漸減少，到了 1988 年，新創刊的科學期刊只剩 100 本。但若將所有科學期刊加總，現今全球發行的科學期刊則多達 10 萬本。若再加上不會刊登於科學期刊的大學、企業、政府機關、公

何謂吸引讀者的論文？

共機構等發行的刊物，數量其實是成長的。這個數目顯示科學論文的成長及撰寫出色的科學論文的重要性。因為讀者的時間有限，無法瀏覽所有的期刊，因此，為了將論文刊載在知名的期刊，讓更多的讀者閱讀，就必須寫出質優的科學論文。如前言所述，若依循一般英文寫作的方式，是無法寫出一篇出色的論文的，所以要如何有效地寫出令人印象深刻的出色論文，是我們必須深思的問題。

1.3　科學論文的特色

　　我們再來看看科學論文的特色以及和其他類型的文章的差異。科學論文要傳達的是科學知識的**新資訊**，這些資訊是**基於事實得以實證、再現的**，而且是企業和國家投注龐大資金所得的**重要資訊**。下一世代的人透過刊載的科學期刊或是各種摘錄服務 (abstracting service)，**得以在世界各地輕鬆地取得這些資訊**。以上是科學論文和報紙及小說最大的差異，也是科學論文之所以重要的原因。

　　科學論文除了有助於保存人類幾世紀以來所**累積的知識**，新發表的科學論文也可促進科學的發展。此外，科學論文是**研究的最終階段**，具有重要意義，若沒有將研究成果傳達給他人（即使是研究團隊中的成員）的這個最終階段，研究就不算完成（圖1.2）。發表研究成果，是科學論文最重要的任務。透過科學論文將成果傳達給成千上萬的讀者，研究才算完成。

圖 1.2 將研究結果傳達給他人，研究才算成功
(Research Communication)

1.4 科學論文寫作的五項要素

　　接著來看撰寫科學論文的五項要素。在基礎篇中，我們將以這五項要素為中心（圖 1.3），一一介紹撰寫科學論文的注意事項。圖 1.3 中最上方的 Planning & Writing（計畫 & 寫作）是寫作第一要素，也是撰寫科學論文的基礎。先擬定計畫，再著手撰寫。接著我們來看看如何擬定計畫並有效率的撰寫。

　　擬定計畫時，第二和第三要素相當重要，務必注意文章的 logic（邏輯）與 organization（組織）。科學論文的 logic，指的是依循研究主題發展而來的科學邏輯、推論，是描述研究結果的邏輯，也是討論研究結果的重要性時的邏輯。logic 也可以指我們運用單字 (word)、句子 (sentence)、段落 (paragraph) 和章節 (section) 來表達的意思和推論。

> **Key Points**
>
> ● 日本科學論文的國際地位，在數量上持續增加，但品質不佳。
>
> ● 因為缺少易懂且具震撼性內容的論文。
>
> 科學論文影響力的全球排名 (1992~2002)
> （摘自 Essential Science Indicator）
>
> | 國名 | 平均被引用率 |
> | --- | --- |
> | 美國 | 11.75 |
> | 英國 | 9.86 |
> | 德國 | 8.37 |
> | 法國 | 8.21 |
> | 日本 | 6.83 |
>
> 被引用率，即論文被引用的次數

計畫 & 寫作
(Planning & Writing)

邏輯
(Logic)

組織
(Organization)

科學論文的寫作技巧
(Technical Writing)

文法
(Grammar)

視覺影像
(Visual)

圖 1.3　出色論文的構成要素

organization 是指句子、段落、章節的架構。好的文章架構和不好的文章架構都各有優缺點。要撰寫清楚易懂的科學論文，organization 是非常重要的。

organization 與第四要素 grammar（文法）息息相關。這裡指的文法，包括基本文法 (basic grammar) 和科學論文使用的特定文法 (special grammar)。基本文法指的如冠詞 (a, an, the) 的使用時機等；科學論文的特定文法指的則是像以 to 代替 in order to 的用法或不用 very unique 的理由等。

關於第五項要素的 visual（視覺影像，圖片、表格、照片等），也需要好好說明一下。visual 是指使用圖表清楚呈現想表達的內容。我們在後面的章節會詳述 visual 的使用時機，或該用哪一種 visual 等準則。

上述的五個要素，除了文法以外，皆適用於任何語言的科學論义，而我們在之後的章節提到的科學論文寫作方式，也能應用於以中文撰寫的論文。

科學論文寫作準備

　　撰寫科學論文的首要任務便是擬定計畫。也就是思考要寫什麼、爲何而寫、爲誰而寫、重點爲何等。爲了要確認這些項目，在著手撰寫前，最好先擬定一份用以釐清方向、歸納要點的 worksheet。只要擬定完整的計畫，就能有效率地完成論文。當然你也可以不擬定寫作計畫，但這樣寫出來的論文常常必須一修再修，反而浪費許多時間，相當沒效率。擬定計畫後，尚須完成論文的 working model 等作業，亦即擬定大綱 (outline) 和版面配置作業。首先，先來看看如何擬定寫作計畫表。

2.1 擬定寫作計畫表

　　圖 2.1 的 worksheet 即爲一份寫作計畫表 (Planning a Paper)。若完成此表格，也就等於爲論文寫作打下了穩固的根基。或許有人會認爲塡這樣的

未擬定計畫就開始撰寫，事後修改將會非常辛苦。

Planning a Paper
寫作計畫表

(1) Author(s)

作者

(2) Tentative title

暫訂標題

(3) Type of paper (abstract, lab report, short paper, full paper, etc.)

論文類型（摘要、實驗報告、短論文、長論文等）

(4) Distribution (laboratory distribution, journal name, etc.)

投稿單位（實驗室、期刊名稱等）

(5) Planned length of paper (number of words)

論文預計長度（字數）

(6) Writing deadline (if any)

截稿日期（若有規定）

(7) Type of readers (general, specialists, business, etc.)

讀者類型（一般大眾、專家、商業人士等）

(8) Type of coverage (simplified, general, review, detailed, etc.)

涵蓋內容（簡單、一般、總論、詳盡等）

(9) Purpose of paper (inform, convince, PR, etc.)

論文目的（提供資訊、說服他人、PR 等）

(10) Main point of paper (specific point)

論文重點（具體要點）

(11) Importance of paper to reader (why should they read it?)

論文對讀者的重要性（他們為什麼要讀這篇論文？）

Note: *Carefully check report/journal guidelines for requirements!*

注意事項：請仔細確認報告／期刊投稿指引中的規定！

圖 2.1 Planning a Paper（寫作計畫表）的範例

worksheet 很浪費時間，最有效率的方法就是立刻動手撰寫。但想想只要花幾分鐘的時間完成這份 worksheet，就可以避免重寫的麻煩，使用 Planning a Paper 的好處，也就是可以將心力集中在撰寫優質的論文上。這是有效率撰寫科學論文的 systematic process 的第一階段。

2.2 較為制式的項目

我們依序來看 Planning a Paper 中的每一個項目。最初的六項是較為制式的項目，不必花費太多心思。

第一項是作者 (Author(s))，如果論文作者只有一人時，就不會有困擾（只有其他人認為自己的名字應該記載在作者欄時，才可能發生問題）；作者不只一人時，作者一欄就顯得相對重要。是不是所有參與者皆須納入作者欄？這和作者的排列順序是否正確反映出對研究的貢獻度息息相關（貢獻最多的人在最前面）。關於作者一欄將在 Chapter 4 中詳述。

第二項的暫訂標題 (Tentative title) 雖然表示事後還可以更改，但還是要謹慎思考。好的標題必須正確、簡潔、易懂，並能確切傳達論文的內容。

第三項為論文類型 (Type of paper)。撰寫論文前，必須先釐清論文的類別。究竟是摘要 (abstract)、實驗報告 (lab report)、短論文 (short report)、長論文 (full paper) 中的哪一類，才能有效率地撰寫。因為不同類型的論文，其所須的內容及形式都不一樣，所以撰寫前必須正確掌握論文的類別。

第四項的投稿單位 (Distribution) 則代表論文將刊載於何處。投稿單位的不同會影響稿件的規定，論文的格式也會因此南轅北轍。若論文只是作為公司的內部報告之用，那麼寫作時只要依循每家公司自有的格式即可；若投稿對象為雜誌社，則必須根據每家雜誌社規定的格式撰寫。這和第五項的論文預計長度 (Planned length of paper) 有直接的關係。論文的長度（字數）是雜誌社相當重視的部分，不同類別的論文都有其最多字數的限定。第六項的截稿日期 (Writing deadline) 是最現實的項目。有了截稿日期，你才能妥善安排寫作進度，才能在

有限的時間內，及時完成一篇出色的論文。

以上是擬定計畫時較爲制式的的項目。

2.3 需要深思熟慮的項目

第七項的讀者類型 (Type of readers) 和第八項的涵蓋內容 (Type of coverage) 是指所設定的讀者是誰、論文形式爲何。具體而言，就是要填入所設定的對象是所有科學家或只是特定領域的專家，形式爲總論還是詳細報告等。

第九項的論文目的 (Purpose of paper) 則具體指出論文的目的。在此項目中，你必須告訴讀者你的論文是要呈現新的研究方法、比較新舊的研究方法、公司及研究所的 PR、或同時涵蓋這些目的。論文的目的將會大大地影響論文的性質。

> **Key Points**
>
> 擬定寫作計畫表的注意事項：
> 寫作的目的
> - 論文的重點爲何？
> - 重點應簡潔明瞭。
>
> 讀者的興趣
> - 讀者對什麼感興趣？
> - 常考慮到讀者。論文並非爲自己而寫，而是寫給讀者看的。

寫作計畫表中，最重要的要屬第十項──論文重點 (Main point of paper)。撰寫論文前須仔細思考論文重點爲何。若無法將論文的重點歸納成簡單明瞭的一覽表，就無法進行下一步。假設無法立刻歸納出重點，就必須再次審視這個主題。大部分品質不佳的科學論文就是因爲重點不清，夾雜不相干的話題，使得主題脈絡不清而失焦。寫作者若尚未釐清該寫什麼前就開始撰寫，只會寫出內容繁雜、或是在完稿前必須不斷修改的論文。

藉由填寫最後一個項目，寫作者得以意識到論文不是爲自己而寫，而是爲讀者而寫，此外也能釐清論文的目的。寫作者要設想讀者從論文中，能得到什麼好處。若不清楚時，就必須反問自己「眞的該寫論文嗎？」這個根本問題。如果能清楚了解自己寫的論文對讀者有何益處，就能夠寫出主題明確，對讀者相當有助益的論文。

2.4 再次確認投稿規定

Planning a Paper 記載的項目，適用於所有的科學論文。表格最下方的 Carefully check report/journal guidelines for requirements!（請仔細確認報告／期刊投稿指引中的規定！）是再次提醒寫作者留意投稿單位的特殊限制（例如章節的組成、字數及參考文獻的限制，或圖表的字數、記號和標線等規定），以免因為稿件格式不合遭到退件，或者論文內容遭大幅修改。

Chapter 3 科學論文的基本架構

3.1 邏輯和組織

　　一篇出色的論文必須先具備完善的研究方法及結果，進而透過清楚的邏輯 (logic) 和良好的組織 (organization) 撰寫而成。若論文的邏輯和組織不清楚，即使運用再出色的英文詞彙或句型，依然會顯得拙劣。邏輯指的是對於研究的想法、動機、原理等能清楚呈現，使論文的概念及脈絡明確而不矛盾；而組織指的是論文各部分的格式及架構。論文各部分的相互關係很重要，從章節 (section)、段落 (paragraph)、句子 (sentence) 到單字 (word) 都關係到是否能寫出一篇出色的論文。論文要具備清楚的邏輯和組織，就如 Chapter 2 所述，要先從擬定寫作計畫表開始。擬定計畫時，論文的主題很重要，寫作者要明確知道最想要傳達給讀者的訊息是什麼，這樣才能夠運用充分的論證及適合的結構來闡明主題。此外，為了寫出邏輯性強且組織完整的論文，簡潔及一致性也相當重要。

組織不良顯得亂七八糟。

3.2 科學論文的基本架構

　　科學論文的基本架構如圖 3.1 所示。在 Chapter 4 之後會針對各項詳加解說，我們簡單來看一下關係到整篇論文邏輯和組織的兩項基準：section（章節）與 paragraph（段落）。首先從論文 section 的邏輯和組織看起。

　　如 Chapter 1 所述，目前科學論文的 IMRAD 格式，是經過 300 年以上的時間逐漸發展而成的。所謂的 IMRAD 指的是 Introduction（緒論）、Methods（研究方法）、Results（研究結果）and Discussion（討論）這四個章節。這四個 section 是科學論文的基本架構，依論文性質的不同，有時會在文前加上 Abstract（摘要），或是以 Conclusions（結論）作為論文的最後一章。另外，有些論文會將 Methods（研究方法）改成 Experimental 或是 Materials and Methods。這幾個 section 目的在於告訴讀者：為何研究、以何種方式研究、得到何種結果，以及這個結果對研究主題有何意義。

　　首先我們來看看各個 section 的功能和彼此間的關係。首章的 Introduction 揭示論文的目的和背景，說明研究的重要性及採用的研究方法。讀者從這章便能得知研究主題的概略、重要性及研究方法。第二章的 Methods 則針對 Introduction 所敘述的主題，鉅細靡遺地重現整個實驗過程，例如使用了哪些器材、設備、步驟等，讓讀者得以按部就班複製該實驗。而第三章的 Results 則是呈現透過 Methods 所述的實驗而得到的結果。科學論文的研究結果通常都具有獨創性，是以前的研究不曾有的結果，因此這個 section 格外重要。而最後的 Discussion 則探討依 Introduction

1. Title（標題）

  2. Author(s)（作者）

3. Abstract（摘要）

4. Introduction（緒論）

5. Methods（研究方法）

6. Results（研究結果）

7. Discussion（討論）

8. Conclusions（結論）

9. Acknowledgments（致謝辭）

10. References（參考書目）

圖 3.1　科學論文的基本架構（有時不用 3 和 8）

表明的研究主題所得到的結果的重要性。各個 section 各自完成任務，卻又在邏輯、組織上有所關聯，這樣才能造就一篇架構完整、邏輯清楚的出色論文。我們接著再來看看爲何邏輯和組織如此重要。

3.3 邏輯比英語本身重要

英語系國家的論文寫作者也常寫出品質拙劣的論文，他們的英文底子雖然強，但因爲不熟悉論文各 section 的順序及架構，所以常常看到有些論文的 Introduction 沒有充分說明研究目的，或是將結果放到 Methods 一章、將實驗方法放到 Results 中，甚至將 Results 和 Discussion 併在同一章節，或是在 Discussion 中又介紹新的實驗方法和結果。如此使得整篇論文散亂無章、難以閱讀。

由此可知，要寫好英文論文只有英文好是不夠的，更重要的是邏輯和組織。撰寫論文時若發生英文文法及語法上的錯誤，是可在校正時修正的小問題，但若出現邏輯和組織拙劣的情況，就是大問題了，若要從頭修改，除了須耗費相當多的時間和精力，甚至可能已無法改成一篇好論文。一般來說，若論文的邏輯和組織都很差的話，常常是因爲該實驗進行的很馬虎，甚至研究本身就不正確。像這樣的研究，經常是搞錯研究中 main objective（主要目的）的 key experiment（主要實驗），或是有意識地操作實驗以取得結論，以至於得到錯誤的結果，或結果無法爲想求的結論立證。爲避免這些情況，一開始就要先思考何謂好的邏輯和組織，才能寫出一篇好論文。此外，也要注意各 section 間的關聯性。

3.4 擬定論文的 Outline

擬定 outline（大綱）對於撰寫邏輯清楚、組織完整的論文有很大的幫助。圖 3.2 是論文 outline 的其中一種格式。不同的研究主題，都會有其適合的格式，

所以格式不侷限於一種。若能依循上述各個 section 的邏輯及組織的說明，擬定
outline 就不是難事了。擬定 outline 的最大優點在於一開始就能概觀整篇論文的
分級層次。將論文細分成各個項目，論文會更容易撰寫。猛然下筆寫論文，是非

I　Introduction

  A. Background

  B. Research topic of this paper

  C. Methods used (in general)

  D. Key findings (simple summary)

II　Methods

  A. Materials

    1. Material X

    2. Material Y

    3. Material Z

  B. Methods

    1. Method 1 for materials X, Y, and Z

    2. Method 2 for materials X, Y, and Z

    3. Method 3 for materials X, Y, and Z

III　Results

  A. Results 1, 2, and 3 for method 1 on materials X, Y, and Z

  B. Results 4, 5, and 6 for method 2 on materials X, Y, and Z

  C. Results 7, 8, and 9 for method 3 on materials X, Y, and Z

IV　Discussion

  A. Significance of results 1, 2, and 3

  B. Significance of results 4, 5, and 6

  C. Significance of results 7, 8, and 9

  D. Overall conclusions regarding initial research topic based on results

圖 3.2　Outline 的範例

常辛苦的作業，而且不太可能一下子就寫出全部內容。相對地，將論文細分成一、兩個段落來寫，就簡單多了。因此，藉由 outline 的細分，有助於輕鬆撰寫論文。outline 的各個項目，可再細分為數個段落。outline 中的 section 及其標題，常常直接沿用，成為論文的 section 和小標題。

　　圖 3.2 為 section 和 sub-parts 組成架構的範例，這個範例採用將各 section 再分成各小節的格式。這種格式清楚易讀，適用於多種論文。不同類型的論文都有其適合的格式，但不管使用何種格式，最重要的是一定要有清楚的邏輯架構。

3.5 Paragraph 的組成

　　paragraph（段落）的撰寫也和 section 一樣，寫得好不好與英文的好壞沒有絕對的關係，反而與是否充分理解 paragraph 的邏輯和架構密切相關。paragraph 由句子構成，單位大小僅次於 section（或 sub-section）。然而 paragraph 並非只是由數個 sentence 組合而成，更應該具備良好的架構，包含 introduction（開頭）、body（正文）及 end（結尾）三部分。此外，paragraph 與 paragraph 間也要有邏輯上的連貫性。首先，要記住 paragraph 是用來說明一個 topic（主題）的單位，作者藉由這個單位將主題傳達給讀者。因此，paragraph 並非只是句子的排列，而是合乎邏輯的架構，不妨將這個過程視為建構出多次元網絡組織的歷程。那麼，paragraph 的理想架構 (structure) 應該如何呢？

　　如前所述，paragraph 不只是將句子集結起來，而是為了傳達某一主題而將數個句子組合在一起。再次提醒，一個 paragraph 只說明一個主題。paragraph

Key Points

科學論文的寫作格式，目前最多人使用的為 IMRAD System。IMRAD System 各 section 的主要功能如下：
1. Introduction（緒論）
   - 揭示論文的目的和背景。
   - 說明研究的重要性及研究方法。
2. Methods（研究方法）
   - 重現整個實驗過程。
   - 不放入結果和討論。
3. Results（研究結果）
   - 呈現研究結果。
   - 不提及實驗方法和討論。
4. Discussion（討論）
   - 總結整份研究。
   - 在 Methods 不提及其他方法，或以其他方法得到的結果。

的主題由主題句 (introductory sentence, topic sentence) 交代清楚。主題句要明確傳達該 paragraph 的重點，所以除了該 paragraph 的主題，不要牽扯到其他主題、甚至其他 section 的相關探討，以避免敘述內容太過龐雜，導致主題模糊失焦。所以，在撰寫 paragraph 前，要先仔細思考 paragraph 的主題為何，以及它和前後 paragraph 之間的相關性。

3.6 開頭的重要性

　　若能依照上述的原則撰寫 paragraph 的主題句，除了能簡潔明確地說明 paragraph 的要旨 (essence)，還是忙碌讀者的好幫手。忙碌的讀者只要快速瀏覽 paragraph 的主題句，就能得知論文的梗概，並決定是否繼續閱讀該論文。另外，主題句若寫得不好，讀者在還沒讀完整篇論文前就無法了解內容。這樣的論文大多是整體架構欠佳。寫好了主題句，接下來就是正文 (body) 的部分了。

3.7 正文的架構

　　正文承接開頭而來，用以說明或支持主題句的論點，是段落的重心。為了讓 paragraph 呈現出簡單易懂且具邏輯性的結構，依其內容或主題的不同，正文的架構 (structure) 主要有幾種，一是井然有序地依次鋪陳重點，屬直線性鋪陳方式的 paragraph；二是將重點平行排列，最後再整理、歸納，這兩種方式都是正面支持主題句論點。有時為了證明適合主題的可能性只有一種，也會提出幾個不同的可能性進行比

Key Points

段落的構造如下，一個段落只提及一個主題。

開頭（點出段落主題）

正文（鋪陳段落主題）

結尾（結論，結束該段落，並與下一個段落作連結）

較、檢討。如此，paragraph 的正文架構就有各種不同的形式。而不管是採取何種寫法，最重要的是要能明確地闡明 paragraph 的主題。

3.8 結尾

　　paragraph 的最後，要加入適當的結語作結尾。結尾的方式有很多種，例如歸納正文重點的歸納型結尾；從正文導出結論，提示最終重點的結論型結尾；將該 paragraph 的話題連結到下一個 paragraph 的連結型結尾。哪一種 paragraph 的結尾方式比較好呢？這得取決於寫作者要在 paragraph 表達的重點為何。重要的是結尾必須能支持該 paragraph 的主題，並且為下一段 paragraph 作鋪陳。論文的 paragraph 若彼此間的關係密切，就能從頭到尾都吸引住讀者的目光。

3.9 Paragraph 的長度

　　一個 paragraph 可以傳達一個概念，且由開頭、正文、結尾所組成，所以基本上也就大致決定了一個 paragraph 的句子數量。一個 paragraph 不宜太長，但

paragraph 由 introduction, body, end 三個部分構成。

要將開頭、正文、結尾皆納入 paragraph 中，也不是兩三個句子就可以解決的。因此，在考慮如何均衡架構各 paragraph 時，檢討各 paragraph 是否太長或太短也是不錯的方法。

3.10 Paragraph 的寫作範例

我們在此提供一個 paragraph 範例，供讀者檢視其架構 (structure) 及組織 (organization)。

Good technical writing is an important part of doing good research. Research is always a smaller part of larger activities such as intellectual progress in a particular scientific field or development of products at a company. Without technical writing, the exchange of important results in a growing scientific field would be severely diminished, resulting in much less progress in that field. In the same way, technical writing in the form of reports, summaries, memos, etc. helps speed the progress of product development at companies. Imagine trying to do good research in a scientific field or on a new product development project, but without the aid of being able to read or write technical papers. Progress would drop from 100% to perhaps 25% or less. Now, imagine that you are able to read and write technical papers, but that they are poor in quality, with bad writing, mistakes, incorrect conclusions, etc. This would allow you to progress at better than 25%, but you would not be able to make 100% progress. Thus, we can see that good technical writing is a very important part of doing good research. It is an important part that we should be as good at as we are at doing the research itself.

高品質的科技論文是達成卓越研究的重要環節。研究一直是屬於特定科學領域的發展或企業開發新商品等活動中的一部分。一個成長中的科學領域如果少了科技論文，重要研究成果的交換將急遽減少，阻礙該領域的進步。同樣的，不管科技論文是以報告、摘要、備忘錄或其他形式出現，都能幫助企業加速開發商品的腳步。試想，如果你想在科學領域或新產品的研發過程中達成卓越的研究，卻無法讀寫科技論文，研究進度可能會從 100% 降至 25% 左右，甚至更低。假設現在你有能力讀寫科技論文，但所讀到或所寫的論文品質極差，例如文筆拙劣、錯誤百出或結論不正確等，或許你的研究進度可達 25% 以上，但絕不可能達到 100%。由此可知，高品質的科技論文是達成卓越研究非常重要的一環，與研究本身占有同等重要的地位。

　　這段例文的主題句明確點出 paragraph 主旨：點出了 technical writing（科技論文）這個明確的主題，並說明科技論文是 good research（卓越研究）的 important part（重要部分）。接下來的正文緊扣著主題句發展，呈現具邏輯的結構：先強調若沒有科技論文，研究進步空間有限，接著又說品質拙劣的科技論文也會限制研究的發展。最後的句子也是此 paragraph 最重要的一點，指出在進行卓越的研究時，高品質的科技論文極其重要。結尾部分還以 very（非常）來強調科技論文的重要性，並由此導入下一個 paragraph——如何寫出卓越的論文。

3.11 Paragraph 的關聯性

　　如果寫作者清楚如何寫出好的 paragraph，那麼就應該了解如何加強 paragraph 間的關聯性。就像在 paragraph 中句子的組合方式有許多種，論文中 paragraph 的組合方式也有很多。若全篇只有一個主題時，可以於 introductory paragraph 揭示主題，其餘的 paragraph 則順著依次發展（圖 3.3 a）。若 introductory paragraph 包含三大主題時，那麼接下來的 paragraph 則須分別討論三大主題（圖 3.3 b）。主題的數量不同時，排列的方式也會跟著改變。

撰寫 paragraph 時，必須謹記架構要具有邏輯性。而邏輯性和架構，則必須考慮到句子和單字的層面。

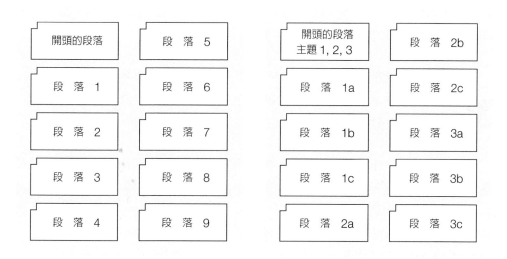

a. 直線性排列段落　　　　　　　　　b. 開頭段落中有三個主題

圖 3.3　段落的排列方式

Q & A

Q technical writing 和 scientific writing 有何不同？

A 若是指要投稿至 *Nature* 或 *Science* 這些期刊的文章，以 scientific writing 或 scientific paper 稱呼就很合適。不過，研究論文不單指這類論文，還包括公司的內部報告，這些報告並不適合稱為 scientific paper。所以，若是想以最廣義的方式表達「撰寫研究論文」時，technical writing 這個說法較為恰當。

Chapter 4

標題、作者、致謝辭的寫法

從本章開始，我們將詳細介紹論文各 section 的寫法。首先，我們從標題、作者與致謝辭的寫法開始。

4.1 標題的功能

論文的標題 (Title) 是讀者第一眼看到的部分，標題吸引人，才會引發讀者閱讀的動機。此外，近年來許多論文資料庫都是透過標題來搜尋論文，所以透過標題接觸論文的讀者正持續增加中。因此，標題可以說是論文 section 中最重要的角色。適當的標題除了能正確傳達論文的內容，還能引發讀者閱讀的興趣。然而卻有相當多的寫作者不太注重標題的呈現。標題是否恰當，是撰寫論文時相當重要的事情。

標題下的不好通常是因為不夠明確，讓讀者搞不清楚論文的主題為何。因此，就算讀者對該主題的研究很有興趣，但因為標題不明確，讀者就可能因此不會選擇該篇論文。除了不明確，標題的主題若與內文不符，也會造成讀者的困擾，例如利用標題在資料庫搜尋論文的讀者，就可能搜尋到標題與內文不符的論文。因此，必須寫出能正確且充分表達論文主題的標題。另外，標題一定要簡潔。

那麼，要如何才能下一個漂亮的標題呢？

4.2 如何下個好標題

我們以 Studies on Ceramics（陶瓷研究）這個標題為例，來看看如何下一個好標題。首先，這個標題太過籠統了，光憑這樣的標題很難推測論文的內容。

幾乎所有科學論文的標題都會出現 study 或 investigation 這樣的字眼，所以這個標題裡有意義的字就只剩下 ceramics 而已。為了讓標題更明確，應該加入 study 的具體內容。例如：

Interaction of Ceramics with Surfaces
陶瓷與各種表面交互作用

　　這樣一來，研究範圍便縮小了，也比先前的標題更明確，但是讀者依舊不清楚是哪一種陶瓷和哪一種表面的交互作用，因此，可以改成：

Interaction of Silicon Nitride with Metal Surfaces
氮化矽與金屬表面交互作用

　　這樣的標題就很清楚了。
　　如果想要進一步標示是哪一種金屬，可以寫成：

Interaction of Silicon Nitride with Stainless Steel Surfaces
氮化矽與不銹鋼金屬表面交互作用

　　如果想要表示是哪一種 interaction，也可以改成：

Chemical Bonding of Silicon Nitride to Stainless Steel Surfaces
氮化矽與不銹鋼金屬表面化學鍵結合

最後定案的標題能讓讀者清楚理解論文的內容為何，同時做為判斷是否需要閱讀這篇論文的依據。記住，標題必須簡潔、正確、具體而清楚。標題要簡潔，切忌加上 Studies on the（之研究）這類沒意義的字眼。

4.3 標題字母大寫規則

並非所有期刊都會規定論文標題單字的第一個字母要大寫 (capital)，寫作者要先記住這點。如果要使用大寫，重要的是要區分須大寫的字母和不須大寫的字母。乍看之下似乎很複雜，但其實非常簡單。標題中大寫的用法，只要記住兩個原則：

- 第一個單字字母要大寫
- 重要單字的第一個字母要大寫

第一項原則很清楚，但第二項「重要單字的第一個字母要大寫」，就顯得麻煩多了。哪些單字是重要單字呢？只要剔除不重要的單字就很清楚了。所謂不重要的單字包括：

- 冠詞：a(n), the
- 介系詞：about, at, for, in, with...
- 連接詞：and, but, since, while...

除了這些字以外，標題其他單字的第一個字母都要大寫。不過，**遇到 to 當不定詞使用時 (to be, to go, to write, to hold...)，to** 的第一個字母要大寫，例如 Compounds To Be Tested（待測試的化合物）。

另外，單字以連字號連接時，**連字號後所連結的單字，也視為重要單字，第一個字母要大寫**（不過 X-ray 例外）。一般寫作者很容易忽視「連字號前後的單字的第一個字母要大寫」，要特別留意。例如：

Analysis of Light-Induced Reactions on Thin Films by Using X-ray
Diffractometry
於薄膜上產生的光誘發反應之 X 光繞射分析

4.4 作者的排序

我們接著來看作者欄 (list of authors) 的相關問題。若考慮各種層面，作者一覽表的排列會有以下情況：

1. 為求公平性，作者以字母順序排列
2. 為表示重視，即使沒有任何協助，也列出上司的名字
3. 為求謹慎，列出所有提供建議者
4. 為求更謹慎，列出所有相關人士
5. 為表示慎重，將最有貢獻者列在最後
6. 為求一目了然，將最有貢獻者排在最前面

把這些可能的排列方式列出後，其實已經可以看出哪種最適合了，不過，我們還是依序來看看以上這些方式。

第一種依字母順序排列的方式，只是將名字排列出來，看似十分公平，但卻無法顯示出最有貢獻者是誰。

第二種方式很容易引起誤解。為什麼呢？一般而言，讀者會認為在作者欄列出的所有人士，都對研究有不少貢獻。因此，若於研究過程中，上司的貢獻微乎其微，那麼就沒有必要將其列入作者欄中。若非得提到，則可將其放在致謝辭中。同樣的，對第三點的提出建議者，只要在致謝辭中提到就可以了。第四點的相關人士就更不用說了。

　　第五種方式相當常見，將最有貢獻者列在最後，而次重要者放在第一個，第三重要者放在第二個，依此類推。但這個方式卻是最不清楚的，所以不適合作為決定作者排列順序的方式。

　　第六種依據對論文的貢獻度，來決定名字的排列順序是最符合邏輯、也最容易理解的。所以最適合科學論文作者欄的作者排列方式，應該將最有貢獻者排在第一位，第二位為次要貢獻者，依此類推。其他與研究無直接關連者，例如在研究過程中提供些許建議，或是加油打氣的人，只要在致謝辭中提及就可以了。

　　上面介紹了一般作者欄的排列方式，然而不同的期刊會有不同的規定，例如有些期刊會將上司放在最後。因此以上所述僅供參考，寫作者還是要依照投稿單位的慣用方式或規定來排列。

作者欄的列名順序可以依貢獻度來決定。

4.5 決定貢獻度的方法

　　要不要把某人放進作者欄中，可以依其貢獻度來判斷。若只是在研究室內稍微幫忙的人，沒有必要放進作者欄中；而對於只協助進行一般性分析或實驗、或

對研究的獨創性並無貢獻者，在致謝辭中表達謝意就可以了。作者欄應該只放那些爲了讓研究順利進行，積極提出指示，並率先著手進行，對研究有重要貢獻的人，以認同他們對該研究的貢獻。當協助者太多時，寫作者常常會陷入應將某人放進作者欄、還是放在致謝辭的兩難中。不過，只要將積極參與該研究並帶來重大貢獻者與只是提供些許建議的協助者分清楚，應該就不會太困難了。

4.6 作者姓名的寫法

作者欄中作者的姓名該用 full name 還是縮寫，基本上只要依照投稿單位的規定即可。只要期刊許可，first name 和 last name 可以完整寫出，遇到 middle name 時，再使用縮寫。但若考慮以資料庫搜尋時，較易搜尋且不出錯的情況，則可以將全名列出。

> **Key Points**
> - 標題必須清楚、具體、簡潔。
> - 標題的單字，除了不重要的以外，第一個字母皆大寫。
> - 作者欄中，將最有貢獻的作者列在最前面。

4.7 地址的寫法

地址（address，一般而言是所屬的研究單位和地址）通常和作者欄放在一起，寫法依照投稿單位的規定即可。若期刊許可，甚至可列出所有作者的地址。而若數名作者同屬一研究單位，則列出所屬研究單位及地址。地址的順序可依照作者欄的作者順序來排列，或是利用編號讓作者和地址對應更清楚。再者，作者欄中，若有人更改地址，也要加上「現址」。此外，電子郵件的使用已成常態，所以務必將電子郵件地址 (E-mail address) 也一併附上，方便讀者與作者連絡。地址的記載對於在資料庫中搜尋論文也有很大的幫助，因爲當數名研究者同名同姓時，就可以透過地址來分辨。所以，清楚正確地記載地址，對讀者幫助頗大。以下爲地址記載的範例：

Albert Einstein, Robert Lewis, and Nancy Whitby

Central Research Laboratory, New Ideas Department

Big Corp. Chemical Industries, Ltd.

12345 Chemical Street, Reactorville,

California 92660, U.S.A.

E-mail: einstein@abc.xyz

4.8 致謝辭的寫法

致謝辭 (Acknowledgments) 是論文寫作者用來對在寫作過程中提供幫助的人表達感謝的地方。對研究提供建議或所需物質和儀器的人，都是感謝的對象。然而，無須涵蓋寫作者在研究中接觸到的所有人。致謝辭中除了寫出特定對象的姓名外，也要包含感謝的事項，例如：

The authors thank Professor Hirokazu Yamamoto of XYZ University for providing authentic samples of compound ABC.
感謝 XYZ 大學的 Hirokazu Yamamoto 教授提供化合物 ABC 的實際樣品。

這樣的寫法就很清楚地表示出要感謝誰，以及為何感謝。

寫致謝辭時，要注意 The authors would like to thank... 這種表達方式，加上了 would like to 並不會讓致謝辭的內容更嚴謹，反倒會因其曖昧的含意而讓人有 The authors would like to thank Mr. ABC for XYZ ... but we don't thank him. （作者似乎針對 XYZ……感謝 ABC 先生，但是我們對他並不表達謝意。）的感覺。像這樣容易引人誤會的句子最好能夠避免。

Introduction 的寫法

5.1 Introduction 的功能

　　論文的 Introduction（緒論）有兩個功能。一是將論文的 objective（研究目的）明確地傳達給讀者；另一個則是提供適當的 background information（背景），以供讀者理解 objective 的重要性。撰寫 Introduction 前必須先釐清這兩個功能。因為有很多論文寫作者不清楚在 Introduction 提出 objective 和 background 的重要性，甚至不理解這兩個功能的意義，所以在此詳細說明。

　　撰寫 objective 時，若內容過於空泛或與研究無直接相關，就無法將研究目的正確地傳達給讀者，論文的獨創性將難以呈現，論文的說服力也會因而降低。因此，在 Introduction 中明確傳達研究目的是相當重要的。

　　另外，background 也和 objective 一樣，在 Introduction 中占有重要的地位。Introduction 中的 background 須和研究目的息息相關。background 除了不宜太過冗長，也不可寫出空泛或與研究目的無關的話題。

Introduction 的功能之一就是說明研究目的。

5.2 Introduction 的內容

Introduction 應該包括哪些內容呢？首先要簡潔地寫出 objective（研究目的），接著，利用 background（研究背景）傳達出研究目的的重要性，記住背景要集中在與研究直接相關的資訊上。而除了研究目的與研究背景，在 Introduction 中也必須概略地寫出 methodology（研究方法）、key result(s)（主要結果）、key finding(s)（主要發現）或 key conclusion(s)（主要結論）。

其實這些都是用來彰顯 objective 的重要性。一開始明確指出研究目的後，為了幫助讀者理解研究目的及其重要性，就要呈現與研究背景有關的資料，接著說明是採用何種方法進行研究，並呈現與結論相關的主要結果，最後再提到結論。

5.3 Introduction 各部分的比重

依照上述的順序撰寫，就能寫出一篇清楚易懂的 Introduction，讀者對於研究目的也能一目了然。有些人認為 Introduction 中並不需要提及研究方法、結果或結論，然而，為了寫出架構完整的 Introduction，這些資料都是必要的。不過要記住，Introduction 的重點在於 objective 以及用來說明的 background。

在 Introduction 中，關於研究方法的敘述簡短即可，只要讓讀者知道使用何種方法，沒有必要詳細寫出實驗步驟。研究結果也沒有必要全部寫出來，只要寫出重點，讓讀者知道結果為何即可，重點在於歸納整理，讓讀者能夠輕易理解。而結論的部分也是一樣，只要簡單扼要寫出主要結論（大部分的時候都只有一個）即可。

這五個項目在 Introduction 中所占的比重並無絕對，端看論文主題、研究格式和結果而定。但是，還是有一個大略值。雖說都是 Introduction，但在寫 full paper（長論文）和 short paper（短論文）時篇幅還是相當不同，因此先來看一下各個項目在 Introduction 中的比重：研究目的占兩成，研究背景占五成，而研

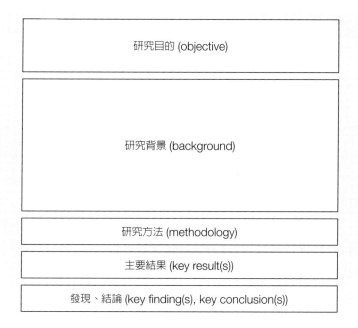

研究目的占兩成，研究背景占五成，而研究方法、主要結果、發現或結
論各占一成。研究目的與研究背景有時順序會對調。

圖 5.1 Introduction 的內容和所占比重的標準

究方法、主要結果和結論各占一成（圖 5.1）。有時候目的部分會多一點，背景描
述少一點。事實上，研究目的的歸納整理是相當困難的，但背景很單純，或是資
訊只有一點點的時候也很常見。

接著，我們簡單說明一下 Introduction 中這五個項目的具體寫法。

5.4 Objective 的寫法

objective（研究目的）是 Introduction 中最重要的項目，用以說明研究的主
要目的，應該沒有人會遺漏這個部分。

下面以爲改善短鏈正醇產率爲目的的研究爲例。

The Wellington process for producing short-chain normal alcohols is an important industrial process because of the wide diversity of products that are derived from the alcohols that are produced. This process, however, suffers from two main problems. First, the process uses a homogeneous catalyst that requires the use of large volumes of solvents. Second, the yield for the process under optimized conditions does not exceed 85%. Because of the long history and industrial importance of this process, much research has been devoted to modifying the process to use less solvent and to increase the yield. Recent research, however, has indicated that the amount of the solvents currently used cannot be significantly reduced and that the yield is at a theoretical limit in terms of the reaction mechanism involved. We therefore undertook a different line of investigation to determine if heterogeneous catalysts can be used in gas flow reactors to produce short-chain normal alcohols from the same starting materials as those used in the Wellington process. Such an approach would eliminate the need for solvents and open the way to increasing the yield because a different reaction mechanism would be involved. Our investigation centered on the use of ultra-fine particles of metals distributed on high surface area metal oxides. These catalysts were evaluated by using a standard flow reactor system and determining the yield of the three main products by use of gas chromatography. Of the various catalysts evaluated, we found that a palladium on Y-zeolite catalyst provided an 80% yield of the desired short-chain normal alcohols. Further modification of the optimum palladium catalyst by doping with alkali metals increased the yield to 90%. Thus, the use of heterogeneous catalysts

①

②

③

④

in standard flow reactor systems has eliminated the need for
solvents and provided the desired alcohols in higher yield than is ⑤
theoretically possible by the conventional Wellington process.

製造短鏈正醇的 Wellington 製程是一個重要的工業製程，因為利用此法製造出來
的醇類化合物可用來製造很多產品。然而，該製程面臨兩個主要問題。第一，
Wellington 製程需要一種均相觸媒，而這種觸媒則要使用大量溶劑。第二，即使在最
佳化的條件下，Wellington 製程的產率也無法超過 85%。由於 Wellington 製程的歷
史相當悠久，在工業領域又占有一席之地，因此過去已經有許多相關研究致力於改 ①
善該製程，希望能減少溶劑的使用量並提高產率。但是近年來的研究卻指出，我們
無法大幅減少目前的溶劑使用量，而且就其反應機制來看，產率理論上也已經到達
上限了。因此，我們採取和以往不同的研究方向，想知道在不改變 Wellington 製程
其他反應物的情況下，將異相觸媒用於氣體流通反應裝置之中，能不能製造出短鏈 ②
正醇。這個方法不但不需要溶劑，還因為使用不同於以往的反應機制，使產率增加
變成可能。我們的研究重點在於下列物質的使用：分散在高表面積的金屬氧化物上
的金屬超微粒子。我們利用標準流通反應裝置來評估這些觸媒，並以氣體層析計判 ③
斷三種主要生成物的產率。結果發現，在所有的觸媒中，使用含鈀金屬的 Y 型沸石
觸媒，可以製造出我們想要的短鏈正醇，產率達 80%。甚至可以利用其他方式使觸 ④
媒最佳化，像是把鹼性金屬與鈀混合，可以使產率提升至 90%。因此，若將異相觸
媒用於標準的流通反應裝置中，不但不需要使用溶劑，所製造出來的短鏈正醇比傳 ⑤
統 Wellington 製程理論上可製造的量還多。

　　此篇例文的內容是虛構的，依照 ① 研究背景、 ② 研究目的、 ③ 研究方
法、 ④ 結果、 ⑤ 結論的順序撰寫。

　　文章一開始就針對該製程的問題進行說明，若省略此項說明，讀者便無從得
知研究背景，可能導致無法理解為何要進行此項實驗。當然，最重要的是要明確
指出你所提出的問題為何值得研究，因為有很多論文提出的問題都不怎麼重要。

研究者有責任對讀者說明該研究的重要性，說明愈明確，讀者就愈能夠理解論文的重要性。若是無法充分說明其目的及重要性，就必須考慮是否應該進行此項研究，或撰寫有關該研究的論文。也就是說，應該捫心自問是否把自己的時間、所屬單位的資金設備，都花費到一個無法充分說明其重要性的研究上。

5.5 Background 的寫法

background（研究背景）和 objective 一樣，是 Introduction 的主要部分。為了讓讀者清楚理解研究目的，寫作者必須提供研究背景相關資料，但注意必須著重在與研究有直接相關的文獻上。即便是文獻回顧 (review paper)，也沒有必要在 Introduction 裡列出所有相關文獻。在 Introduction 裡，只須寫出能幫助讀者理解研究目的的重要文獻，其他文獻則是在後續的 section 中提出。

我們繼續以上述牽涉到產率的文章為例。為幫助讀者理解研究背景，提出文獻說明是很重要的，但更重要的應該是指出低產率會造成什麼樣的問題。然而，並非與該製程有關的任何資訊都要一一列出，這樣反而會模糊焦點。重點是要明白指出該研究領域所遭遇的問題，並盡可能把焦點鎖定在主要的論點上。研究背景的文獻資料不僅要與 objective 相關，還必須是重要且適當的資訊。

另外，撰寫研究背景時須注意，一般而言，我們把研究背景的論點視為一個普遍存在的常理，因此在撰寫時會使用現在式。

5.6 Methodology 的寫法

很多寫作者認為 methodology（研究方法）只須出現在 Methods (Materials and Methods) 的 section 即可，沒有必要出現在 Introduction 裡。然而，在 Introduction 中稍提到研究方法，也是論文寫作的技巧之一。有時必須說明，何以在眾多研究方法當中，要選擇某一特定方法。例如，該研究方法的靈敏度及精準度較佳、或是參考專家學者的說法、或是使用某方法會得到較佳的結果等。研究方法的選擇事關研究目的，有些人也會特別挑選能彰顯結果的研究方法。此外，Introduction 只須提到實際使用的方法，其他一些於過程中突顯不了研究目的的方法，便可在 Introduction 中省略。

繼續以上述製程產率有問題的文章為例。在 Introduction 裡，僅需陳述如何評估溶劑的效果，或溶劑的差異會對產率有何影響。但若是改用連續式反應裝置取代批次反應裝置的另一種研究方法，就必須特別提出。例如，可以寫成為了研究氧化物粒子承載到金屬觸媒的情況，所以特別採用連續式反應裝置。

研究目的與文獻資料，跟選擇適當的研究方法息息相關。以上述的例子來看，若低產率肇因於低極性的溶劑，意味著提高極性便可增加產率，在此情況下，針對不同極性的溶劑進行實驗的研究方法就具有邏輯性。但若無好的溶劑，那麼將研究方法著重於在流通反應裝置中評估不同的觸謀，似乎較為合理。

5.7 結果和結論的寫法

有些人認為 Introduction 中並不用寫出主要結果和結論，但為了 Introduction 的結構完整，我們建議還是要寫出主要結果和結論。繼續以上述文章為例。此時問題點在於製程的低產率，所以結果只要寫出測試結果，也就是寫出含鈀金屬的 Y 型沸石觸媒可以提供最高的生產率即可。最後，指出若藉由此觸媒的使用，能得到比現行方法更好的結果，就可將結論導至：在流通反應裝置中使用此觸媒，即可解決低產率的問題。

結果和結論的敘述盡量簡短，且必須與研究目的直接相關。

Methods Section 的寫法

　　論文中的 Methods（研究方法，Experimental 或 Materials and Methods）是最容易撰寫的 section。它不像 Introduction，為了明確表達研究目的及其重要性，在引用適當的文獻資料時，必須十分留意文獻的正確性及文章的邏輯架構；而 Discussion 一章在探討結果的重要性時，也必須十分注重論證的邏輯性。而雖然 Results 一章和 Methods 一樣也是較容易撰寫的 section，但還是要注意實驗結果的系統化呈現，以作為 Discussion 一章的根據。因此，只要照實寫出實驗材料及實驗步驟的 Methods 一章，可以說是最好下筆的 section。

6.1 再現性的重要

　　雖然這一章較容易撰寫，但還是要注意條理必須清楚易懂。因為 Methods 的目的，在於讓其他研究者複製實驗，功能就像是一份藍圖。因此，Methods

Methods 中最重要的是「再現性」。

中最重要的就是「再現性」。所謂的再現性有兩個面向：一是「實驗內容的再現性」，寫作者忠實且鉅細靡遺地重現整個實驗過程，讓其他研究者能夠按部就班複製該實驗。另一個「實驗結果的再現性」則是建立在內容的再現性上，確保其他研究者依照所描述的方法進行實驗時，能得到相同的結果。如果 Methods 一章無法兼顧這兩種再現性，那麼它就失敗了。Methods 的目的就在於研究者能重現論文寫作者所進行的實驗，並且得到相同的結果。

6.2 愈具體愈好

既然 Methods 最重要的是再現性，在描述上就不能讓讀者產生疑問。因此：

> ✖ The solution was then heated for a while.
> 之後，將溶液再加熱一下。

這個句子語意太模糊。讀者無法從句子得知要加熱多久、要以幾度加熱、如何加熱、甚至為何加熱等細節。將句子改寫成：

> ◯ The solution was then heated for 30 min at 200℃ (silicon oil bath, ±1℃) to equilibrate the sample.
> 之後，將溶液以攝氏 200 度（誤差值正負一度的矽油浴）加熱 30 分鐘，使樣品達到平衡。

只不過加了幾個字，原例句所產生的所有疑問都消失了。或許你覺得加熱這個步驟在實驗中不怎麼重要，就算加熱過程不精準，研究也能成功，但為了實驗的再現性，還是得忠實地呈現實驗的進行過程。如此，研究者在複製實驗時，才

能確實掌握實驗進行的步驟，也不會因爲這些模糊不清的步驟傷透腦筋、甚至一再地重複實驗。

6.3 以讀者的角度重讀

爲了確認 Methods 是否寫得夠清楚明確，最好把自己當成一名讀者，重新讀過。一一檢視實驗方法、使用時間、使用量、順序、目的等細節是否都交待清楚。若尚有不清楚之處，就重新改寫以解除疑惑。當然，並非寫得愈多愈好。寫作者一定要記住論文是爲了讀者、而非爲了自己而寫。

6.4 Methods Section 的格式

基本上和其他 section 一樣，這一章的格式須遵守投稿單位的規定，並考慮論文的類型（letter, report, full report 等）。Methods 這一個 section 旨在描述進行過的實驗過程，故時態上要用過去式，如 heated(已加熱)、cooled(已冷卻)、stirred（已攪拌）、added（已加入）、poured（已注入）等過去式動詞。

我們來看一下 Methods 的寫作注意事項。首先，必須根據投稿單位的規定以及研究的性質來決定寫法。許多期刊都會規定投稿人先寫 materials（實驗材料），再寫 methods（實驗方法）。這是因爲許多期刊都將這個 section 定名爲 Materials and Methods（材料和方法）。此種格式特別適合化學領域的研究。

Methods 一章最重視的就是邏輯性。若要描述龐大的研究，依照時間順序歸納整理，敘述就會有邏輯性，這個原則也適用於 Methods。例如在化學領域中描述有機合成的過程時，大部分都會先按照時間順序撰寫。此外，也可以使用分項敘述，例如使用材料可依溶媒、試劑、特別的試樣分類；實驗方法則分成分析方法、合成方法等。另外，在描述大分子的合成方法時，就可分成各部分的合成法；複雜的合成法則分成各個階段撰寫。

　　Methods 的寫作格式不一，但不管是哪種格式，重點是敘述一定要讓讀者容易理解。

6.5 考慮邏輯性

　　Methods 的邏輯性相當重要，必須與 Introduction, Results, Discussion 等各章節緊密相關。也就是說，依據在 Introduction 裡提示的研究主題來決定 Methods 的寫法，而 Methods 的邏輯性敘述又將與 Results 一章息息相關。

　　以上述的合成方法為例，在撰寫時必須和 Introduction 裡提到的研究目的有邏輯上的關聯。例如，在 Introduction 若提出以階段性方法就能解決合成法的問題，那麼 Methods 就照著其階段性來撰寫實驗方法即可。這樣的邏輯連貫性也必須延伸至 Results 及 Discussion 等章節，Chapter 7 ～ 8 會有更詳細的說明。撰寫論文時，一定要注意整篇論文的邏輯架構，如此才能寫出一篇清楚易懂的出色論文。

Q & A

Q 在撰寫新理論或解析方法等理論性科學論文時，Methods section 該注意哪些事項？與實驗性研究的論文有所不同嗎？

A 不論是哪一種研究論文，除了總論以及敘述如何進行研究的 section 的標題之外，寫作的基本架構都是相同的。首先是說明研究目的及其重要性的 Introduction，接著是敘述如何進行研究的 section，再來是敘述得到何種結果的 Results，最後是與 Introduction 的研究目的息息相關的 Discussion。唯一的不同在於說明如何進行研究的 section 的標題，若是有實驗的化學研究，標題就定為 Materials and Methods，若是理論研究和解析方法的研究，標題則可寫成 Calculation Methods 或 Analytical Methods Evaluation。重點是，這個 section 旨在提供清楚明確的再現性。因此，不管是何種研究，組織架構都是相同的。

6.6 Materials 的寫法

在 Methods 中提到 materials（實驗材料）時，要用一般名稱，而不是商標名。例如要使用 borosilicate glass（硼矽酸鹽玻璃）或 plastic film（塑膠基板），而非 Pyrex 和 Saran Wrap 等商標名。然而，因爲實驗性質不同，若必須使用特定廠牌的材料才能達到預期的結果時，這時就得附上商標名稱，甚至材料的工業規格也得列出來。至於試劑的部分，則是針對試劑的性質（例如純度、乾燥度、分子量），將可能會影響實驗結果的部分皆記錄下來。使用好幾種類似的試劑時，需列表清楚標示其不同之處。

記住，Methods 一章只須寫出必要的部分，無須記錄實驗結果，結果放在 Results 一章即可。然而，有時爲了告知讀者使用新的實驗方法的理由，而必須附上實驗結果時，注意也只要寫出結果的摘要即可。

6.7 Methods 的寫作範例

以下提供具體範例供讀者參考。我們先來看看下面這個常見的錯誤寫法：

✕ Some of the solvents were purified. For most of the experiments, Sample 1 was used, but Sample 2 was used in some experiments. Sample 1 was exhaustively dried before being used. The progress of the treatments of Samples 1 and 2 was followed by using spectroscopy. The spectroscopic results from the treatment of Sample 1 are shown in Figure 1 and those for Sample 2 are shown in Figure 2. We can see from these results that Sample 1 was a better material to use in the treatment.

部分溶劑經過純化。大部分的實驗都使用樣品一，但是有些實驗使用樣品二。樣品一在使用前必須徹底乾燥。接著使用光譜儀來測定樣品一和樣品二。樣品一處理好的光譜如圖一所示，樣品二的光譜如圖二所示。從結果可以得知，樣品一是比較好的材料。

這段文章雖然不是取自實際的論文，但卻有大部分論文會出現的問題。文章中使用的 some（一些）、purified（純化）、most（大部分）、exhaustively（徹底地）、dried（已乾燥）、spectroscopy（光譜儀）等意義模糊的詞彙，可能會引發讀者疑惑：是何種溶劑被純化？用什麼方法純化？樣品一、二各使用在何種實驗中？所謂 exhaustively 是多徹底？又是用何種方法將樣品乾燥的？使用光譜儀又是什麼意思？要讀者依照這樣的指示重現研究，就跟沒有提供任何指示一樣困難。此外，文中最後甚至還寫出應該出現在 Results 及 Discussion 等章節的內容。這都是因為寫作者對研究沒有明確的想法。如果連自己如何進行研究都無法有條理地呈現出來，那麼研究本身的精確度也很值得懷疑。

接著，我們再來看看下面這個從文獻中擷取的較好例子。

Experimental Section

Materials. Aluminum pillared montmorillonite was prepared according to a previously described method by the reaction of sodium montmorillonite (Crook County, WY) with an aluminum chlorohydrate solution (Chlorhydrol, Reheis Chemical Co.) containing $Al_{13}O_4(OH)_{24}(H_2O)_{12}^{7+}$ cations. The product was air-dried, heated under vacuum at 350°C for 2h and allowed to cool in air. ...

Supported Metal-Cluster Carbonyls. The aluminum pillared clay (0.50 g) was vacuum-dried at 25°C for 4h. Under these conditions the clay retains 4.5wt% water, as indicated by the additional weight loss that occurs when dried under vacuum at 350°C. The appropriate metal carbonyl complex (0.02 mmol) in CH_2Cl_2 (40 mL) was added under an argon atmosphere to the vacuum-dried clay. ...

Fischer-Tropsch Reactions. A stainless-steel tube reactor (3/8 in) was operated in the differential mode (<2% conversion) for characterization of Ru-APM catalysts. The reactor tube was fitted with a quartz liner and a quartz frit to contain the catalyst. All reactant gases were ultrahigh-purity grade (Matheson). The gases were further purified by passing them through a manganese/silica adsorbent to remove oxygen, Linde 4A molecular sieves to remove water, and Al_2O_3 adsorbent at -72°C to remove carbonyl contaminants. ...

實驗方法

實驗材料。鋁柱狀物的高嶺石土，用以前報告過的方法，將鈉皂高嶺石土 (Crook County, WY) 和含有 $Al_{13}O_4(OH)_{24}(H_2O)_{12}^{7+}$ 正離子的鋁鹽 (Chlorhydrol, Reheis Chemical Co.) 溶液反應調製而成。將生成物以空氣乾燥後，在真空下以攝氏 350 度加熱兩小時，之後在空氣中冷卻。……

輔助的羰基金屬團簇化合物。將鋁柱狀的黏土 (0.5 g) 以攝氏 25 度真空乾燥四小時。從攝氏 350 度真空乾燥下額外損失的重量可推知，黏土在攝氏 25 度真空乾燥四小時後，會殘留 4.5 wt% 的水分。在氬氣下將二氯甲烷 (40 mL) 中的金屬羰基錯合物 (0.02 mmol) 加入真空乾燥後的黏土。……

費托反應。為了查明 Ru-APM 觸媒的特性，在微分模式（轉換率 2% 以下）下操作不銹鋼反應管 (3/8 英寸)。在反應管上裝上石英襯圈與石英介質，使其含有觸媒。所有的反應氣體使用超高純度的等級（Matheson 公司）。氣體進一步以錳／二氧化矽吸收劑除去氧氣，以 Linde 4A 分子篩除去水分，在攝氏負 72 度下使用 Al_2O_3 吸收劑去除羰基雜質。……

　　這篇範例的邏輯架構相當清楚。首先，在主要標題下細分各個項目，讓讀者對文章的內文及重點可一目了然。除了架構清楚，各段落以清楚易懂的文字敘述，具體描述實驗方法，研究者得以依循實驗步驟再現該實驗。而雖然於一開始便引用文獻，但因詳細記載其實驗過程，所以讀者也很容易清楚理解。像這樣的寫法，不僅能夠節省篇幅，還可提及詳細的實驗順序，對讀者很有幫助。

　　另外，在第二個項目下，寫作者為了傳達使用了各種金屬羰基錯合物，而使用了 appropriate（適當的）這個字。寫作者若正確使用這個單字，就會發現它是個非常好用的字眼。

> **Key Points**
> * Methods section 最重要的就是「再現性」。
> * 為了呈現「再現性」，敘述必須具體清楚。
> * 以讀者的角度重讀一遍，確認無不清楚之處。

Results Section 的寫法

7.1 Results 是最重要的 Section

Results（研究結果）是科學論文中最重要的 section。如果把 Results 的功能和其他 section 做比較，就不難理解其原因。Introduction 的功能在於說明為何進行研究，而不論何種研究，最終目的都在於得到研究結果；Methods 的功能在於說明為了得到結果，是如何進行研究的；Discussion 的功能則是基於結果來探討研究的重要性。由此可知，Results 是其他 section 的中心。此外，Results 也是說明在研究當中得到新資訊的 section，由此可知其重要性。而研究結果通常都具有獨創性，是以前的研究不曾有的結果。由以上理由可得知，Results 是科學論文裡的 key section（重點章節）。

7.2 Results 的寫作注意事項

Results 一定要包含兩項資訊。第一，實驗方法的概要，這點可作為各種結果的標識功能。第二，結果，這項要置於實驗方法的概要之後。這兩項功能的差異有點難懂，所以下面舉例說明。首先是只有寫出結果的例子：

> ✕ The yield for the reaction was 60%.
> 該反應的產率為 60%。

這句話只寫出結果，我們無從得知是何種實驗的結果。因此，提及此種結果的實驗方法是必要的。加上實驗方法的話就變成：

○ The deprotection of Sample 1 was done using potassium fluoride.
The yield for the reaction was 60%.

利用氟化鉀將樣品一去保護基，該反應的產率為 60%。

　　若讀者已讀過 Introduction 或 Methods 中提到的實驗概略部分，就能理解例句中指的是何種反應。這裡只是單純的例句，爲了讓 Results 的內容表達更明確，先說明進行了何種實驗，再寫出結果，讀者就能充分理解。

　　在 Results 中，因爲要撰寫已得到的結果，所以時態要用過去式，例如 observed（已觀察）、measured（已測量）、recorded（已記錄）等。然而，引用文獻時，時態則要用現在式，因爲文獻爲發表過的論文，已被許多人讀過，內容也被再度實驗、研究過，其結果已成一般大眾所知的事實和知識。

7.3 Results 的格式

　　撰寫 Results 時，運用「簡單」且「明瞭」的敘述、並只記錄「必要事項」，這三點是撰寫 Results 時最重要的。

　　撰寫結果的方法基本上分爲兩種。一種是只用文字敘述，另一種是使用輔助說明的 visual image（視覺影像，包括圖表、圖片）。visual image 的呈現方式在 Chapter 17 會有詳細說明，在此我們先來看看單純以文字敘述的部分。以上述的例子爲例，若研究結果顯示，在「pH 值爲 5 時反應的產率爲 60%，且 pH 值跟產率的關係並不複雜」時，只要寫出：

The yield was 60% at pH 5.

在 pH 值爲 5 時產率爲 60%。

像這樣的文字敘述便足夠了，不需要使用圖表來輔助說明。一般而言，一個圖表會占掉 100 words 左右的篇幅，若僅用幾個字便能交代清楚，卻硬要浪費 100 words 的空間來說明是沒有意義的。當然，有些研究結果透過 visual image 傳達時會更清楚有力，特別是透過掃描式電子顯微鏡 (SEM)、穿透式電子顯微鏡 (TEM)、掃描式穿隧顯微鏡 (STM)、原子力顯微鏡 (AFM) 等儀器得到的影像。英文有句諺語說 A picture is worth a thousand words.（一張圖片抵過千言萬語。）若是使用一張圖片就可以傳達相當於 1000 words 的內容時，它便是用來敘述結果最簡便的方法了。總之，先想好要傳達的內容，再來決定是要用文字敘述還是 visual image 說明。若決定用 visual image 的話，非必要的文字敘述就可以省略了。

7.4 只寫出必要的事項

那麼，為了在 Results 裡只記載必要事項，應該注意些什麼呢？

科學論文的各個 section 都各有其任務。Introduction 的任務是傳達研究的目的及其重要性。Methods 的任務是敘述所使用的實驗材料和實驗方法，因此，不用在 Methods 一章寫出結果。而 Discussion 的任務是藉由 Introduction 的研究目的來探討所得結果的重要性，對整個研究做一總結，因此在 Discussion 一章中，不會提及研究方法，也不會說明結果。

Results 也和其他 section 一樣，有其獨自的任務。就是傳達從研究中所得到的新結果，因此在 Results 一章不須詳述實驗方法，也不用寫出結果所代表的意義，因為這是在 Discussion 章節才要寫的。然而，在某些情形下，為了清楚說明從某實驗得到什麼結果及其原因，讓話題前後接續流暢，使讀者易於理解 Results 的整體性，加入一些探討性的描述會較好。但記住，只要寫出必要的事項即可。

7.5 不要合併 Results 與 Discussion

　　由上所述，我們知道論文各 section 都有其各自的任務。有些寫作者會把 Results 和 Discussion 放在同一個 section，讓內容同時包含結果和探討。然而，這種寫法是不恰當的。儘管如此，還是有很多寫作者會把 Results 和 Discussion 放在同一個 section。這是爲什麼呢？大部分的原因是寫作者太懶惰了，這麼說或許聽起來很嚴厲，但應該說中了把 Results 和 Discussion 合併的寫作者的心態。如上所述，Results 不應該放進實驗材料、實驗方法、探討等內容，但是很多寫作者認爲，在簡單寫完結果後順便接著寫討論比較容易，所以就在同一個 section 中放進了結果和探討。

　　但這樣會產生兩個問題。一是當文章很長時，結果和討論擺在一起，常造成結果的部分被削弱。二是討論混雜在結果中，使得寫作者所主張的立場顯得薄弱，論文因此變得難懂，主張也變得難以理解。

科學論文的各章節各有其任務。

　　只有在以下三種情況，才可將 Results 和 Discussion 合併爲一個 section。第一，結果和討論的篇幅過短，無法獨立各成爲一章，且可立刻辨識何者爲結果、何者爲討論的情況下。第二，結果和討論有著錯綜複雜的關係，無法將兩者分開撰寫的情況（有很多人主張自己的論文即是此類型，但實際上符合此種條件的論文並不多）。第三，投稿單位規定了 Results and Discussion 的 section 標題。在此種情況下，只要先歸納出結果，然後再作討論即可。有很多懶惰的寫作者不願花時間分別撰寫邏輯分明的結果和討論，所以希望寫作時要特別注意這點。

7.6 結果的記載範圍

　　在看實際的例子之前，我們再來看一些撰寫 Results 時的注意事項。首先，一定要寫出最具代表性的結果。假設用同樣的方法反覆進行五次實驗所得的產率中，其中四次爲 75%，一次爲 90%，若在結果中提到產率爲 90% 的話，可能會讓讀者誤解爲產率就是 90%。若是無法提出一定能取得 90% 產率的確切實驗方法，就應該報告 75% 這個數據。當然也可以把五次的產率都寫上去，但若是無法說明如何得到 90% 的產率，這個結果對讀者而言便是無用的。若無特別的理由，就不需要寫出全部的結果，只需提到典型的結果即可。

　　另外，結果的記載範圍，應該著重在與論文相關的主題或具重要意義的結果上。不過，若是得到再現性極高的重要結果，即使此結果與論文的主要理論或發現不一致，還是應該寫出來。不隱藏重要且再現性高的結果也是寫作的另一個重點。

Key Points

- 在 Results 一章，要同時寫出實驗方法概要及結果。
- 除了特殊情況，不要在 Results 中探討結果。
- 不用在 Results 中寫出全部結果，只需寫出代表性的結果。

7.7 Results 的寫作範例

接著我們來看以下這個 Results 的寫作範例，並對照上述所提的重點。（本例文重點在於格式呈現，內容純屬虛構。）

Results

1. Evaluation of Catalyst Support Materials

A. Al_2O_3 Supports

Three Al_2O_3 supports with different surface areas were evaluated using the standard catalytic metal and standard conditions as described in the Methods section. The low surface area catalyst (10 m^2/g) provided a yield of 25%, the medium surface area catalyst (120 m^2/g) provided a yield of 40%, and the high surface area catalyst (250 m^2/g) provided a yield of 60%.

B. Y-Zeolite Supports

Three modified Y-zeolite supports (Na, Mg, and B) were evaluated using the standard catalytic metal and standard conditions. The Na-Y-zeolite catalyst provided a yield of 50%, the Mg-Y-zeolite catalyst provided a yield of 66%, and the B-Y-zeolite catalyst provided a yield of 85%.

2. Evaluation of Catalytically Active Metals

Using the B-Y-zeolite support, which was the best of the supports according to our standard test catalysts as described above, we next evaluated the role of the catalyst metal. Our evaluation of the metals that were likely to show activity indicated that the iron, ruthenium, and osmium group of metals provided the highest yields and longest catalytic lifetimes. Our results for the yields and lifetimes of catalysts based on this group of metals are shown in Table 3.

Table 3. Evaluation of catalytic metals over the B-Y-zeolite support

Sample Name	Metal Loading (wt%)	Product Yield (%)	Lifetime (days)*
L-Fe-B-Y-zeolite	1	65	81
M-Fe-B-Y-zeolite	3	75	79
H-Fe-B-Y-zeolite	8	83	83
L-Ru-B-Y-zeolite	1	79	67
M-Ru-B-Y-zeolite	3	85	100
H-Ru-B-Y-zeolite	8	92	126
L-Os-B-Y-zeolite	1	75	31
M-Os-B-Y-zeolite	3	82	43
H-Os-B-Y-zeolite	8	89	37

*Days until yield declined 10% from the highest stable yield.

研究結果

1. 觸媒載體材料的評估

A. Al_2O_3 載體

利用研究方法一章所描述的標準催化性金屬及條件來評估三種 Al_2O_3 載體的表面積，三種載體的產率如下：表面積最低的載體 (10 m^2/g) 為 25%，表面積次高的載體 (120 m^2/g) 為 40%，而表面積最高的載體 (250 m^2/g) 為 60%。

B. Y-Zeolite 載體

利用標準催化性金屬及條件來評估三種經過修飾 Y 型沸石載體（鈉、鎂、硼），三種載體的生產效益如下：鈉 Y 型沸石載體為 50%，鎂 Y 型沸石載體為 66%，硼 Y 型沸石載體為 85%。

2. 觸媒活性金屬的評估

根據上述的標準觸媒測試結果，硼 Y 型沸石是最佳載體。接下來我們利用硼 Y 型沸石載體評估觸媒金屬所扮演的角色，結果發現在這些可能具活性的金屬中，鐵、釕、鋨等金屬的生產效益最高，其觸媒的生命週期也最長。這些金屬的生產效益以及觸媒生命週期請見表三。

第一，因為使用 sub-section 的架構，簡單易懂且具有邏輯性。

第二，沒有不必要的實驗結果，清楚地提出具體結果。

第三，沒有關於討論的敘述，只有能幫助理解結果的敘述。例如在 Using the B-Y-zeolite support, which was the best of the supports according to our standard test catalysts as described above, we next evaluated the role of the catalyst metal. 一句中，讀者只要看了這句關於觸媒金屬的敘述就可以充分理解其意。這個句子雖然簡潔，但卻能充分讓讀者理解為何使用 B-Y-zeolite 來評估觸媒金屬。而 Our evaluation of the metals that were likely to show activity indicated that the iron, ruthenium, and osmium group of metals provided the highest yields and longest catalytic lifetimes. 這句則點出了結果，說明為何選擇這一系列的金屬。

第四，使用表格整理數字和資料，省去不必要的文字敘述。

最後，例文並沒有說明為何 Al_2O_3 載體無法獲得高產率、表面積對產率的影響、或是調整過的 Y-zeolite 載體有何效能等，因為這些都不屬於 Results 的範圍，會留到下一章的 Discussion 探討。

Discussion Section 的寫法

8.1 撰寫前的準備

Discussion（討論）是論文的最後一個 section，可說是相當重要且最難寫的一個 section。

首先，來看撰寫 Discussion 前的注意事項。

在 Discussion 一章中，必須就 Introduction 的研究目的，探討自己的研究進行到何種階段。

Discussion 的內容必須涵蓋三個面向：

1. 從研究目的來看研究結果，會導出什麼結論？
2. 把結果與他人發表的結果互相對照，會導出什麼結論？
3. 把結果與已經確立的理論互相對照，會導出什麼結論？

撰寫 Discussion 前要先釐清結果能導出什麼結論。

其中以第一點最重要，從研究目的來看研究結果，會導出什麼結論？也就是說，探討就 Introduction 的研究目的所得的結果能得到什麼解答，或導出什麼結論。

第二點和第三點提到的他人的研究與已經確立的理論，除了可以幫助讀者理解討論的內容，同時也可證明其研究結果確實有科學的理論基礎。不過，有很多寫作者在撰寫 Discussion 這一章時，過分圍繞在他人的研究成果或是已經確立的理論上，並沒有從自己的研究中導出新的結果，充其量也只是證明了自己的研究結果與前人的理論相符，對於科學的發展完全沒有幫助，這樣的論文就沒有價值了。

Discussion 的重點，在於寫作者就研究目的探討研究結果。因此，切記，文獻結果只是必要時用來補充說明自己的研究結果，不是 Discussion 的重心，千萬不要讓討論變成了文獻 review。

在 Discussion 一章中，是否要提及 Introduction 的研究目的和 Results 的結果呢？因為這兩個項目都已於前面的 section 詳細說明，在 Discussion 一章中便無須詳細贅述。Results 一章的寫法，只須詳述所得結果，實驗方法和程序只要簡單記載，這樣的邏輯也適用於 Discussion 一章。Discussion 一章當然需要提到研究目的，但無須做太詳細的說明。同樣的，提到結果時，簡單扼要地說明即可。要以研究結果闡明研究目的時，最重要的是要呈現結果對於研究目的的重要性。

8.2 文法要點

接著來看一下 Discussion 一章所用的時態。原則上，在描述寫作者進行過的活動時，要使用過去式；引用文獻時，若文獻是一般大眾所知的事實，就要使用現在式；記載研究結果時，若結果涉及一般大眾所知的原理時，也要使用現在式。不過，寫作者所得到的研究結果，有時也會被認為是一項事實，在這種情況下，使用現在式撰寫會較為自然。因此，寫作者必須判斷此研究結果的正確性。

所謂的正確性，不是指寫作者是否值得信賴，而是指此研究結果對任何人來說是否都是毫無爭議的事實。

一般而言，在 Discussion 一章使用過去式還是較適當的，例如：observed（觀察到）、did（做過）、determined（已決定）。即使你認為實驗結果是毫無爭議的事實，使用過去式還是比較安全的做法，但若你想強調事實的正當性，則可以使用現在式。以下面兩個例句來說明：

The compound melted at 37.5℃, which indicates that this is the same compound as that made by the other synthetic route.
此化合物於攝氏 37.5 度時溶解，顯示其同於以另一個合成法製造的化合物。

The compound melts at 37.5℃, which indicates that this is the same compound as that made by the other synthetic route.

第一句的寫法較為安全，表示這只是實驗所得結果，並非絕對真理，溶點是有可能改變的。第二句的口氣則是斷定的，它主張化合物在 37.5℃ 溶解是個不變的事實。哪個句子較正確，端看寫作者的看法，我們無法做一個明確的結論。但使用較中立的過去式還是比較好的。

另外，例句中的 indicates 為何使用現在式？而為何第一句同時存在過去式與現在式動詞 (melted/ indicates)？化合物溶解了是過去的事情，所以使用過去式動詞 melted。而現在式動詞 indicates 則表示該結果所傳達的事實，從實驗進行中一直到現在都適用。若改成過去式動詞 indicated 則表示此實驗結果只適用於當時，目前已不適用。若寫作者要表達的就是此意，就可以使用過去式 indicated。寫作時一定要特別注意要傳達的語意為何，避免用錯了時態導致讀者誤解整個句子。

8.3 寫作注意事項

撰寫 Discussion 時，應該謹記以下三點：

1. 組織 (organization)
2. 流暢 (flow)
3. 邏輯 (logic)

　其實不論寫任何文章或段落，這三個原則都適用，只是寫論文的 Discussion 一章時格外重要。因為撰寫 Discussion 時，常常需要同時探討多種複雜的情況，因此內容的組織清楚與否相當重要。另外，為了讓讀者能夠流暢地閱讀 Discussion 一章，流暢度也非常重要。此外，因為要呈現至今還沒提出的新結論，邏輯也必須相當清楚。許多經驗不足的論文寫作者常因為無法兼顧這三個原則，導致寫出來的 Discussion 變成論文中最難理解的 section。這也是為何我們常會看到一些結構混亂、文脈錯綜難懂的論文的主要原因。因為有許多結論不是根據所提示的資料引導出來的，因此，撰寫 Discussion 時（其他 section 也一樣）一定要注意邏輯組織，讓各部分能夠自然地連貫在一起，如此才能讓各個導出來的結論，於最後達到具有邏輯性的總結。

8.4 討論的格式

　到目前為止，我們一直都把科學論文的最後一個 section 稱做 Discussion。然而，有時因為論文性質不同，也可以把最後一章稱做 Conclusions（結論）或 Summary（概要）。我們分別來看一下它們的差異和功能。Discussion 是用來探討所得到結果的重要性；Conclusions 則因投稿期刊或研究領域的不同，所代表

的意義和功能會有差異，但基本上，結論是指不會對研究結果做過多的探討，只是忠實地呈現結果所歸納整理出來的事實。至於 Summary，一般不太常見，且 Summary 只是某些資訊的概略，不一定就是結論。

論文的最後一章有可能是這三種格式的各種排列組合，寫作者還是要根據投稿單位的規定撰寫。因爲有太多投稿單位，我們也無法告訴你哪一種寫法是最好的。最實際的方式是，寫作者好好研究欲投稿的單位，並遵循該單位的規定。在此整理出一些常見的組合方式，供各位參考。

> **Key Points**
> - 先想想從結果能引導出何種結論再撰寫。
> - 撰寫發生過的事情時要用過去式，引用事實時要用現在式。
> - 撰寫時要謹記組織、邏輯以及流暢度。

- Discussion：包括數種結論的結果探討（最典型的）
- Discussion and Conclusions：包括數種結論的結果探討
- Summary and Discussion：各種資訊的概略和結果探討
- Discussion and Summary：各種結果的探討和重點的概略
- Conclusions：無針對結果探討（就算有也是簡短的）的結論
- Summary：各種資訊的概略，不推薦這種格式

我們在 Chapter 7 也曾經提過，除非在特殊情況下，否則不要將 Results 和 Discussion 合併成一個 section。希望各位要記住。

8.5 Discussion 的寫作範例

Discussion

The focus of our research was to develop an alternative to the conventional solution-based Wellington process for producing short-chain normal alcohols. To accomplish our objective we investigated the use of heterogeneous catalysts, which avoids the problem of using solvents and allows us to enter a new reaction regime that can open the way to higher yields. Our investigation centered on alumina and Y-zeolite supported catalysts due to a number of factors that indicate that these are the most suitable for the demands of the reaction process. Among these factors, the most important one is...

① ② ③ ④ ⑤

Alumina Supports

The first stage of our investigation evaluated the use of alumina supports with our standard metal catalyst system. We used a variety of alumina supports with different surface areas (see Table 1). The main trend we observed was that with increasing surface area of the alumina support there was an increase in the yield of the reaction. The surface area of the highest surface area support that we used, however, was near the limit for conventional aluminas that can be used in our reaction. From this result, we concluded that simple alumina supports would not allow us to obtain the desired yields. We thus shifted our attention to the use of Y-zeolites because of their high surface areas and ease of modification.

Y-Zeolite Supports

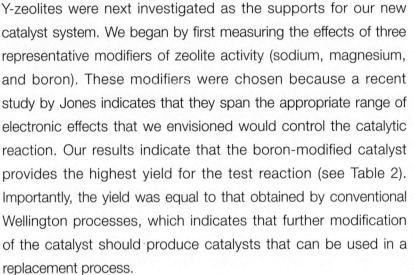

Y-zeolites were next investigated as the supports for our new catalyst system. We began by first measuring the effects of three representative modifiers of zeolite activity (sodium, magnesium, and boron). These modifiers were chosen because a recent study by Jones indicates that they span the appropriate range of electronic effects that we envisioned would control the catalytic reaction. Our results indicate that the boron-modified catalyst provides the highest yield for the test reaction (see Table 2). Importantly, the yield was equal to that obtained by conventional Wellington processes, which indicates that further modification of the catalyst should produce catalysts that can be used in a replacement process.

Because the boron-modified Y-zeolite catalyst provided the highest yield, the mechanism for the reaction is of the SP-DF type that has been well described by Duncan. In such a reaction ... We next moved from our standard test catalyst and investigated the effect of the catalytically active metal.

Catalytically Active Metals

In the third and final stage of our investigation we evaluated the effects of the catalytically active metal in an effort to further enhance the yield of the reaction. In this stage of our investigation we evaluated such metals as...

During the course of our investigation, we found that the iron, ruthenium, and osmium group of metals provided the highest yield for the reaction (see Table 3). For each of the metals, we found that the yield increased with increasing metal loading. Of the three metals tested, the ruthenium catalyst provided the best yield, consistently producing yields higher than 90% when the metal loading was greater than 8wt%. The effect of the metal loading is easy to understand in terms of...　⑥

The reason for the superior yield from the ruthenium catalyst can be attributed to the α-effect that was described by Smith. Smith showed...　⑦

Regarding the lifetimes for the catalysts, our results show that...

In conclusion, we were able to develop a high-yield heterogeneous catalyst system based on boron-modified Y-zeolite supported ruthenium catalysts. Manufacturing processes based on these catalysts can replace conventional Wellington processes for making short-chain normal alcohols. The advantages of higher yield, the use of no solvents, and the long lifetimes ensure that this catalyst system will find widespread use in the chemical industry.　⑧ Additional work is underway to further improve the yields and stability of this new catalyst system. Tentative results indicate that the lifetime of the catalyst can easily be doubled and that the yields can be improved to consistent values near 98%. The results from our latest research will be reported in the near future.　⑨

討論

我們的研究重點在開發製造短鏈正醇的新方法，用以取代傳統上使用溶液製程的 Wellington 法。為了達成目的，我們針對異相觸媒的使用進行研究，因為異相觸媒沒有使用溶劑的問題，還可導出新的反應法來帶領我們朝高產率的目標前進。由於許　①　②

多因素指出鋁和 Y 型沸石當載體之觸媒最適合用於此反應製程，因此我們的研究將以此為中心。在這些因素當中，最重要的是……

③
← ④

鋁載體

研究的第一階段，我們利用標準金屬觸媒類來評估鋁載體的使用。我們使用表面積各異的鋁載體（參照圖一），發現一個主要的趨勢，亦即鋁載體的表面積愈大，反應的產率增高。然而，我們所使用的最大表面積，其表面積接近傳統上鋁能用在我們反應的極限值。從這個結果我們得出以下結論：使用單純的鋁載體無法獲得我們想要的產率。因此，我們轉而將研究重心放在 Y 型沸石的使用上，因為 Y 型沸石具有高度表面積而且容易修飾。

⑤

③
← ④

Y 型沸石載體

接著我們研究了作為新觸媒載體的 Y 型沸石。首先，先測定鈉、鎂、硼等三種典型沸石活性修飾劑的效果。我們之所以選用這些修試劑，是根據最近 Jones 的研究而來。Jones 指出，這些修飾劑的電子影響能延伸至適當範圍，我們預期這將可控制觸媒反應。根據我們的實驗結果，以硼為修飾劑時所得到的產率最高（參照圖二）。重要的是，該產率和傳統的 Wellington 製程的產率相等，也就是說，只要進一步調整觸媒，將可製造出取代傳統製程的觸媒。

⑥

由於以硼修飾的 Y 型沸石觸媒所得的產率最高，所以其反應機制屬於 SP-DF 型，對此 Duncan 有詳盡的描述。在這樣的反應中……關於標準測試用的觸媒先談到這裡，接下來我們將進行具有觸媒活性金屬的影響研究。

③
← ④

具觸媒活性的金屬

研究的第三階段也就是最後階段，我們針對具觸媒活性金屬的效果進行評估，目的在於提高反應產率。在此階段，我們評估了某些金屬，例如……

研究過程中發現，鐵、釕、銥等金屬的反應產率最高（參照圖三）。我們發現，這三種金屬當中不論哪一種，其產率隨著添加量的增加而提高，其中釕觸媒的產率最高，當添加量超過 8wt% 時，產率一直維持在 90% 以上。添加金屬所產生的效果，從以下方面來看更容易理解……

⑥

⑦

釕觸媒的高產率可歸因於 α 效果。Smith 曾經描述過 α 效果，他表示……

至於觸媒的生命週期，我們的結果如下……

結論是，我們能夠開發出一個高產率異相催化系統，此系統的核心是以硼修飾之 Y 型沸石為載體的釕觸媒，這些觸媒的使用能夠取代傳統的 Wellington 短鏈正醇製程。這些觸媒具有高產率、不需溶劑、生命週期長等優點，在化學工業中必會獲得廣泛的使用。此外，進一步改善新觸媒產率和穩定性的研究也持續進行中，我們所得到的初步結果如下：觸媒的生命週期可以輕易提高一倍，產率也可進一步提高，維持在 98% 左右。最新的研究結果將於近期發表。

⑧

⑨

　　範例中的號碼分別代表：① 簡單定位、② 參考文獻、③ 使用分項、④ 使用容易理解的小標、⑤ 易懂的邏輯、⑥ 敘述研究結果的重要性、⑦ 分析研究結果、⑧ 解釋研究結果解決了什麼問題、⑨ 今後的展望。

　　在此就不另舉不好的例子了。讀者從本章的說明應該都已大致了解撰寫時的注意事項了。例文承襲 Results 一章而來，用以說明以開發新的異相觸媒為主題的研究的 Discussion 部分。這篇例文是為了說明如何撰寫 Discussion 而虛構的，希望各位不要針對技術性的內容做太深入的探討。

Reference Section 的寫法

9.1 Reference 的功能

　　或許沒有人會認眞地閱讀論文最後的 Reference（參考文獻），但這個 section
卻相當重要。

　　參考文獻包含內文引用的部分，引用時一定要注意正確性。因其關係到科學
論文的再現性，撰寫時須十分注意。參考文獻的記載和再現性有很大的關係。爲
了再現性，論文中提到研究方法時須鉅細靡遺地記載每個步驟，然而藉由引用文
獻，就可直接引用已發表過的重要結果、實驗方法和原理等，否則就得在論文中
將實驗和結果所須的條件、方法和資料一一寫出。因此，爲便於讀者理解，並求
實驗和結果的再現性，引用文獻是不可或缺的。引用文獻有兩項任務，一是闡明
研究是基於何種資料而進行的 (documentation)，二是方便讀者 (convenience)。
所以引用文獻時，須留意何者是必要的文獻，以及要選擇何種文獻以助讀者理解
論文內容。

9.2 選擇參考文獻的標準

　　若以上述兩個觀點 (documentation & convenience) 來看，引用文獻時就要
選擇「重要的」且「已出版過的」。引用「重要的」文獻這一點很重要，因爲撰
寫參考文獻時切忌照單全收，除了文獻回顧 (review paper) 須針對一特定主題，
蒐集並整理所有相關主題的論文外，一般的論文只需引用對論文有力的論點、或
有助於讀者理解的文獻即可。

　　「已出版過的」這一點也很重要。最好避免引用尚未發表的資料、正在印刷
的論文、會議摘錄、畢業論文等。「最好避免」並不等於「不能使用」。最好避免
的理由則是未發表過的資料因爲尚未獲得學界的檢驗，不足以成爲論文論理的依

據，而讀者也無從取得這些資料；印刷中的論文不會被當作文獻，因為已被受理的論文之後也有可能遭到退件，屆時就無法將它當成文獻使用；會議摘錄一般讀者更是無法取得、甚至無法利用的，因此將它當成參考文獻是不適當的；同理可證，畢業論文也不適合引用。

　　盡量引用已出版過的論文，若是真的找不到已出版過的文獻，才退而使用上述提到的資料來源。

9.3　參考文獻的管理

　　文獻資料的管理是論文寫作中相當棘手的一環。文獻管理不能等到撰寫論文時才開始，必須於研究開始時就著手進行。然而很多論文寫作者卻是到了開始寫論文了，才想到參考文獻，常常為了整理資料或是蒐集研究之初沒有蒐集到的資料，而浪費了很多時間往返圖書館和搜尋資料庫。為了避免這種情況，我們必須學習如何有系統地蒐集及管理文獻。不過，研究室裡堆積如山的備忘錄或論文影本，可不叫做有系統的管理方法。

利用電腦管理文獻方便無比。

有系統地蒐集及管理文獻的方法有以下四種，我們從簡單的開始看起：製作相關的實驗研究筆記 (lab book)、使用分類卡片 (filing cards)、以文字檔 (text file) 的形式將資料儲存到電腦裡、善用電腦資料庫 (database)。在 1980 年代電腦普及前，文獻管理的普遍做法就是利用 lab book 和 filing cards。電腦普及後，開始利用文書軟體將資料存成文字檔、或是製作簡單的資料庫。現在市面上有很多簡易型的資料庫軟體，可以簡單地進行文獻的輸入、搜尋和管理。甚至也有專門用於文獻管理的資料庫軟體（如 EndNote, ProCite, Reference Manager 等，請參考 Chapter 18），因為這些軟體可以原封不動地接收在 Chemical Abstracts 等資料庫檢索到的資料，所以文獻的管理可說是相當方便。另外，使用這些軟體製作的資料，也與大多數的文書軟體相容，可以配合投稿期刊的格式列印文獻。

管理文獻資料時，保存完整的文獻相關資料是很重要的。務必確認文獻的標題、作者、期刊名、卷數、號數、日期、開始頁數和結束頁數等資料都要完整記錄下來。因為撰寫論文時很可能就會用到這些資料。此外，不同的投稿單位對 Reference section 的格式要求都不一樣，為了符合不同的規定，最聰明的做法是保存完整的資料，從中擷取所需。

9.4 Reference Section 的格式

參考文獻的寫法會因不同期刊而有所差異。若比較不同期刊中科學論文的參考文獻就可得知。參考文獻的寫法各有不同，由此也可看出保存完整文獻資料的重要性。M. O'Connor 曾針對不同雜誌、期刊的參考文獻進行研究，並將結果發表在 1978 年 1 月 7 日 *Br. Med. J.* 期刊第 31 到 32 頁。研究指出，他所調查的 52 本科學期刊中，參考文獻的寫作格式共有 33 種。乍看之下好像不太可能，但參考文獻牽涉的範圍很廣，包含作者名、論文標題、期刊名、卷數、號數、日期、頁數等，若考慮各種排列組合：論文標題要寫出來嗎？作者名字要寫出全名，還是名字用縮寫、姓氏再全部寫出？只要寫出開頭頁數還是連結束頁數都要寫？標點符號（逗點、句點、冒號、分號、空格）該如何標示？該用哪種字體

（粗體字、斜體字、底線）？就可以知道 33 種格式其實不足為奇。因此在撰寫論文時，需要準備可對應各種格式的完整文獻資料庫。

因為參考文獻的內容及格式（作者名、論文標題、期刊名、卷數、號數、日期、頁數、標點符號、字體、空格等）相當複雜，常須不斷修改，因此 Reference section 可說是論文裡最容易犯錯的部分。若能利用資料庫輔助寫作的話，就可大大減低錯誤的發生率，若無法使用資料庫，撰寫 Reference section 時請特別注意以下三點：

1. 是否符合投稿期刊對格式的要求（引用內容的多寡、標點符號、字體的大小等）
2. 是否拼對所有名稱（作者名、論文標題、期刊名等）
3. 數字是否正確（日期、頁數、卷數、號數等）

特別說明一下於第一點提到的標點符號的空格 (space) 的用法。有些期刊不於作者名的首字縮寫間加入空格，不過加入空格的情況還是比較多。

寫作時，關於空格及其他細節的處理，只要遵照投稿期刊的格式即可。

> **Key Points**
> - 引用文獻時，要謹記論文的「再現性」。
> - 參考文獻盡量選擇已出版過的。
> - 文獻的蒐集和管理要從研究一開始便進行。
> - 文獻的相關資料須完整保留。
> - 格式最好遵循投稿單位的規定。

9.5 Reference 的寫法

關於引用文獻的格式，我們可以從論文寫作者、讀者、發行者三方立場來看。這三方對於引用文獻的寫作格式各有不同的想法，論文寫作者希望下筆後容易修改，讀者希望簡單易懂，發行者則因版面限制，最在意字數的多寡。因為要求各異，引用文獻的寫作格式根據各種領域和期刊，在經過長久歲月之後，發展出各種不同的格式。其中最具代表性的格式有以下三種：

1. Name and Year System（姓名和年份系統）
2. Alphabet-Number System（字母和編號排列系統）
3. Citation Order System（引用順序系統）

9.6 Name and Year System

　　Name and Year System 就是在內文中直接以括號註記作者名和出版年份，而不使用編號。例如：

As was shown in an earlier report (Jones and Smith, 1953), extraction of the α' component from the resin that results from hydrogenation of the B-ring yields mainly the *trans*-isomer.

如過去的發表（Jones 和 Smith 於 1953 年發表的論文）所示，從 B 環氫化所得到的樹脂萃取物 α' 成分中，主要得到反式異構物。

　　在 Reference section 裡以這種格式撰寫的話，引用文獻的作者名則是依英文字母順序排列。這種格式有以下好處：因為不使用編號，所以可以隨時增加或刪除，不需要花費時間更改編號；而因為文獻作者依英文字母順序排列，所以很方便讀者查詢。此外，當多筆文獻資料的作者為同一人時，則可列在一起。然而，這種格式也有缺點，例如直接在本文中註記作者姓名和出版年份，可能降低論文的流暢度，尤其當作者多達數名時，問題會更嚴重。另外，字數也比只標示編號多出了許多。

　　有關 Name and Year System 的內文引用方式說明如下。若引用文獻只有一篇的話，其寫法如上述例句。若引用了兩篇文獻的話，其寫法如下：

> As was shown in earlier reports (Jones and Smith, 1953; Billings and Connors, 1967), extraction of the α' component from the resin that results from hydrogenation of the B-ring yields mainly the *trans*-isomer.

　　若一篇文獻的作者有三人，第一次引用時將三人姓氏寫出，再次引用時的寫法如下：

> As was shown in an earlier report (Jones, Smith and Tanaka,1953), extraction of the α' component from the resin that results from hydrogenation of the B-ring yields mainly the *trans*-isomer ... As for the hydrogenation of the C-ring, it was found that the *cis*-isomer was most prevalent, which is in contrast to the results in the literature (Jones *et al.*, 1953).
>
> 如過去的發表（Jones、Smith 及 Tanaka 於 1953 年發表的論文）所示，從 B 環氫化所得到的樹脂萃取物 α' 成分中，主要得到反式異構物……；然而，從 C 環氫化中，主要卻是得到順式異構物，這與文獻結果（Jones 等人於 1953 年發表的論文）相異。

　　如果作者有四人（或以上），只要寫出第一位作者的姓氏，剩下的作者以 *et al.* 表示即可。

9.7 Alphabet-Number System

　　Alphabet-Number System 與 Name and Year System 很類似，不過在內文引用時，它是使用編號取代作者名字和年份。Reference section 則以作者名字的英文字母順序排列，但同時也會加上編號，以供讀者搜尋。然而，採用此方法的

話，更改引用文獻時將會非常麻煩，但對讀者而言卻是簡單易懂，也不會阻礙閱讀的流暢度。此外，多筆文獻資料的作者為同一人時，則可列在一起，而本文的篇幅也可縮短。

9.8 Citation Order System

Citation Order System 是指在內文中以編號標示，在 Reference section 中則是依據內文引用的編號順序排序。因為在內文中沒有記載文獻的作者名，因此讀者閱讀起來相當流暢，本文的字數也不太會增加。至於更改的問題，過去若是在中途追加或刪除文獻，就一定得重新編號，但現在因為有一些文書軟體具備有自動變更編號的功能，使得更改編號變得簡單。另外，若必須於文中提及作者名及年份時，使用 Citation Order System 改寫以上的例句就會變成：

As was shown in an earlier report by Jones and Smith in 1953,[16] extraction of the *a'* component from the resin that results from hydrogenation of the B-ring yields mainly the *trans*-isomer.

若是搭配具有文獻管理功能的文書軟體，Citation Order System 可稱得上是最好的方法。不過，引用文獻的格式通常不是論文寫作者可以自己決定的，而是必須遵從投稿期刊的規定。

Citation Order System 的編號有兩點必須注意。第一，遇到標點符號時，文獻編號一般都是寫在標點符號的後面（句子中的逗點或句點之後），如果投稿期刊有特別規定，則以規定為主。第二，文獻編號要標在最容易理解的地方，如以下例句所示。於例句中隨便標上編號可能會誤導讀者，造成主題和文獻無法正確對應。請比較下面兩個例句：

✘ The results of Smith are in contrast to those of Jones, who reported findings similar to those reported in our earlier paper. [9-11, 13, 15, 21, 23]

○ The results of Smith [9-11] are in contrast to those of Jones, [13, 15, 21] who reported findings similar to those reported in our earlier paper. [23]

Smith 的結果 [9-11] 與 Jones 的結果 [13, 15, 21] 相左，Jones 的報告與我們之前的論文報告 [23] 相似。

參考文獻的寫法有許多不同的格式，再加上文獻本身的格式也各有不同，我們無法告訴你哪種寫法才是正確的。寫作者除了留意上述注意事項，還是要按照投稿期刊的規定。另外，省略的用法和書籍的引用也要參照投稿規定。總而言之，仔細閱讀投稿規定，並且確實遵守就不會有問題。

Abstract 的寫法

最後介紹 Abstract（摘要）的寫法，將 Abstract 的寫法置於最後，是因為放到最後才寫的話會比較容易下筆。

10.1 Abstract 的功能

我們先來看一下 Abstract 的功能。第一，Abstract 歸納全篇論文，用以幫助讀者決定是否要閱讀整篇論文。Abstract 常被使用於摘要服務，藉由登錄在美國化學文摘社 (Chemical Abstracts Service, CAS) 的期刊、日本科學技術振興機構 (Japan Science and Technology Agency, JST) 的線上資料庫 JOIS、或美國科學資訊所 (Institute for Scientific Information, ISI) 的資料庫 Current Contents 等處，成為資料庫中傳達相關論文的一份資料。此外，近來許多期刊開始發行電子版，這些 website 也多會公開使用論文的 Title（標題）和 Abstract。這些資料庫服務及 website 的設立，使得 Abstract 變得相對重要。使用者透過資料庫或網路搜尋有興趣的論文，藉由閱讀 Abstract 進而決定是否詳讀全篇論文。因此，Abstract 可說是除標題外，最多人閱讀的部分。

另外，Abstract 還有另一項功能。將論文送到學會或出版社接受審查時，Abstract 就會發揮功能。決定是否刊登某篇論文前，該篇論文會先被送到審查者手中。審查者會先閱讀論文標題，接著瀏覽 Abstract。在瀏覽完 Abstract 後，審查者大致就能判斷論文的內容為何，符不符合期刊所需。若論文本文的品質也相當不錯，研究水準頗高，而且題目重要且創新的話，論文被刊登的機會就很高。但若 Abstract 無法完整或確實傳達出研究重點，審查者在閱讀本文時就容易帶著批判性的看法，很可能使得審查的結果變成負面的。所以，Abstract 一定要簡單易懂，確實掌握研究內容和重要性，如此，審查者自然會對論文抱持著肯定的態度，進而閱讀整篇論文，論文被錄用的機會也會相對提高。

　　雖然研究本身出不出色是論文最重要之處，然而即便研究內容非常出色，若 Abstract 或任一章節敘述不清、邏輯散亂的話，還是得費力修改，才有出版的可能。

10.2 Abstract 的內容

　　Abstract 的類型有兩種，一是 Descriptive Abstract（敘述型摘要），另一種為 Informative Abstract（訊息型摘要）。科學論文的 Abstract，以 Informative Abstract 較為適合。先來簡單介紹一下 Descriptive Abstract：

　　Descriptive Abstract 是文獻回顧 (review paper) 或介紹報告內容時常用的格式。此類型摘要常提及研究目的或研究方法，但幾乎不涉及研究結果或結論。在文獻回顧中，需要歸納整理各種相關研究，因此特別適合使用。而針對未完成的實驗做提案時，撰寫 Abstract 時也會使用此一類型。

Abstract 是讀者決定是否讀完整篇論文的關鍵 section。

　　Informative Abstract 常用於科學論文。撰寫此類型的 Abstract 前，我們必須先理解它的功能。一般人常認為 Abstract 是論文的概要，雖然這也是 Abstract 的功能之一，但若這麼認為，可能會引起誤解，以為 Abstract 只要寫出論文的主要發現或目的就足夠了。

　　然而，**Abstract 其實是論文正文的縮小版**。也就是說，Abstract 應該包含論文正文的 Introduction, Methods, Results 和 Discussion 四章。這並不表示得寫出 Introduction 和 Discussion 等章的標題，而是指內容必須涵蓋這些 section。此外，各 section 的比例必須一致，不可太過強調某一章。論文和 Abstract 的對應如圖 10.1 所示。

圖 10.1 Abstract 是論文正文的縮小版

10.3 Abstract & Introduction

　　我們來比較一下 Abstract 和 Introduction 的差異。在 Chapter 5 中曾提到，Introduction section 內容也同樣涵蓋了研究目的、研究方法、主要結果和結論。但兩章的性質及功能卻相當不同。Introduction 特別強調研究目的，所以記載了參考文獻和相關資訊，而 Abstract 的研究目的卻只占了全文的 1/4。此外，Abstract 是整篇論文的縮小版，它可以單獨被登錄於摘要服務或其他公開的期刊，但 Introduction 有引用的文獻，必須搭配 Reference section 才算完整。本文也是在 Introduction 到 Reference 各個 section 以及圖表都備齊的情況下，讀者才有辦法閱讀。

10.4 Abstract 的寫法

我們來看 Abstract 的具體寫法吧！ Abstract 為論文的縮小版，因此研究目的、研究方法、主要結果和主要結論各篇幅的比重，各約占摘要全文的 1/4。不過 1/4 只是個大略的標準，並非絕對。

一般來說，Abstract 通常是在完成以 Introduction 為首的各個 section 之後才寫，所以寫起來輕鬆許多。特別是 Introduction 中已有實驗方法、主要結果和結論的概述，撰寫摘要時只要將 Introduction 中的研究目的加以簡化並歸納出即可。Introduction 和 Abstract 最大的不同就在於研究目的的記載。在 Introduction 中，研究目的是重點，而在 Abstract 裡，研究目的只不過占了1/4。此外，Abstract 是可獨立存在的一章，不需要參考 Reference。

繼續來看 Abstract 的寫作注意事項。因為 Abstract 是論文的縮小版，所以切忌寫得艱澀難懂，或使用一些會增加資料庫搜尋時困難度的格式，例如縮寫、圖表或公式。另外，避免記載參考文獻，除非論文的目的是針對文獻所揭示的方法進行研究，在這種情況下，就必須在 Abstract 中記載此方法的相關文獻。不過，應該盡量避免文獻的記載。

接著來看看 Abstract 所使用的時態。論文各 section 都各有其適合的時態，一般而言，Abstract 常使用過去式。其中研究目的的部分會寫成：

The objective of our research was to…
此研究目的在於……

研究方法會寫成：

We used a … to determine the…
我們使用了……以檢測……

主要結果會寫成：

We observed that the…
我們觀察到……

而主要結論會寫成：

We concluded that the…
我們得到……的結論。

撰寫 Abstract 時另一需特別注意的事項：**不可提及本文中未提及的事項**。因為 Abstract 只是論文的縮小版，不能放入本文裡所沒有的資訊。

最後再強調一次，Abstract 務必簡單易懂，不要寫出詳細背景或不必要的資訊。

Key Points

- Abstract 是讀者決定是否要閱讀整篇論文的關鍵 section。
- Abstract 是論文的縮小版。
- 絕對不要在 Abstract 裡寫出本文裡沒有提到的事。

Q & A

Q 本書表示撰寫 Abstract 時通常使用過去式，但卻有其他書籍表示 Abstract 大部分使用現在式，這是為什麼呢？

A Abstract 使用的時態，並沒有明確的規定。因為是描述「已發生的事情」，所以一般來說是用過去式，例如 Infrared spectroscopy was used to determine the structure.（紅外光譜術被使用在檢測結構上。）但若是要強調所描述之事為絕對真理時，就要使用現在式，例如 The new compound melts at 37℃.（新的化合物在攝氏 37 度時溶解。）

10.5 Abstract 和 Summary 的差異

我們來看看 Abstract 和 Summary 之間的差異吧！在 Chapter 8 我們討論過 Summary 和 Discussion 之間的差異，現在來看看它和 Abstract 的不同。如前所述，Abstract 是論文的縮小版且可獨立存在，由研究目的、研究方法、主要結果、主要結論等四部分組合而成；而 Summary 多半是歸納細部要點，作為已閱讀整篇論文的讀者的提示用途。因此撰寫 Summary 時，是在假設讀者已讀完論文的立場上，來歸納整理要點的。此外，它也包含了論文的主要結論。因此，Summary 和 Abstract 的性質和功能是完全不同的，且 Summary 也不能獨立存在。Summary 是基於讀者已讀完論文的假設而撰寫的，因此無法代替 Abstract。但是，有些期刊會在論文一開始安排一個類似 Abstract 的 Summary section，有時將其用來作為摘錄服務。此時，Summary 一詞只是詞彙的使用習慣問題，寫法則同一般的 Abstract。

10.6 Abstract 的寫作範例

以下為一 Abstract 寫作範例，讀者可用以對照上述提及的各點注意事項。

Abstract

The solution-based Wellington process has become the standard in the industry for the production of short-chain normal alcohols. Since the initial use of the Wellington process in industry, much effort has been put into further increasing its yield and selectivity, while decreasing the amount of solvent required. Unfortunately, such development efforts have shown diminishing return in recent years and further significant improvement cannot be expected. This has prompted many groups to seek alternative processes for the production of short-chain normal alcohols. We explored the use of heterogeneous catalysts for the production of such alcohols. We screened a variety of supports and catalytically active metals in flow reactor systems to determine if such catalysts hold promise for producing the desired alcohols. Our results showed that boron-modified zeolites are good supports for catalysts that produce short-chain normal alcohols. Furthermore, the use of ruthenium as the catalytically active metal on such zeolite supports produced high yields of the desired alcohols. Fine tuning of the catalysts provided yields that were superior to those produced by the conventional Wellington process. Furthermore, the lifetimes of the catalysts indicate that they can now be used in industry as alternatives to the Wellington process for the production of short-chain normal alcohols. Further work on the development of these catalysts is underway and recent results indicate that these catalyst systems can have yields in the high nineties, with long lifetimes. Because the use of solvents is avoided in these heterogeneous processes, these systems will find widespread use in industry.

摘要

使用溶液製程的 Wellington 法已經成為工業製造短鏈正醇的標準方法。自從 Wellington 製程開始用於工業領域後，各方為了提高產率和選擇性，並減少溶劑的使用量，持續做了許多努力。可惜的是，這些努力近年來並沒有得到什麼進展，我們也無法期待能有更重大的突破。因此，許多的研究團體開始尋找製造短鏈正醇的替代法。我們利用異相催化觸媒來製造短鏈正醇。為了確認這類觸媒是否能夠製造短鏈正醇，我們在流動反應裝置中進行了各種載體和觸媒活性金屬的實驗。結果發現，對於製造短鏈正醇的觸媒而言，以硼修飾的沸石是最好的載體。除此之外，具有觸媒活性的金屬釕用於沸石載體時，能夠製造出大量的短鏈正醇。只

要適度調整觸媒，所得到的產率會比傳統的 Wellington 製程更高。此外，就觸媒的生命週期看來，這些觸媒已經可以取代 Wellington 製程，用於工業的短鏈正醇製造中。許多這些觸媒的開發研究正持續進行中，而且最近的結果顯示，這些觸媒類的產率逼近 100%，生命週期也很長。由於這些異相觸媒不須使用溶劑，可以廣泛使用於工業領域中。

　　此篇範例為虛構文章，內容探討以製造短鏈正醇為目的，利用異相觸媒研發新製程以取代傳統製程。

Part **2**

英文文法篇

科學論文的英文文法

　　Part 2 將介紹科學論文寫作的英文文法。在此,我們不細談一般寫作時的文法規則,而是著重於撰寫科學論文時的特殊用法及文法要點。除了收錄非英語系國家的寫作者在撰寫論文時常犯的錯誤,更列舉英語系國家的寫作者也常搞錯的特殊用法,幫助寫作者避免犯下這些寫作上的錯誤。

11.1　簡單的句型

　　為了讓科學論文清楚易懂,寫作時我們會注意:一篇論文不要涵蓋過多的問題;全文的 section 架構使用單純的 IMRAD 格式 (Introduction, Methods, Results and Discussion);一個 paragraph 只探討一個主題。同理也適用於文法句型,若使用簡單正確的句型,論文就會流暢易懂;反之,若句型複雜又不正確,將導致論文艱澀難懂,根本讓人讀不下去。

句子太長、過於複雜易招致混亂。

11.2　句子的長度

　　首先從物理層面來探討 sentence 的長度。一般而言，sentence 不宜太長，否則會造成閱讀上的困難。一個 sentence 的標準字數約在 20 ～ 25 字之間。然而，字數會隨著文章主題、構造或 sentence 的結構而有所不同，例如，若將一個單字換成較長的片語，句子的字數就會增加。不過，只要句子的結構完整，意思就不難理解。我們來看看下面這個例子：

> ✗ In the time-of-flight experiments done by Professor Smith and his group at Berkeley, the long-range coupling effect seen between the covalently bound protecting group on the C-4 position and the photochromic moiety on the C-7 position is the same as the effect that we found for our system.

　　這個 sentence 的字數為 sentence 標準字數（20 ～ 25 字）的兩倍，但以簡單的構句呈現三個重點，讀起來不至於艱澀難解。然而，當 sentence 字數超過 25 個字時，寫作者就應該考慮為了讓讀者更易閱讀，是否將長句拆開會比較適當。我們將上面的長句拆成兩句，看看結果如何：

> ▲ In the time-of-flight experiments done by Professor Smith and his group at Berkeley, a long-range coupling effect was seen between the covalently bound protecting group on the C-4 position and the photochromic moiety on the C-7 position. This effect is the same as the effect that we found for our system.

　　長句分成兩句後，意思變得更容易理解了。若是將它拆成三句，會變成如何呢？

○ Professor Smith and his group at Berkeley used time-of-flight measurements to analyze internal interactions. They found a long-range coupling effect between the covalently bound protecting group on the C-4 position and the photochromic moiety on the C-7 position. This effect is the same as the effect that we found for our system.

柏克萊的 Smith 教授與其團隊利用飛行時間測定實驗來分析分子間內部的交互作用。他們發現 C-4 位置上共價結合的保護基團和 C-7 位置上光致色變的部分之間產生長距離耦合效應。這和我們在研究中所發現的是一樣的。

　　雖然原本的長句並非艱澀難懂，但把 sentence 拆成三句後，每個 sentence 的長度變短，且只講一件事，流暢度就提高了。

　　如同上面的例子，有時候句子雖然較長，但讀起來還算簡單易懂。但有時句子太長時，所使用的字彙可能會被誤解為其他的意思，或為了精確傳達想法，經常得動用某些構句複雜的結構，很容易導致讀者誤解語意。比較好的做法是，一個句子只講一件事，然後分成好幾個句子把整件事講完。如此一來，每個句子的字數會變少，文法結構也會變得比較單純。

　　曾有報告指出，一個 sentence 的字數若超過 15 個字，讀者的理解度就會開始降低；超過 20 個字的話，讀者開始感到困惑；超過 30 個字，讀者的理解度就會降到 50% 以下（圖 11.1）。因此，當一個 sentence 的字數超過 20 ～ 25 個字時，最好重寫或拆成數個短句。

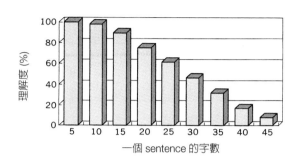

圖 11.1 sentence 的字數和讀者理解度的關係

(M. I. Bolsky, *Better Scientific and Technical Writing*, Prentice Hall (1988), p. 43)

11.3 避免錯誤的構句

論文常常因為 sentence 的結構不清楚或文法錯誤,導致讀者搞不懂寫作者想要表達的原意。我們來看看以下這個由非英語系國家者所寫的例子:

✖ New materials are usually designed on computers that can be engineered to be as solid as steel and yet as light as a cushion.

這句話到底要傳達什麼?在與寫作者溝通後,我們得知他想表達的意思為:

⊙ Computers can be used to design new materials that are as solid as steel and yet as light as a cushion.
電腦可以設計出如鋼鐵般堅硬又如抱枕般輕盈的新素材。

原來的句子最大的問題在於句子各部分的相互關係不恰當。因此,我們搞不清楚句子是指新素材還是電腦有如鋼鐵般堅硬又如抱枕般輕盈?

　　這種錯誤相當常見，常發生於合併數個句子時所導致的錯誤結構。這樣的句子不僅令人難以理解，甚至可能會導致讀者誤解原意。上述例句原意要傳達 computers used to design new materials 和 new materials that are as solid as steel and yet as light as a cushion 這兩部分，將兩者合併後，若注意彼此間相互關係，就會得到上述第二個例句的寫法。文章完成後，一定要確認 sentence 的意思是否清楚，以避免誤導讀者。

　　為了避免錯誤的構句以及單複數的混淆，寫作時可以試著掌握 sentence 的主軸。最簡單的方法就是，除去不重要的單字，讓 sentence 的骨架顯現出來。這個方法特別適合用在找出複雜句的文法錯誤上。以上述的第二個例句為例，去除不重要的單字後：

○ Computers can be used to design materials that are solid and light.
電腦可設計出硬且輕的素材。

　　這麼一來，句意就更清楚了。我們再看看將上述第一個例句簡化後的句子：

✗ Materials are designed on computers that are solid and light.

　　我們可以立刻知道哪裡有問題。

Key Points

為了防止文法上的錯誤，須留心：
- 盡量將 sentence 縮短（字數控制在 20 ～ 25 字以內）。
- 一個 sentence 只講一件事。
- 除去 sentence 裡不重要的單字，留住主軸。

11.4 單數和複數

　　接著來看看主詞與動詞單複數一致性的文法問題。首先看下面的例子：

> ✕ The design of new chemical factories are becoming more difficult because of the concerns for the environment.

　　這個例句的主軸是 Design of factories are difficult.，再進一步簡化就會變成 Design are difficult.，這樣就可以看出主詞 design 為單數形，而動詞卻為複數形 are。應改為：

> ○ The design of new chemical factories is becoming more difficult because of the concerns for the environment.
> 因為顧慮到環境的問題，新式化學工廠的設計是愈來愈難了。

　　主詞與動詞的單複數不一致，是寫作時常犯的錯誤。我們對簡單句的單複數一致性通常不會有問題（如 compound is 和 compounds are），但若主詞和動詞間加入其他的字詞，句子變得複雜，我們就很容易受到干擾而搞錯動詞單複數。上述例句中，design is difficult 的動詞 is 前面，就是因為放入了複數形單字 factories 而導致寫作者錯用了複數形動詞。

　　一般來說，若主詞是兩個名詞以上的話，動詞通常是用複數形。不過，若 sentence 中的兩個名詞在結構上並不對稱，主詞其實只有一個名詞時，動詞就要用單數形。例如：

> Sodium hydroxide and water were added to the flask.
> 將氫氧化鈉和水都加入燒瓶內。

　　因為 sodium hydroxide 和 water 兩者都是主詞，所以動詞就用複數形。再看下面的句子：

Sodium hydroxide, together with water, <u>was</u> added to the flask.
將氫氧化鈉連同水加入燒瓶內。

這裡的主詞為 sodium hydroxide，而 together with water 只是用來修飾主詞的片語，所以動詞用單數形。再看看下面的例句：

Either the solution or the crystals <u>are</u> blue.
溶液或結晶兩者之中有一個是藍色。

使用這樣的句型時須特別注意動詞的單複數。這個例句的主詞是 solution 或 crystals 其中之一，並非 solution 及 crystals 兩者，所以在這種句型中，動詞的單複數取決於最接近動詞的主詞。這個例句中，較接近動詞的是 crystals，所以動詞用複數形 are。若將兩個名詞對調，句子就變成：

Either the crystals or the solution <u>is</u> blue.

將數量視為一個整體時，動詞用單數形；分成數個單位時，動詞用複數形。

　　此時，我們就以 solution 爲主，使用單數形動詞 is。

　　接著，來看看科學論文裡特有的「數量」(amounts) 和動詞單複數的關係。提到數量時，若將數量（如 10 g、500 ml）視爲一個整體，動詞就使用單數形。例如：

After addition of the first reagent, 10 g of sodium hydroxide <u>was</u> added to the solution.

添加第一批試劑後，在溶液中加入 10 公克的氫氧化鈉。

　　10 g 雖是複數，但是我們把它視爲一個整體，一次加入溶液內，因此動詞用單數形。如果將 10 g 分成 1 g、1 g……陸續加入的話，動詞就要使用複數形：

After the addition of the first reagent, 10 g of sodium hydroxide <u>were</u> added one gram at a time.

添加第一批試劑後，以一次一公克的方式加入 10 公克的氫氧化鈉。

Q & A

Q 若某化合物有數種以上時，要在化合物後面加上 s 嗎？例如應該寫成 compounds A, B, C, D, and E 還是 compound A, B, C, D, and E？

A 舉一個簡單的例子作說明。假設文章中有兩張圖表，我們要寫「圖一和圖二」時，會寫成 Figure 1 and Figure 2 或 Figures 1 and 2。也就是說，用一個單字來代表全體項目時，因爲包含的項目爲複數，因此要用複數形。所以，compounds A, B, C, D, and E 才是正確的。

{ compounds A, B, C, D and E.
　　　　　或.
compound A, compound B, ...

11.5 過去式和現在式

科學論文裡的時態 (tense) 有重要的意義。用過去式 (past tense) 撰寫的話，代表在過去得到某種結果，或某結論在過去是正確的，但現在卻是錯誤的。用現在式 (present tense) 撰寫的話，代表某件事在過去、現在、未來都是普遍的真理。例如：

The solution turned blue when the pH was increased to 8.5.
當 pH 值提升至 8.5 時，溶液會變為藍色。

Q & A

Q 在 Abstract 或是 Summary 中，常常會看到像 The protein X has been purified. 等現在完成式的句子。這句話為何不直接使用過去式？有必要使用現在完成式嗎？

A 一般來說，用過去式 The protein X was purified.，要比用現在完成式 The protein X has been purified. 來得好。但現在完成式有時可用來強調語氣。例如 The X technique has been used to analyze Y, but we (have) used it to analyze Z.（X 技術一直以來被用在分析 Y 上，但我們用它來分析 Z。）這個句子中，雖然可將 has been 改成 was，但是使用現在完成式的話，則有強調對比的作用。過去，常會使用過去完成式，例如 The X technique had been used to analyze Y, but we found that this technique is not accurate.（X 技術過去一直被用來分析 Y，但我們發現此技術並不精確。），認為可提高真實性，但現在幾乎不這麼用了。若沒有特別要強調語氣，一般來說，使用簡單現在式或過去式即可。

　　此句僅在描述某個結果，並沒有意指這件事是否為永遠的真理。若是將句子
改成：

> The solution turns blue when the pH is increased to 8.5.

　　這麼寫就表示這是一個普遍的真理。我們在各 section 的寫法中已簡單介紹
過時態，現在再簡單回想一下：將得到的結果或想法傳達給讀者時，現在式代表
真理，過去式代表發生過的事或觀察到的事實。大家一定要謹記這兩者的差異，
這對撰寫科學論文有很大的幫助。

11.6　主動語態和被動語態

　　主動語態和被動語態的用法，在科學論文寫作中相當重要。撰寫科學論文應
該使用何種語態並無定論，因此對寫作者來說常是個難以抉擇的問題。過去，為
了讓論文減少人為的因素而顯得更客觀、更科學，一般來說都會使用被動語態。
但是近來有不少學者指出，使用被動語態，會讓句子顯得更複雜。我們先來看下
面這個簡單的例句：

> The boy threw the ball.
> 男孩丟球。

　　此為一主動語態的句子，主詞 (boy) 是動作者，指的是男孩做了投球的動
作，句子相當自然易懂。如果將它改為被動語態：

The ball was thrown by the boy.
球被男孩丟了出去。

句子的主詞 (ball) 成了動作的接受者。這句話顯得有點不自然，但優點是可以強調被動的狀態。

接著，我們來看一下科學論文裡主動語態和被動語態的功能。

如上述，為了想讓文章看起來更客觀，所以使用被動語態。因此，我們常會寫出這樣的句子：

It was reported earlier that the reaction was fastest at pH 4.5.
據稍早報告，pH 值為 4.5 時反應最劇烈。

若是用主動語態的話，句子會變成：

We reported earlier that the reaction was fastest at pH 4.5.
我們稍早指出，pH 值為 4.5 時反應最劇烈。

比較一下這兩個句子，被動語態句子的字數較多，但讀者卻不清楚是誰發現、報告了此一事實；而字數較少的主動語態句子卻傳達了較多的資訊。

有些寫作者可能會因此認為使用主動語態較好，所以全篇論文都使用主動語態，但這是不正確的。想要強調動作者，或想讓句子更清楚明瞭時，才使用主動語態。使用主動語態時，只要寫出 We showed... 這樣的句型，就可強調動作者 We，即便是不須強調動作者的情況，句子也會變得更簡單易懂。

相對的，當動作者不重要時，就可以使用被動語態。

The sample was maintained at 7℃.
樣品維持在攝氏 7 度。

改為主動語態：

A refrigerator was used to maintain the sample at 7℃.
使用冷卻裝置將樣品維持在攝氏 7 度。

　　第一句比第二句更簡潔有力，由此可知被動語態也能簡單明瞭地傳達內容。當然若 refrigerator 不可省略，就要使用第二個句子。再看一個例子：

We increased the pH by adding acid to the solution.
我們將酸加入溶液中，提高 pH 值。

改為被動語態：

The pH was increased by adding acid to the solution.
酸被加入溶液中，提高了 pH 值。

　　第二句比第一句更為簡單易懂。
　　簡單來說，主動或被動語態的選擇視寫作者要強調的部分而定。以下面的句子為例：

> Heinrich Rohrer invented the scanning tunneling microscope.
> Heinrich Rohrer 發明了掃描式穿隧顯微鏡。

　　如果用主動語態，主詞是動作者，可以強調發明者 Heinrich Rohrer。若是使用被動語態的話，句子會變成：

> The scanning tunneling microscope was invented by Heinrich Rohrer.
> 掃描式穿隧顯微鏡是 Heinrich Rohrer 發明的。

　　句子轉而強調發明物 scanning tunneling microscope。因此，想強調動作者（某人、I、We 等）或想讓句子顯得更簡潔時，就使用主動語態。而當句子的動作者不是很重要時，例如：

> The refrigerator cooled the sample.

> We stirred the solution.

　　上述兩句中的 refrigerator 和 We 都不是特別重要，就可以把句子改寫成被動語態，省略動作者，寫成：

> The sample was cooled.

The solution was stirred.

這麼一來，語意會更清楚。

用英文撰寫科學論文時，視想要強調的部分來決定要使用主動語態還是被動語態。

Key Points

- 大多數的時候，會將 10 g、500 ml 等表示數量的詞彙視為一整體，動詞使用單數形。
- 科學論文裡，現在式表示真理，過去式表示已發生的事實。
- 主動或被動語態的選擇視想要強調的部分而定。

"動作者是誰" 不重要 ⇒ 用被动.

強調 "動作者" ⇒ 用 "主动"

用字的基本原則

在 Chapter 11 我們提到論文寫作的一些文法要點，本章則進一步介紹論文寫作中經常使用的字彙。爲了寫出更優質的科學論文，我們首先從字彙的使用時機及用法看起。

12.1 使語意明確的字彙

寫作者爲了明確傳達語意，應該選擇哪些字彙呢？其中一個要點便是，選擇讓 sentence 間的連結更加清楚的字彙。

某些特定的字彙可以加強句子的結構或句子間的連結，讓句子間的關係更清楚。我們將這些字彙歸納爲八類，包括：「時間關係」、「相對關係」、「傾向」、「絕對狀態」、「添加」、「舉例」、「反對或是替代方案」、「闡述結論」等。撰寫科學論文時若能善用這些字彙，絕對能讓論文的重點更明確。

1. 表示時間關係 (time relationships) 的字彙

- when
- since
- as
- during
- while
- then
- after
- before

2. 表示相對關係 (relative relationships) 的字彙

- higher
- lower
- larger
- smaller
- left
- right
- front
- back
- forward
- rear
- the same
- similar
- different

3. 表示傾向 (trends) 的字彙

- increased
- decreased
- became larger
- became smaller
- became better
- became worse

4. 表示絕對狀態 (absolute states) 的字彙

- first
- last
- highest
- lowest
- closest
- farthest
- fastest
- slowest
- unique
- straight
- safe
- possible

5. 表示添加 (making additional points) 的字彙

- and
- furthermore
- next
- moreover
- in addition
- again
- also
- likewise
- similarly
- second
- finally

6. 表示舉例 (introducing examples) 的字彙

- for example
- for instance
- that is
- namely
- specifically

7. 表示反對或是替代方案 (introducing contrasts or alternatives) 的字彙

- but
- or
- however
- on the contrary
- in contrast
- on the other hand
- conversely

8. 表示闡述結論 (making conclusions) 的字彙

- therefore
- thus
- then
- so
- in conclusion
- consequently
- as a result
- accordingly

試比較下面兩句，便可知何以這些字彙能讓句子間的連結更加清楚明確。

✕ The reagent was added to the solution. The pH was adjusted to 7.5. The solution temperature became 90℃. Crystals began to form.

○ The reagent was added to the solution and then the pH was adjusted to 7.5. As a result, the solution temperature increased to 90℃ and then crystals egan to form.

先把試劑加入溶液中,接著將 pH 值調整到 7.5。結果溶液溫度上升到攝氏 90 度,之後結晶開始成形。

第一個例句雖然較短,但卻難以呈現句子間的相互關係,因此讀者只能自己推測寫作者想要傳達的重點。相對地,改寫後的句子,結構依舊單純,但加上適當的連接詞後,句子間的相互關係變得更加清楚,句子也變得更為簡單易懂。只要適當運用這些字彙,寫作者就能把自己想表達的意思更清楚地傳達給讀者,資訊也能夠更正確地傳達出去。

Key Points
使用特定字彙,讓句子間的相互關係更加清楚明瞭。 A ... and ... B(添加) A ... therefore ... B(結論) A ... then ... B(時間順序) A ... a ove ... B(位置) A ... more than ... B(比較) ⋮ etc.

12.2 避免意義不明確的字彙

撰寫科學論文時,避免使用抽象或意義不明確的字彙。我們以論文中常見的典型錯誤為例:

✕ The solution became <u>very</u> hot.
溶液變得非常熱。

✘ The crystals were <u>relatively</u> small.
結晶比較小。

✘ The reaction gave a <u>good</u> yield.
這反應的產率很高。

✘ <u>Rarely</u> did we observe the NMR peak for the unknown material.
我們很少觀測未知物質核磁共振的訊號。

　　畫底線處就是意義不明確的字彙。以第一個例句為例，其中的 very hot 到底是指幾度呢？有機化學家會回答攝氏 200 度，陶瓷研究者會說是攝氏 1200 度，生化學者會回答攝氏 60 度，低溫工學研究者甚至會說攝氏負 100 度！ very hot 的範圍竟落在攝氏負 100 度到攝氏 1200 度之間，這樣的數據根本沒有意義。因此，撰寫科學論文時不該寫 very hot，而要寫出特定的溫度，例如 150℃。同樣

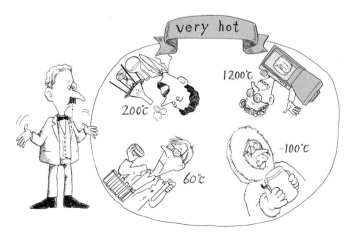

very hot 是指熱到什麼程度？

地，不該寫 relatively small，而要寫 1 mm；不寫 good yield，而要寫 95%；不寫 rarely，而要寫 in only one sample out of 10（十次裡面僅有一次）。寫得具體一點，讀者才更容易理解。

當然，抽象的字彙有時也能靠著句子的上下文交代清楚，但是要完全傳達寫作者的語意常常是很困難的。所以，撰寫科學論文時要小心注意下列的字彙：

• very	• quite	• rarely	• seldom
• infrequently	• once in a while	• unlikely	• usually
• likely	• almost certain	• tended to be	• was often
• moderately	• relatively		

12.3 容易用錯的字彙

以下我們以例句來說明一些容易誤用的字彙。這些字彙連英語系國家的人也常會用錯，要特別注意它們的用法。

▪ amount

✕ A large amount of grams of the sample was added to the solution.

▲ A large amount of the sample was added to the solution.

○ The sample (500 g) was added to the solution.
將 500 公克的樣品加入溶液中。

第一句中的 a large amount of grams 是錯誤的寫法，正確應為 a large amount of the sample。但撰寫科學論文時，應該要明確寫出實際的數量（例如寫出 500 g）。另外要注意，**句子不要以阿拉伯數字作開頭**，例如：

✗ <u>500 g</u> of the sample was added to the solution.

必須以數字為句首時，要寫成：

○ Five hundred grams of the sample was added to the solution.

Q & A

Q Five hundred grams of the sample was added to the solution. 這個例句中，動詞為何是 was 而不是 were 呢？

A 我們在 Chapter 11 提過，當數量視為一個整體時，動詞用單數形。例如：

- Twenty-five grams of KCl was added to the solution.
  （將 25 公克的氯化鉀加入溶液中。）
- The mixture was stirred and 25 ml of diluent was added.
  （攪拌混合物並加入 25 毫升的稀釋液體。）
- Four months is needed to complete the experiment.
  （這項實驗需要四個月才能完成。）

順帶一提，要用英文撰寫 21 ～ 99 的數字時，寫法同第一個例句中的 Twenty-five，兩個數字間用連字號 (-) 連接。例如，如 From twenty-one to ninety-nine。

但更好的寫法爲：

> ⭕ The sample (500 g) was added to the solution.

　　像這種把數字放在括號中，再插入句子的寫法簡單易懂，閱讀時可略過括號，不會影響閱讀的流暢度。而想知道細節時，括號內的數據也能馬上提供資訊。

■ only

> ⭕ Only the compound was added to the solution.
> 只將該化合物加入該溶液中。

> ⭕ The compound was added only to the solution.
> 該化合物只加入該溶液中。

　　比較這兩個例句即可知道，隨著 only 位置的改變，句子的意思會變得完全不一樣。使用 only 時，需仔細思考該放在句子何處。

■ it

> ❌ The oil phase was poured into water and <u>it</u> became blue.

○ The oil phase was poured into water and the aqueous phase
became blue.
將油相注入水中後，水層變成藍色。

　　使用 it 時，要讓讀者清楚地知道 it 所指何物。在第一個例句中，我們不確定 it 指的是 the oil phase 還是 water，像這樣無法清楚傳達語意時，就要避免使用 it。改成第二個例句後，意思就清楚了。

■ varying & various

✕ Varying concentrations of the reagent were used.

○ The concentration of the reagent was varied.
試劑的濃度被改變了。

○ Various concentrations of the reagent were used.
使用了各種不同濃度的試劑。

　　varying 和 changing 同義，都表示「不停變化的」。所以第一個例句的意思為「使用了濃度不停變化的試劑。」這似乎不太可能。若是想表達「改變了試劑的濃度」，寫法就像第二個例句；而若是想表達「使用了各種不同濃度的試劑」，就將第一個句子的 varying 改成 various，寫法就像第三句。記住，varying 等同於 changing，而 various 等同於 different。

▪that & which

○ The crystals that were blue were added to the solution.
將藍色的結晶加入溶液中。

○ The crystals, which were blue, were added to the solution.
結晶是藍色的。將結晶加入溶液中。

　　that 是引導子句的字彙，若將 that 從句子中拿掉，句子的意思就無法完整傳達，也可能造成讀者的誤解。上述兩個例句的意思皆為「將藍色的結晶加入溶液中」。但若寫成 that were blue，就表示結晶可能有 red, blue, green 等各種顏色，但只將 blue 的結晶加入溶液中。然而，which were blue 卻是表示結晶只有 blue 的，但為了慎重起見而附加說明。由此可知，that 和 which 所引導的子句，在功能上是完全不同的。

that 和 which 的使用時機有別。

and/or

要表達數個項目之間存有多種相互關係時，常常會使用 and/or 的用法，意指「A 和 B ／ A 或 B」。寫作者想要涵蓋所有的可能性時，這個字彙就非常實用。但這種寫法意思太模糊，讀者得自己假設各種可能性，還得推測作者的意圖。因此，撰寫科學論文時，建議不要使用。

case

科學論文中常見 case 這個字彙，它幾乎可被稱為 technical slang（專門術語）了。因為用了 case 這個字彙以後，感覺會更像專有名詞，例如 case study（個案研究）。然而實際上，若以更精準的字彙取代，論文會變得更簡單易懂。例如：

- in this case → here
- in most cases → usually（若能說明實際的頻率為何會更好）
- in all cases → always
- in no case → never

propose & develop(ed)

非英語系國家的人在撰寫科學論文時，若要表示曾做過的任務或現在正在進行的任務時，常常會運用 propose 這個字彙。然而，propose 意指「充分考量某個想法後提案」，因此在任務結束之後，並不適合再使用這個字彙。當任務結束時，可以用 develop(ed) 來代替 propose。不過，在某些情況下，也可使用 propose。例如，已開發了某種新的方法，但為了得到認可，向許可機關提出申請時，即可使用（如例句三）。

> ✕ We propose a new method for…

we developed a new method for….

⊙ We developed a new method for…
我們開發了一種新方法，為了……

⊙ We propose that a new method that we developed for … be accepted by…
我們提議……接受我們為了……所研發的方法。

12.4 用字力求簡潔明確

以下，我們針對用字的三個問題進行討論。

第一，**贅字及艱澀的字彙**。首先，我們列出幾個含有贅字（斜體字）的例子。若想知道更詳細的內容，請參閱其他科學論文寫作的相關書籍。（例如 B. E. Cain, *The Basics of Technical Communicating*, ACS Professional Reference Book, American Chemical Society (1988) 或 R. A. Day, *How to Write and Publish a Scientific Paper*, 5th ed., Oryx Press (1998) 等）

- check *into*
- close *down*
- end *up*
- *in* between
- later *on*
- open *up*
- weigh *out*
- climb *up*
- divide *up*
- enter *into*
- link *up*
- seal *off*
- write *up*

同樣地，以下的片語太過冗長，都可以用簡單的字來代替：

- accounted for, by the fact that → due to, caused by, because
- a great deal of → much
- by means of → by
- it is clear that → clearly
- notwithstanding the fact that → although
- there is little doubt that → doubtless, no doubt

不要用太長的片語.
力求 簡單. 明瞭.

以下這些字經常出現於科學論文中，但替換成較簡單的字彙或是片語會比較好。例如：

- utilize → use
- perform → do
- carry out → do
- prior to → before
- sufficient → enough
- plethora → too much, excess, surplus

第二，同義詞重複。我們先看以下例句：

✖ The product was divided into <u>equal halves</u>.

✖ The two phases <u>merged together</u>.

✖ The reagent was <u>adequate enough</u>.

> ✖　The foam expanded until the vessel was <u>completely full</u>.

　　畫底線處為意思重複的贅字。equal 與 halves、merge 與 come together、adequate 與 enough、full 與 complete filling 的意思重複了。以上的例句可以改寫成：

> ○　The product was divided into halves/ in half/ into equal parts.
> 物品被均分為兩份。

> ○　The two phases merged.
> 兩相被混合在一起。

> ○　The reagent was adequate.
> 試劑相當足夠。

> ○　The foam expanded until the vessel was full.
> 泡沫不斷擴散，直到填滿了整個容器。

　　第三，最高級形容詞。最高級形容詞不能再添加強調程度的修飾語，使用時要特別留意。例如我們常在科學論文中看到 very unique 的用法，但 unique 即表示「獨特的，唯一的」，寫成 very unique 也不能再增加其獨特性，只要寫

unique 就足夠了。同樣地，不要寫 very impossible，因為 impossible 已是「不可能」的意思，加上 very，也不可能變得更不可能。straight 意思是「筆直的」，因此也不要寫成 very straight。不過 nearly straight 這種寫法是對的，這裡的 nearly 修飾 straight，表示「幾乎是筆直的」。以下列舉出一些經常使用、擁有最高級意義的單字。

- dead
- safe
- obvious
- vertical
- perfect
- horizontal
- permanent
- flat

撰寫科學論文時，不論你的母語是否為英語，都會有用字錯誤的時候，本章舉出特別容易犯錯的字彙，撰寫時要特別注意。避免用字錯誤要留心下列兩點，第一，盡量使用簡單的字彙。第二，要使用可明確傳達意思和關係的字彙。

Q & A

Q 在上述有關贅字的例子中，提到了 climb up, enter into, in between 等詞彙，為何它們常被加上 up 或 on 等贅字呢？是不是會造成語感上的不同呢？另外，非英語系國家和英語系國家的人，何者較常使用這樣的贅字？

A 這些字經常在日常會話中被使用。加上了 into 或 on 後，有強調的感覺。例如 climb up 聽起來會比 climb 強烈。但是，climb 理所當然會 up，所以 up 是不需要的。雖然用法不正確，但在日常會話當中，非英語系國家和英語系國家的人都會使用。不過在科學論文裡，我們還是要盡量使用正確的用法。

冠詞的用法

　　對非英語系國家的人來說，冠詞 (a, an, the) 的用法常令人感到困惑。一般而言，冠詞是用來分辨所接的名詞是特定還是不特定。例如：

> The compound (10 g) was put into a glass reactor containing water (500 ml) and heated (60°C) until the compound dissolved.
>
> 在裝有 500 毫升水的玻璃反應裝置中，加入 10 公克的化合物，以攝氏 60 度加熱直到化合物溶解為止。

　　例句中的化合物是讀者已知的某種特定化合物，而玻璃容器則是任意一個玻璃容器。若寫作者先前已對化合物做了具體描述，讀者可以立刻明白是哪種化合物的話，就可像例句一樣，直接用定冠詞，寫出 the compound。如果先前也曾針對玻璃容器有具體描述的話，就可使用定冠詞 the，如此一來，句子會變成：

若指的是 "已知" 的物品,

就要用 "the"

接在 the 之後的名詞為特定對象。

The compound (10 g) was put into the glass reactor containing water
(500 ml) and heated (60°C) until the compound dissolved.
在裝有 500 毫升水的該玻璃反應裝置中，加入 10 公克的化合物，以攝氏 60 度加熱直到化
合物溶解為止。

　　以上兩個例句看起來很簡單，但實際運用時卻常讓人相當困擾，特別是 the
的用法。記住，**the 是向讀者表示之後所接的名詞是特定的對象**。使用時，請務
必記住這點。

✳ **13.1** The 的用法

　　定冠詞 the 的用法很重要，在此列舉說明。

1. 已說明過的名詞

　　如上所述，可以在已說明過的名詞前加 the，如上面提到的 the compound
或 the glass reactor。

2. 有修飾語修飾的名詞

　　這樣的情況很常見，但也很常用錯。大致可分為兩種：
　　第一，名詞前有 same、only、序數或最高級形容詞等特定形容詞修飾時。

The hardest material known to man is…
目前所知最硬的物質是……

Treatment of such materials by this procedure is the safest way to…

用這種程序處理這類物質是……最安全的方法。

This device produced the first sample of…

這個裝置生產出……的第一份樣品。

從上述例句即可得知，在這種情況下，名詞是特定的。

第二，名詞之後有修飾語時。這種用法很常見，例如 the … of… 或 the … in… 等形式。

The synthesis of XYZ by…

XYZ 的合成物……

The steps of the procedure are…

這個程序的步驟為……

The rod going through the chamber was…

穿過容器的棒子是……

我們不會寫成 the Taiwan，但卻常寫 the United States，理由也是「因修飾語而被限定」。專有名詞（如 Taiwan）前通常不加冠詞，而 States 被 United 這個修飾語限定 (states that are united)，所以要寫成 the United States。

3. 特定的時間或場所

特定的時間或場所前也要加上 the。例如：

New developments in computational chemistry in the 1980s were…
1980 年代計算化學的新發展是……

例句中的 1980 年代是無可取代的特定時間。

特定的地點則像 the earth（大地）、the sky（天空）、the ground（地面）等。不過，若把 earth 當專有名詞「地球」使用時，要寫成 Earth。

以上是關於 the 的基本用法。記住，使用 the 的目的是要提醒讀者對某些特定字彙的注意，以幫助讀者的理解。若是不遵守此原則而任意使用，可能會讓讀者誤解接在 the 之後的名詞的重要性；反之，若在該用 the 之處用了 a 或 an，就無法提醒讀者該名詞的重要性。如此一來，寫作者的原意也可能無法正確傳達。

Q & A

Q 我的論文標題原為Studies of the mode of life of an ectomycorrhizal fungus *Tricholoma bakamatsutake*，然而教授把其中的 an 改成了 the，請問這是為什麼呢？

A 這個問題有點困難，因為不管用 the 或 an，英語系國家的人都不會覺得奇怪。若把冠詞從 an 改成 the，是因為專有名詞 Tricholoma bakamatsutake 直接接在一般名詞 ectomycorrhizal fungus 之後，表示僅有一種類型的菌類。要強調特定的菌類類型，就要使用 the。若使用 an 時，可以寫成：Studies of the mode of life of an ectomycorrhizal fungus (i.e., *Tricholoma bakamatsutake*)（外生菌根菌〔如 Tricholoma bakamatsutake〕的生態研究）。

13.2　A, An 的用法

接下來看沒有特定指稱名詞時的不定冠詞的用法。

如上述，使用 the 是為了表示所接的名詞是特定的對象。這與泛指一般名詞的 a/an、複數形、無冠詞的用法有別。

不定冠詞或複數形的用法會因可數名詞或不可數名詞而改變。一般來說，不可數名詞例如 water, sand, information, equipment 等沒有複數形，前面不加不定冠詞 a/an。不過，若特定指稱時，則可在前面加上 the。以不可數名詞 water 為例，比較一下兩者的用法：

Key Points

- 喚起讀者對特定名詞的注意時，使用 the。

  ... the organic compound just described was...

  ... the computer that was used to...

- 表示只有一個、非特定名詞或一般意義時，使用 a/an。

  ... an organic compound was formed...

  ... a computer was used to...

  ... an organic compound contains carbon and hydrogen...

  ... a computer is a device used to...

- 泛指一般意義時，使用複數形。

  ... organic compounds are used in plastics...

  ... computers are used to...

Water is an important ingredient for the successful completion of this reaction.

水是使這個反應順利進行的重要成分。

在此，water 泛指一般的水，所以前面不加定冠詞。

The water in the solution was removed by storing the solution over molecular sieves for 12 hours.

將分子篩置入溶液中 12 小時以去除溶液中的水分。

在此，water 是指溶液中的水分，因為有被特定，所以前面加上 the。

　　再來看看可數名詞的情況。可數名詞如 compound（化合物）、flask（燒瓶）、reaction（反應）有複數形，前面也可加不定冠詞 a/an，代表一般名詞。例如 compound 泛指一般意義時：

The reaction produced a compound that was insoluble in acetone.
該反應產出一種不溶於丙酮的化合物。

　　若想用複數形的話，就寫成：

The reaction produced compounds that were insoluble in acetone.
該反應產出不溶於丙酮的化合物。

　　當一般名詞的數量不限於一種時，使用複數形可以表達更廣泛的意義。這點在決定論文標題時尤其重要。例如：

Use of the XYZ Procedure to Determine the Bonding in a Compound
使用 XYZ 法決定一化合物中的鍵結

　　句中的 a compound 所代表的是某一種化合物，在這種情況下，若直接寫出該化合物的名稱會更清楚。然而，句子若改成：

Use of the XYZ Procedure to Determine the Bonding in Compounds
使用 XYZ 法決定不同化合物中的鍵結

　　如此一來，意思就變為 XYZ 法可用在眾多化合物鍵結的決定上，表達更廣泛的意義。

我們將以上的內容做成簡單的圖示（圖 13.1）。要掌握定冠詞 the 的用法，就要確實了解句子中有定冠詞 the 的文法結構。

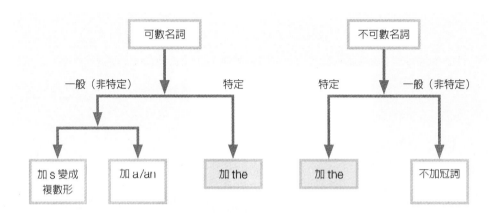

圖 13.1　冠詞的使用方法

Q & A

Q 不可數名詞（如 soil, temperature）通常不加表複數的 s，但有時也會看到不可數名詞加上 s，這是為什麼呢？

A 規則常有例外存在，不可數名詞有時也會有複數形。不可數名詞若泛指一般意義時，以單數形表示；但若可區分為好幾類時，就可使用複數形。例如 soil 表一般意義時，使用單數形：

* The soil in Madagascar is complex.
（馬達加斯加島的土壤很複雜。）

但 soil 的種類很多，若想說明「有好幾個種類」時，可以使用可數名詞修飾語句（如例一）或直接使用 soil 的複數形（例二）。

1. There are two types of soil found in Madagascar.
2. There are two soils found in Madagascar.
（馬達加斯加島上有兩種土壤。）

除了 information, research, equipment 等一些只能使用單數形的單字外，寫作者還是要根據想表達的意思，來決定不可數名詞要用單數形還是複數形。

各式基本句型

14.1 動狀詞構句

　　動狀詞是指分詞、動名詞、不定詞。動狀詞與動詞的作用不同，動狀詞在句子裡當形容詞或名詞使用。例如：

○ Analyzing the same data, Professor Smith was able to show that the two compounds were different.

分析了相同的資料以後，Smith 教授得以證明這兩種化合物是不同的。

　　此例句中的 Analyzing the same data 是一分詞構句。

　　動狀詞構句可分為分詞構句、動名詞構句、不定詞構句三種。我們針對其用法分別舉例說明。

1. 分詞構句

　　分詞構句是由現在分詞 (V-ing) 與過去分詞 (V-ed) 所引導的子句，作形容詞用。上述例句中，Analyzing 為現在分詞，Analyzing the same data 為分詞構句，修飾 Professor Smith，說明這名教授是如何證明兩種化合物的不同。

2. 動名詞構句

　　動名詞構句是由動名詞 (V-ing) 所引導的子句，作名詞用。例如：

Adjusting the pH of the solution to 6.5 was the most important step for producing a high yield of the product.

將溶液的 pH 值調整為 6.5 是使產物有高產率最重要的步驟。

例句中的 Adjusting 所引導的子句當名詞使用，作爲句子的主詞。

比較一下上述兩個例句，第一個例句中的分詞構句是強調行爲者 Professor Smith，而第二個例句的動名詞構句則是強調 Adjusting the pH of the solution to 6.5 中的動作 adjusting。

3. 不定詞構句

不定詞構句是由不定詞 (to V) 所引導的子句，可作名詞、副詞、形容詞用。分別以下列三個句子說明：

To purify the final product was the most difficult step of the synthesis.
產物的純化是合成時最困難的階段。

例句中的 To purify the final product 當名詞使用。

We did the analysis to show that the reactant had been converted into the desired product.
爲了證明反應物已經轉化成目標產物，我們做了分析。

句中的不定詞構句當副詞使用。

The purification procedure to eliminate the undesired product was successful.
除去不要的產物的純化步驟成功了。

句中的 to eliminate the undesired product 用來修飾 purification procedure，當形容詞使用。

　　對非英語系國家的寫作者而言，動狀詞構句的運用是比較難的，我們繼續來看例子！

　　在某些情況下，這些動狀詞是可以互相替換的。例如，以下這個當名詞使用的不定詞構句：

To purify the final product was the most difficult step of the synthesis.

可改寫成：

Purifying the final product was the most difficult step of the synthesis.

　　在這種情況下，可將不定詞改成動名詞，意思不變。英語系國家的人在撰寫科學論文時，多數會使用動名詞構句，因為動名詞構句給人明確且直接的印象。

Analyzing the same data, Professor Smith was able to show that the two compounds were different.

Adjusting the pH of the solution to 6.5 was the most important step for producing a high yield of the product.

分詞構句強調行為者，動名詞構句強調動作。

相反的，使用不定詞構句（如 **To purify**）則會給人文謅謅的感覺，句子會帶有文學或詩詞的味道，較不適合科學論文的性質。

14.2 名詞表達法

動狀詞構句的用法和名詞表達法有很大的關聯。然而，對非英語系國家的人來說，名詞表達法的使用不是很簡單，我們以剛才的句子為例，若是非英語系國家的人使用名詞表達法來撰寫的話，句子可能會變成這樣：

> ✕ The final product purification was the most difficult step of the synthesis.

這個句子的文法雖然正確，但句子原來的重點 purify（純化）卻顯得不重要。若將 purify 改成 purifying，放到句子的開頭，就較能夠吸引讀者的注意。此外也可寫成：

> ○ The purification of the final product was the most difficult step of the synthesis.

使用名詞 purification 取代動名詞 purifying，就構句上來說是正確的，但是 Purifying the final product 強調純化的動作，The purification of the final product 則強調純化的過程。兩者間的差異單純只是文體的問題，端看個人的喜好來使用。另外要注意，使用名詞表達法時，必須將句子所強調的中心字彙置於句首。

我們再進一步說明名詞表達法的用法。

　　名詞表達法因為可以簡化複雜的內容，因此相當適合科學論文。然而，非英語系國家者在使用名詞表達法時，常寫出艱澀難懂的構句，反而無法強調中心字彙。

　　表達簡單內容時，以上述例句為例，與其使用 The final product purification 這樣的名詞表達法，不如使用 The purification of the final product 這樣可以強調中心字彙的句型。

　　若是使用較長的名詞表達法，讀者只要讀過一遍，應該就能理解它的意思和重要性。因此，若同一個名詞已於前面出現數次，再次出現時，可將它們簡化。例如：

the analysis of the dynamics of the molecule by NMR spectroscopy
利用核磁共振光譜對分子做的動力學分析

　　這樣的說法在文中用了 2 ～ 3 次之後，可逐漸簡化成：

the analysis of the molecular dynamics by NMR spectroscopy

the NMR spectroscopic analysis of the molecular dynamics

　　最後甚至可簡化成：

the molecular dynamics analysis

不過，簡化時要注意，一定要確認簡化後的意思明確，例如以下這個就是錯誤的簡化：

> ✕ the NMR spectroscopic molecular dynamics analysis

analysis 前面的修飾語太多，意思變得太難懂。寫作者使用名詞表達法時要注意，名詞表達法要強調中心字彙，並盡量以簡潔的形式撰寫。

Key Points

- 分詞構句強調行為者，動名詞構句強調動作。
- 動名詞構句給人明確且直接的印象，不定詞構句給人文學的印象。
- 使用名詞表達法時，要強調中心字彙，並盡量以簡潔的形式撰寫。

標點符號的用法

本章介紹科學論文裡標點符號 (punctuation) 的用法。一般而言，除了某些特殊用法，科學論文裡標點符號的用法與一般書寫並無不同之處。下面我們一一介紹各種標點符號的用法。

15.1 標點符號的基本用法

常用的標點符號有句點 (.)、逗點 (,)、冒號 (:)、分號 (;)、問號 (?) 和驚嘆號 (!)。**使用這些標點符號時，標點符號前不須空格，符號後空一格**。這點非英語系國家的寫作者常搞錯，要特別留意，例如常看到有人在冒號之前空一格，這是錯誤的用法。不過，有時候為了讓句子間的區隔更明顯，句點後可以空兩格。然而，在引號（" "）或括號 (( )) 前後則皆須空一格，但若其後緊接著標點符號的話，後面的空格則可省略。例如：

The samples were marked as "active", but we found that many of them lost their activity with time.
那些試劑標示為「活性的」，但是我們發現其中有許多隨著時間慢慢失去活性。

There were many factors that influenced the yield of the reaction (e.g., temperature, time, concentration of the reagents, etc.).
有很多因素會影響反應的產量（如：溫度、時間、試劑濃度等）。

另外，**也有前後都不須空格的標點符號**，包括連字號 (-)、破折號 (—)、撇

號 (') 等。但撇號如果用來表示所有格，且標示於單字最後方，則和下一個單字
間要空一格，試比較以下兩個例句：

The researchers' results were well known.
那些研究者的成果眾所皆知。

Professor Smith's high-sensitivity sensor — the most sensitive sensor in
the world — was the most important component of our new system.
Smith 教授的高感度偵測器 ── 亦即世界上感度最好的 ── 是我們新系統中最重要的零件。

15.2　句點的用法

科學論文中的句子幾乎都是用句點結束，而少用問號或驚嘆號結束。**若句尾
是縮寫字時，因為縮寫字已有一縮寫點，此時句尾就不須再寫出句點。** 不過，若
句尾是以問號或驚嘆號等結束的話，就不可省略問號或驚嘆號（如 ... etc.?）。

15.3　逗點的用法 (1)：區分項目

逗點的用法看似簡單，但因情況的不同，其實用法有時相當複雜。跟中文的
逗點比較起來更是複雜多了。

逗點最普遍的用法便是區分列舉的項目。在這種情況下，除了各項目之間以
逗點區隔，**最後一個項目前面的 and 或 or 前，也可以加上逗點。** 即使使用含有
or 的句型，也要加上逗點；若使用含有 and 的句型，在 and 前面加上逗點，就
可避免混亂。我們以下面的例句作說明。

The reaction produced a mixture of substances that included dark brown oil, square and triangular crystals, and a fine powder.

該反應生成一種混合物，其中包含深褐色的油狀物質、四角和三角形結晶以及細碎的粉末。

To obtain high yields, it was necessary to do the reaction under an inert atmosphere, to use solvents that were free of oxygen and water, and to not let the temperature rise above 45℃.

為了得到高產率，必須讓反應在惰性氣體環境下進行、使用不含氧和水的溶劑，並確保溫度不超過攝氏 45 度。

　　上述例句中，因最後一個項目前的 and 前面有逗點，使得各項目的區分非常明確，句子因而流暢易讀。在使用 and 把各項目連接起來的「A and B and C」的句型時，A、B、C 三者的關係常會變得不明確。若在最後的 and 前使用逗點，句子就會變得清楚易懂。因此，若使用 and 連接對等的項目，或列舉數種項目時，為了統一列舉的形式，要在最後的 and 之前加上逗點。

15.4 逗點的用法 (2)：分隔並列的形容詞

　　數個形容詞並列修飾一個名詞時，為了區分不同的形容詞，有時也須使用逗點。然而，也有不須使用逗點的情形，分辨上容易混淆。簡單的分辨方法如下：

- 若各個形容詞獨立且對等時，要使用逗點
- 名詞前的形容詞若為表示大小、顏色、年齡等形容詞，與前一個形容詞間就不加逗點

來看以下例句。

需要逗點的情況：

The reaction produced shiny, multifaceted crystals.

該反應產生了有光澤的、多面體的結晶。

Our newest member is a young, ambitious researcher from America.

我們最新的成員來自美國，是個年輕且有野心的研究員。

The key part of the system is the wide-range, high-sensitivity detector.

該系統最重要的部分是測定範圍廣且高感度的偵測器。

不需要逗點的情況：

The reaction produced large green crystals.

該反應產生了大的綠色結晶。

此句強調的是綠色的結晶很大。

Our newest member is an ambitious young researcher from America.

我們最新的成員來自美國，是個有野心的年輕研究員。

此句強調的是有野心。

不需要逗點的例句有點難懂吧！把不需要逗點的第一個例句中的 green crystals 視爲一個項目，而 large 則用來修飾 green crystals，所以並非 green 和 large 各自獨立修飾 crystals，這樣就比較容易理解了吧。同樣地，第二個例句表示 young researcher 非常 ambitious，所以中間不用逗點。

15.5 逗點的用法 (3)：分隔句首或插入的副詞（片語）

放在句首的副詞必須與句子本身隔開，此時可用逗點，常見出現於句首的副詞有 recently, therefore, accordingly, generally, in fact, all things considered。

另外，放在句首的副詞片語或副詞子句也必須與句子隔開，例如：

In regard to the cost to rebuild the chemical reaction chamber, it is more economical than buying a commercially available unit.
關於重建化學反應室的經費，它比購入市售的裝置來得經濟。

Although the compound was not a product that we originally expected, it is an obvious product now that we know the mechanism of the reaction.
雖然該化合物並非我們所預期的產物，但在了解反應機制後，我們知道會有這個產物是理所當然的。

此種用法比較複雜，寫作者要多加留意。

15.6 逗點的用法 (4)：子句和子句之間

逗點也可用來區分獨立子句，這些子句通常都可獨立成單獨的句子。獨立子句可單獨存在或用 and, but, yet 等連接詞連接，用連接詞連接時，子句間需要加上逗點，例如：

Hexamethylphosphoramide is an effective solvent for many reactions, but it should be used with caution.

六甲基磷酸三胺是一種適用多種反應的溶劑，但是使用時要小心。

The chemical process that was used was complicated, yet the plant's operation was trouble free.

使用的化學程式雖然複雜，但是設備操作沒有問題。

另外，句中若加入插入句修飾時，也可以使用逗點與主要的句子隔開。這些插入句的意義通常不是很重要，只是用來附加修飾，所以就算刪掉，對句子整體意思也沒有太大影響。下面的第一個例句中，使用逗點來明確表示插入句是用來附加修飾。第二個例句中的限定子句，意思和第一句的插入語相同，不過它是個限定用法，所以不用逗點。

We found, in contrast to the results reported by Stevens, that the use of DMSO dramatically increased the yield of the reaction.

我們發現使用二甲基亞碸會明顯提高反應產率，這與 Stevens 所發表的結果相左。

Our findings that are in contrast to the results reported by Stevens can be explained based on the polarity of the solvent.

我們可以溶劑的極性來解釋那些與 Stevens 所發表的結果相左的發現。

　　第一個例句是有關寫作者發現的資訊，也就是說，第一句的插入語只是用來附加說明發現與 Stevens 發表的結果是相反的。而第二句中的 in contrast to the results reported by Stevens 則是用來限定 our findings。表示 our findings 不是指寫作者的全部發現，這裡指的只有與 Stevens 發表的結果相左的那些發現。若將 in contrast to the results reported by Stevens 刪掉，句子的意思會變得完全不一樣，our findings 會變成寫作者的全部發現。此點我們在 Chapter 12 有提過，由 that 和 which 所引導的子句，其功能是不一樣的。用來附加說明的 which 前面要使用逗點，而用來限定句子的 that 前則不用逗點。而上述第二個例句則是為了限定句子而使用了 that 子句。

15.7 逗點的用法 (5)：提高流暢度

　　逗點也可提高句子的流暢度。試比較下面各例句的流暢度，就可知道逗點的重要性。

✖ In the beginning steps of the reaction process were not clear because we did not adequately understand the mechanisms involved.

○ In the beginning, steps of the reaction process were not clear
because we did not adequately understand the mechanisms involved.
一開始，因為不熟悉其中的機制，使得反應過程各階段顯得不清楚。

✕ Before we finished stirring the reaction mixture had turned to a deep
blue color.

○ Before we finished stirring, the reaction mixture had turned to a deep
blue color.
結束攪拌前，該反應混合物就轉為深藍色。

關於逗點的用法就介紹到這裡。

15.8　冒號的用法

冒號有兩種功能，一是總起下文，二是分隔項目。
冒號在發揮總起下文的功能時，有依序介紹和主要說明兩種情況。例如：

There are two key steps to the synthetic strategy that we used:
independent synthesis of the two main parts of the compound and
subsequent combination of these two parts.
我們所使用的合成策略有兩個重要階段：先將化合物兩個主要的部分分別合成，再將兩部分
結合。

There is a caution regarding the procedure: Do not heat the mixture above 100°C.

關於操作程序有一點要注意：不可將混合物加熱到攝氏 100 度以上。

　　例二中，冒號後面 Do 的 D 也可用小寫。

　　冒號在發揮總起下文的功能時，冒號前後的部分，存有相互獨立的關係。因此，不可任意將冒號放在一個完整的句子間。

✗　The three key factors are: temperature, concentration, and time.

　　這個句子在中途就被分開了，使得前半部的句子不完整。正確的寫法應該要將冒號拿掉，或是改成：

○　The three key factors are as follows: temperature, concentration, and time.

三個重要因素如下：溫度、濃度和時間。

　　至於分隔項目的功能，相信大家都很熟悉了，例如用來分隔標題和副標題：

Blood Circulation: Influence of Diet on the Flow of Blood Through Capillaries

血液循環：飲食控制對於通過微血管的血流的影響

　　另外，冒號也會用在比例或單位上，例如 3:4 ratio（3 比 4）或 5:30 P.M.（下午 5 點 30 分）等。

15.9 分號的用法

很多人誤以為分號的功能和冒號相似，其實**分號的性質介於逗點和句點之間**。分號和逗點、句點一樣，皆有區分的功能，但其程度比逗點強，比句點弱。

分號可用來連接彼此之間獨立卻緊密相關的句子。兩個句子若是以用逗點連接，中間須加連接詞；若用分號連接的話，則無須連接詞。不過，最好不要太頻繁使用這種句子結構，否則反而會降低句子本身的力量。

以下為使用分號時的三點注意事項：第一，它沒有總起下文的功能（這是冒號的功能）；此外，它不能放在信件開頭的招呼用語之後（這也是冒號的功能）；最後，它不能接在子句或副詞片語之後（這是逗點的功能）。

另外，分號在連接兩個獨立且相關的句子時，也可以使用連接副詞連接。常見的連接副詞包括 besides, however, furthermore, in fact, otherwise 等。來看下面的例句：

The yield of the new reaction was high; in fact, it was the highest of all the reactions examined.

新的反應產率很高；事實上，這是所有檢視過的反應中最高的。

The overall process includes one complex step; however, the operation has remained stable for three months.

整個過程中有一個步驟很複雜；雖然如此，三個月來操作都很穩定。

在科學論文裡經常看到的分號用法中，還有區分主項目的功能。以下面例句為例，主項目由兩個副項目構成，使得句子看起來相當複雜，為了清楚顯示主項目而使用分號來區分。例如：

The minor contaminants found in the product from the procedure were potassium dichromate, $K_2Cr_2O_7$; potassium hydroxide, KOH; and potassium carbonate, K_2CO_3.

自該步驟的產物中發現的次汙染物為重鉻酸鉀、氫氧化鉀以及碳酸鉀。

分隔句子程度最強的是句點，其次是分號，最弱的是逗點。

句中，為了區分較大的主項目而使用分號，接著為了將主項目再區分成更細的項目而使用逗點。分號比逗點顯示更強烈的區分。這個句子也可使用逗點和括號，改寫成：

> The minor contaminants found in the product from the procedure were potassium dichromate ($K_2Cr_2O_7$), potassium hydroxide (KOH), and potassium carbonate (K_2CO_3).

使用括號的話，副項目和土項目的關係依舊，不過主軸顯得更清楚，流暢度也更為提高。

15.10 連字號的用法

連字號是單字發展過程的一個指標。原本是兩個不同的單字並列使用，但是以連字號連接後，就慢慢演變成一個單字，例如 railroad, baseball, supermarket 等。supermarket 原本是 super market 兩個字，後來變成 super-market，最後演變成一個單字 supermarket。另外，一些現代用語像 high-tech（高科技）等字彙，也出現類似的演變，不過演變尚未定案，所以 hightech, high-tech 兩種形式都可以使用，雖然未來極可能演變成 hightech。使用單字組合時，若不確定是否要加上連字號，記得查查最新字典上的用法。

如果想用兩個單字一起修飾一個名詞時，可以使用像 high-strength（高強度）或 high-sensitivity（高感度）這樣以連字號組合成的複合字來修飾名詞，例如：

> 形容詞 + 名詞 → 名詞
>
> The use of high-strength steels in this process is preferred.
> 在這個程序中最好使用具有高強度的鋼鐵。

We needed a digital-readout display to accurately follow the progress of
that process.
我們需要數位讀取的顯示畫面，以便精確掌握該程序的進度。

　　不過，修飾名詞的兩個單字中，前面的單字若是副詞時就要特別注意（以
-ly 結尾的單字較多）。在「副詞＋形容詞＋名詞」的組合中，副詞是修飾後面的
形容詞，而形容詞是修飾之後的名詞，在這種結構下，就不能使用連字號。比較
下面的例句就會明白：

✕ The success of the reaction depended upon using a highly-pure
solvent.

○ The success of the reaction depended upon using a highly pure
solvent.
該反應之所以成功，是因為用了純度很高的溶劑。

○ The success of the reaction depended upon using a high-purity
solvent.
該反應之所以成功，是因為用了高純度的溶劑。

　　不過，若形容詞前是 well 或 less 等副詞的話，仍可使用連字號。例如：

Gendai Kagaku is a well-known publication in Japan.
《現代科學》在日本是家喻戶曉的出版品。

The new process used a less-expensive detector to measure the amount of the product.

在新的程序中，使用價格較不昂貴的偵測器來測定生成物的量。

以上兩個句子，若不用連字號來修飾名詞的話，可將句子改成：

Gendai Kagaku is well known in Japan.

《現代科學》在日本家喻戶曉。

The detector used to measure the amount of the product in the new process is less expensive.

為了測定生成物的量，而在新的程序中使用的偵測器，價格較不昂貴。

"a three-meter-long glass tube" vs. "three meter-long glass tubes"

　　另外，將數字連結在一起當單字使用時，也要使用連字號，不過僅限於 twenty-one 到 ninety-nine。

　　雖然連字號有助於釐清單字的相互關係，但是使用時必須非常小心，因爲連字號有時會改變句意。請比較以下兩個句子的差異：

The new reactor required three-meter-long glass tubes to connect the top and bottom chambers.
新的反應器需要幾根三公尺長的玻璃管來連接上下的容器。

The new reactor required three meter-long glass tubes to connect the top and bottom chambers.
新的反應器需要三根一公尺長的玻璃管來連接上下的容器。

15.11　破折號的用法

　　破折號和連字號長得很像，所以常常會被搞錯。破折號比連字號長，以符號 (—) 或兩條連字號 (--) 表示。

　　破折號的功能在於表示句中語氣或語意的突然改變，因此在科學論文中並不常見。以下是破折號用法的例子：

The synthesis of this compound was difficult — requiring 10 years and 25 people to complete.
此化合物的合成很困難——需要 10 年時間和 25 個人手才能完成。

由例句可知，破折號的前後不需空格。另外，破折號也可用其他標點符號替換，例如上述例句中的破折號就可以用逗點代替。因爲破折號屬於誇張表達，科學論文中並不常使用，若要使用的話，記得不要太頻繁出現。

15.12 撇號的用法

撇號主要用來表示三種情況：所有格、文字的省略以及特殊符號的複數形。

1. 表示所有格

表達所有格最常見的形式，就是於名詞後加上 's，例如：

The research group's results were not well known to other groups.
其他團隊對於該研究團隊的研究結果並不清楚。

若名詞是以 [s]、[ʃ]、[z] 等發音結束，要表示其所有格時，可標上 's 或只標上 ' 即可，例如：

The vertical axis's scale was adjusted to emphasize the trend in the lower values.
縱軸的尺度調整成強調低值的趨勢。

The vertical axis' scale was adjusted to emphasize the trend in the lower values.

不過，以 [s]、[ʃ]、[z] 等發音結束的名詞若為專有名詞時，其所有格標示有兩種情況：

- 以 [s]、[ʃ]、[z] 等發音結束的專有名詞為單音節時，標上 's
- 以 [s]、[ʃ]、[z] 等發音結束的專有名詞為多音節時，只標上 '

以專有名詞 Jones 為例，Jones 為單音節，所以寫成：

Jones's results are consistent with those from our current study.
Jones 所得到的研究結果和我們最近的研究所得一致。

接著，再看看多音節專有名詞的所有格寫法，以 Williams 為例：

Williams' results are consistent with those from our current study.
Williams 所得到的研究結果和我們最近的研究所得一致。

另外，當名詞的複數形以 [s] 或 [z] 的發音結束時，所有格只要加上 ' 即可。以 researcher 的複數形 researchers 為例：

The researchers' results proved their theory.
那些研究員的研究結果證實了他們的理論。

當所有格的所有人有兩人以上時，情況就比較複雜些。是須將所有的名字都加上撇號，還是只在最後的名字加上即可？若想強調共同擁有，那就只把最後的名字加上撇號。例如，提到兩個人共同達成某事時：

Woodward and Hoffmann's theory on orbital bonding revolutionized the way organic chemists think about reaction processes.
Woodward 和 Hoffmann 的軌域鍵結理論徹底改變了有機化學家對於反應過程的想法。

而若是要表示各自皆擁有某物時，則把所有的名字都加上撇號：

Woodward's and Hoffmann's laboratories were the sites for many great advances in science.
許多科學上的偉大成就都是在 Woodward 的實驗室和 Hoffmann 的實驗室產生的。

2. 表示文字的省略

撇號的第二個功能是表示文字的省略。但是，撰寫科學論文時，盡量使用完整的拼法，而不要使用縮寫。以下舉出一些例子，在科學論文裡盡量避免使用。

He's the person who originally suggested that the mechanism involves two distinct parts.
他是最早表示該機制涉及兩個不同部分的人。

It's the mechanism by which we can explain the new results.
我們可以利用該機制來解釋新的結果。

There were many advances in computational chemistry during late '89.
1989 年後期，計算化學領域有許多進展。

注意，例句中的 it's 是表示 it is，而非表示 it 的所有格 (its)；而 who's 是表示 who is，而非 who 的所有格 (whose)。

3. 表示特殊符號的複數形

撇號的第三個功能是表示特殊符號的複數形，特殊符號包括數字、文字、記號等。要表達這些特殊符號的複數形時，使用 's 就可以避免誤解。例如，i 的複數形 (i's)，若不使用撇號，就會變成 is，這樣很容易與動詞 is 混淆。數字的情形也是一樣，複數形若只加上 s，會跟某種參數或是名稱混淆，例如 2 的複數形如果寫成 2s，就跟原子軌域的名稱一樣了。我們來看一些實例：

The polymer fibers were shaped like s's.
將高分子纖維做成 s 形。

The small 2's and 3's used in that formula indicate the secondary and tertiary sites.
該分子式中用小字的 2 和 3 表示第二和第三的位置。

The /'s used in the list indicate breaks between different groups.
該清單中所使用的 / 表示不同群組的分界。

撰寫複數形時，若省略 ' 並不會導致混淆，一般都會將其省略。例如「1990 年代」過去寫成 1990's，但現在大多寫成 1990s，而 DNA's 也已經簡化成 DNAs。不過，若以這種方式省略撇號時，一定要避免與以 s 結尾的縮寫字混淆。

15.13 引號的用法

　　科學論文通常不太使用引號，不過偶爾還是會看到。引號通常成對出現，分為雙引號（" "）和單引號（' '）兩種。使用引號最令人困擾之處，在於引號後的標點符號到底該放在引號內或引號外，以下就特別針對這點說明。當然，引號的用法會因不同的期刊規定而有差異，但一般而言，有以下幾種情形：

- 逗點和句點通常放在引號內。不過，若是引號裡是一個字母或是數字時，逗點和句點就放在引號外
- 問號、驚嘆號、破折號等若不屬於引用的一部分，就要放在引號外
- 分號和冒號要放在引號外

　　我們來看看實際的例子：

The sample was marked "contaminated," but we already knew it needed purification.

該樣品標示為「受汙染」，但是我們早就知道該樣品需要純化。

The sample was marked "C", so we thought it was the sample after "B".

該樣品標示為「C」，所以我們以為它是「B」之後的樣品。

When the process worked, we knew we would be "rich and famous"!

該製程成功時，我們就知道我們即將「名利雙收」了！

When he saw the crystals form, he yelled, "It works!" and immediately began writing a new paper.

他看到結晶開始成形時，大叫「成功了！」，隨後馬上著手撰寫新的論文。

You will find a good description of the following topics in *"The ACS Style Guide"*: components of technical papers, grammar, and figure design.

關於以下的主題，在 The ACS Style Guide 一書中有詳盡的描述：科技論文的構成要素、文法、圖表作法。

標點符號的規則還有很多，我們無法一一介紹。坊間很多有關英文文法或科學論文的書籍，也都有不少篇幅介紹標點符號用法，甚至也有一些專門解說標點符號用法的專書，例如 H. Shaw 所寫的 *Punctuate it Right!* (2nd ed., Harper Torch, 1996)。 不過，讀完本章的介紹後，讀者應該可大致了解標點符號的用法，以及撰寫科學論文時容易遇到的問題。

Key Points

- 若不確定要不要用連字號時，請查閱最新的字典。
- 21 ～ 99 的數字要用連字號連接。
- 撇號有三個主要功能。表示所有格、表示文字的省略、表示特殊符號的複數形。
- 使用引號時，請注意標點符號的位置。

縮寫字的用法

16.1 縮寫字的功能

　　科學論文裡經常使用縮寫字 (abbreviation)，寫作者誤用或寫錯縮寫字的情況相當常見，為避免這種情形，以下介紹縮寫字的用法。

　　首先，我們來看看過度使用縮寫字的情況。使用縮寫字是為了讓讀者閱讀論文時能更加順暢，當某些字詞太長太複雜時，為了論文的流暢度，就可以使用縮寫字。若是需要自己創造新的縮寫字時，要注意縮寫字必須讓讀者易於理解。但若是字詞出現的次數不多，就不要使用縮寫字。那麼，「次數不多」是指幾次呢？大致上以五次為標準，不過仍依論文的性質及對流暢度的要求而有所不同，因此，有時某字詞在文中只出現五次，卻用了縮寫字，有時出現次數超過五次，卻不用縮寫字。最重要的是，寫作者要確定用了縮寫字之後，論文的流暢度是否因此提高。只有出現兩、三次的複雜字詞，直接閱讀原名若比回想其縮寫字要來得輕鬆，那就不需要使用縮寫字了。

16.2 縮寫字太多的文章難以理解

　　使用縮寫字時，要選擇普遍且讀者熟悉的縮寫字。若是還沒有通用的縮寫字，只要創造一個讓讀者容易記憶的縮寫字即可。例如 DNA 就是個讀者都很熟悉的縮寫字，沒必要時就不須寫出全名去氧核醣核酸 (Deoxyribonucleic Acid)。另外，若要自創縮寫字，注意縮寫字必須清楚易懂。複雜的縮寫字，或是讓人無法與原名有聯想的縮寫字，對讀者而言都是沒有幫助的。另外，想透過使用縮寫字展現更專業、更科學的意境更是可笑的行為。

　　縮寫字是為了提高論文的流暢度而使用的，但若論文當中使用了過多的縮寫字，可能會導致讀者在閱讀時還得思索縮寫字的原意，這對讀者而言是個沉重的

負擔，反而降低了論文的流暢度。有些寫作者認為縮寫字可以增加讀者閱讀上的流暢，就製作專有名詞和縮寫字的對照一覽表，這個舉動雖是替讀者著想，但要不停地查閱對照一覽表，反而增加閱讀上的麻煩。而若是把只出現兩、三次的字詞都簡寫成縮寫字，讀者也容易忘記縮寫字原本的意思，這樣反而不好。最後導致論文變成像是以暗號所寫成的間諜資料一樣，反而違反了簡單易懂的論文書寫原則了。

16.3 代替縮寫字的方法

對於複雜的字詞，除了使用縮寫字，還有其他替代方法。以試劑名稱為例，若從句子的上下文不會誤判意思時，就可以把冗長的試劑名稱寫成 the reagent 或 it。這樣就可減少縮寫字的使用。撰寫論文時，一開始可以先不要使用縮寫字，等寫完後，再搜尋出現多次（五次以上）且改成縮寫字會較好的字詞。若這些字詞已有大家公認的縮寫字，使用後不會導致論文更難理解的話，就可以把它們改寫成縮寫字。若沒有適當的縮寫字，在不會令人誤解的原則下，可用其他簡單的字代替（如上述所提的 the reagent 或 it）。若是必須自創縮寫字，就要盡可能創造出一個簡單易懂、容易記憶的縮寫字。

過度使用縮寫字反而使論文不易閱讀。

若想知道經常使用的縮寫字，可以參考下列書籍：

- Janet S. Dodd ed., *The ACS Style Guide: A Manual for Authors and Editors*, 2nd ed., American Chemical Society (1997)
- Robert A. Day, *How to Write & Publish a Scientific Paper*, 5th ed., Oryx Press (1998)
- University of Chicago Press Staff, *The Chicago Manual of Style: The Essential Guide for Writers, Editors, and Publishers*, 15th ed., University of Chicago Press (2003)

16.4 標題不要使用縮寫字

縮寫字的使用還有一點需要注意的。很多資料庫只收錄論文標題 (title)，所以**標題最好不用縮寫字**。因為寫作者通常只會在論文的本文裡解釋縮寫字，所以若是在標題用了縮寫字，讀者就很難從標題判斷論文內容。摘要 (Abstract) 也是一樣，有很多讀者只閱讀摘要，所以**摘要避免使用縮寫字**，以免讀者不理解該縮寫字所指何物。如果在摘要裡用了不常見的縮寫字，可能會導致摘要變得難以理解。況且在標題或是摘要裡，同一個字詞出現的次數不會太多，所以不需要使用縮寫字。

論文寫作裡有很多大家公認的縮寫字，不過依照專業領域的不同，縮寫字多少有別。要找公認的縮寫字時，可以依個別的領域進行搜尋，例如化學領域的縮寫字可參照前述的 *The ACS Style Guide*。

縮寫字不要過度使用，若必須使用時，也要確認使用得當。想要縮寫的字詞第一次出現時，先寫出完整的全名，然後以括號附加縮寫字。很多寫作者都是先寫縮寫字，然後在括號裡寫上全名，這是不對的。正確用法請參考下面的例子：

We found that one of the irritants in the mixture was 1,1,4,7,10,
10-hexaphenyl-1,4,7,10-tetraphosphadecane (TETRAPHOS-I), which
was used in an earlier reaction step.

我們發現，混合物中有一種刺激物是 1,1,4,7,10,10-hexaphenyl-1,4,7,10-tetraphosphadecane
(TETRAPHOS-I)，這種物質也用於反應的初期階段。

To complete the reaction sequence, we found that the C22 silylated
version of the β-acetyl protected compound from Sample 2 (Si-acetyl-
Sample-2) was the best intermediate for producing the highest yield of
the final product.

為了完成此反應序列，我們發現樣品二中受 β-乙醯保護的化合物之矽烷化 C22，是達成最
終產物的最高產率之最佳的中間體。

16.5 句子開頭不使用縮寫字

　　句子 **(sentence)** 的開頭不使用縮寫字。很多寫作者不知道這項規則，有時
候甚至對這項規定置之不理。我們舉一些簡單的例子作說明，以期刊中常見的
Figure 縮寫字 Fig. 為例：

As can be seen in Fig.12, the pH range in which the maximum yield was
obtained was narrow, which explains why the pH has to be controlled
very carefully.

如圖 12 所示，能得到最高產率的 pH 範圍很窄，這也說明了為什麼必須小心控制 pH 值。

如果把 Fig. 搬到句子最前面，必須寫成 Figure：

> Figure 12 shows that the pH range in which the maximum yield was obtained was narrow, which explains why the pH has to be controlled very carefully.

另外，要把符號放在句子開頭時，也適用上述規定。像 β 之類的符號不可放在句子的開頭，若一定要放在句首時，必須寫成 The Greek letter β was used to symbolize...（希臘字母的 β 是用來表示……）。

Key Points

- 避免使用過多的縮寫字。
- 標題及句子開頭不使用縮寫字。
- 想要縮寫的字詞第一次出現時，要先寫出完整的全名，然後以括號附加縮寫字。

16.6 縮寫字和冠詞

接著來看縮寫字前標上冠詞 (a, an, the) 時的注意事項。如果原本的字詞發音是以母音開頭，而縮寫字的發音卻是以子音為開頭，或是相反的情況時，使用冠詞就需要特別注意，我們用例句來作說明：

> After completing the first stage of his research, he was awarded a Master of Science degree by the university.
> 他完成第一階段的研究後，大學就授予他理學碩士學位。

例句中 Master of Science 的 Master [ˋmæstɚ] 是以子音為開頭的單字，所以前面的冠詞用 a。若將 Master of Science 簡寫成 M.S. [ɛm ɛs] 的話，因為 M 是

以母音開頭，所以就要改用冠詞 an，變成：

> After completing the first stage of his research, he was awarded an M.S.
> degree by the university.

16.7 常用的縮寫字

接著介紹如 etc. 等常用的縮寫字。表 16.1 整理了一些較具代表性的縮寫字。

表 16.1 列舉的縮寫字並非都很常用，較常用的字為 etc., *et al.*, i.e., e.g.。其他如 sic, viz. 等縮寫字其實不太常用，不過讀者可能會在一些論文中看到，因此在此一併列出以供參考。另外，表中的 *ca.* 等於 about，兩者的字數相差不多，如果簡寫成 *ca.*，讀者還要先行在腦中把它轉換成 about，反而更加麻煩。剩下的兩個縮寫字更少見，對於閱讀論文沒有太大幫助，所以也盡量不要使用。因此，實際有助益的縮寫字只有前面四個。這些縮寫字沒有標準格式，所以使用時請務必注意，是否要加空格或句點等事宜。

以下逐一介紹表 16.1 中最常用的四個縮寫字：

縮寫字	意思
etc.	其他，等等（拉丁語，*et cetera*）
et al.	以及其他人（拉丁語，*et alii*）
i.e.	換言之（拉丁語，*id est*）
e.g.	例如（拉丁語，*exempli gratia*）
ca.	大約（拉丁語，*circa*）
viz.	換言之（拉丁語，*videlicet*）
cf.	試比較，參照（拉丁語，*confer*）
sic	原文如此（拉丁語，*sic*）
vid.	參見…（拉丁語，*vide*）

表 16.1 常用的縮寫字

▪ etc.

當列舉的項目眾多、無法全部列出時，就會使用 etc.。但不可只列出一個項目後就在後面接上 etc.，一定要列舉數個項目後再接 etc.，這樣讀者才能理解列舉項目的共通性。etc. 的意思為 and so forth（其他，等等），所以列舉數個項目時，在 etc. 的前面須標上逗點，就跟提及一連串項目時，最後一個項目前面的 and 要標上逗點的道理一樣。另外，之前曾提過，若是 etc. 出現於句子的最後，句尾就不須再另外標上句點了。

▪ *et al.*

科學論文裡經常使用 *et al.*，它的意思是 and others（以及其他人）。其用法與 etc. 類似，不過 *et al.* 經常用在介紹論文的作者或是研究室的研究團隊。介紹團隊時，多數的情況都是只寫出一個人的名字，之後立刻標上 *et al.*，如 Smith *et al.*，表示 Smith and others（Smith 及其他人）。因為只有兩個項目，所以名字跟 *et al.* 之間不需要逗點。不過，若是像 Smith, Jones, *et al.* 這樣有兩個以上的人名並列的話，中間就要加逗點。

▪ i.e. & e.g.

i.e. 和 e.g. 的用法很相似。i.e. 表示 that is（換言之），e.g. 表示 for example（例如）。兩者都適用在附加新的資料、資訊或例子時。不過和前述兩個縮寫字不同，i.e. 和 e.g. 只能用於以括號附加資訊時，沒有使用括號時就不能使用縮寫，要寫出完整拼法 that is 和 for example。此外，如下面例句所示，兩個縮寫字後都要加上逗點。

We found that the pH of the solution had a strong effect on the yield of the desired product (i.e., good yields of the product were only obtained when the pH of the reaction solution was between 5 and 6).

我們發現溶液的 pH 值對目標生成物的產率有很大的影響（換言之，反應溶液的 pH 值在 5 到 6 之間時，生成物才會有不錯的產率）。

There was a variety of solvents that could be used for the reaction, but we obtained the best results when using alcohols (e.g., ethanol, isopropanol, and *n*-butanol).

很多種溶劑都可以用於該反應，但是使用醇類溶劑時（如乙醇、異丙醇、正丁醇），得到的結果最好。

最後，再次提醒寫作者，縮寫字是為了讓論文讀起來更加流暢而使用的。

Part 3

Visual及電腦活用篇

善用 Visual

科學論文裡，最重要的角色當然是 word（文字）。不過，也不能忽視另一個要角，那就是 visual（視覺影像，表格、圖表、照片等）。如果要詳述 visual 的相關製作，大概要花費和解說 word 部分一樣多的篇幅，因此在此只說明其中幾項要點。

17.1 製作 Visual 的注意事項

製作 visual 時，須考量的重點與撰寫科學論文的要點是相同的，例如：使用適當的文字、簡單易懂、考慮到讀者等。因性質的差異，有些 visual 格式著重易歸納整理，而有些 visual 則著重容易閱讀，所以製作 visual 時，一定要考慮到讀者，例如，讀者是否能理解 visual 的資料或需要花多少時間理解 visual 等。否則，製作出來的 visual 可能只有寫作者自己看得懂而已。因此，製作 visual 時，一定要注意 visual 會不會造成讀者的混淆，會不會讓論文不易閱讀，對讀者有無幫助等事宜。

17.2 Visual 的功能

依照上述的基本規則，我們接著探討製作 visual 的注意事項。首先，來看看在科學論文中使用 visual 的優點。visual 主要有四個功能：

使用 visual 讓人一目了然。

1. visual 可濃縮資料

2. visual 清楚易懂，可以讓人立即了解

3. visual 可處理文字敘述難以表達的內容，例如走勢或是相互關係

4. visual 可用以補充、強調本文當中的資料

由此可知，若寫作時能適當使用 visual，將能大大提高論文的說服力。visual 有助於提高論文的說服力，也在相關研究中獲得證實。D. C. Woolston 在其著作 *Effective Writing Strategies for Engineers and Scientists*, Lewis Publishers (1988) 中表示：「大家對於讀過的內容通常只記得 10%，而對於看過的內容則記得 30% (People tend to remember only 10% of what they have read, while they tend to remember 30% of what they have seen.)。」美國軍方曾針對這點進行了詳盡的研究。對軍隊來說，確實傳達想法以及讓對方牢記所傳達之事這兩點非常重要，因此，曾針對「以何種方法傳達情報可以讓人長時間記憶」的主題進行了一連串的研究。研究結果顯示，加深記憶的最好方法便是使用 visual 搭配文字敘述，其結果如圖 17.1 所示。從圖 17.1，我們可以清楚看出 visual 有助於提高記憶力。

因為 visual 的好處多多，有些寫作者可能會因此認為論文裡的 visual 愈多愈好，但其實並非如此。若使用過多的 visual，反而違背了論文寫作簡潔、明確的原則。此外，visual 不夠完備時，引發的疑惑可能更多。因此，我們必須清楚 visual 的使用時機，一般來說，visual 適用於下列情況：

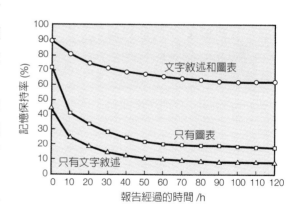

圖 17.1 記憶的保持率

(M. A. Broner, *IEEE Trans. Eng. Writing Speech*, Vol. ENS-7, pp. 25~30 (1964))

1. 難以用文字敘述表達時

- 描述複雜的過程或結果
- 描述眾多的結果或數字

2. 無法以文字敘述，或文字敘述不足以表達時

- 無法用文字敘述的走勢
- 比較各種複雜的走勢時

我們繼續說明在科學論文中，何時適合使用 visual，何時則不適合使用。一篇論文要分配多少篇幅給 visual 呢？一般來說，不同的期刊會有不同的規定，不過一個 visual 大約等同於內文 100 words，因此，字數限制為 3,000 words 的論文若加入五個 visual，就等於在 3,000 words 的內文中占了 500 words 的篇幅，內文就只剩下 2,500 words 可以發揮。以這樣的方式判斷，就比較容易決定 visual 的數量。我們用一個簡單的例子來說明。

假設我們研究某種化學反應中溶液的 pH 值對產率的影響，從實驗中得到了產率隨 pH 值的改變而發生變化的資料。強調的重點不同時，表達的方式也會有差異。以圖 17.2 的曲線圖來說，假設論文的重點旨在說明「pH 值為 6.0 時，可達最高產率 80%」，只要用文字說明即可，例如：

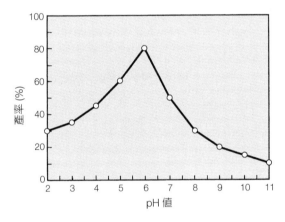

圖 17.2 某化合物的產率和 pH 值的關係
（此為虛構的內容）

> The yield reached a maximum of 80% at pH 6.0.
>
> pH 值為 6.0 時產率最高，達 80%。

很顯然地，這僅僅 10 words 的句子已經很明確地傳達了重點，因此就無須製作需要占掉 100 words 篇幅的圖表。但若論文要詳述 pH 值與產率之間的關係或此現象發生的原因及其重要性時，使用圖表反而較為有利。因為只要一看圖表

就可以清楚知道變化的走勢，而針對現象發生的理由和重要性的說明，則可以用簡短文字輔助。

　　針對 visual 的使用條件做了這麼多詳細的說明，是因為常有寫作者認為，在論文中放進很多 visual 會讓論文看起來比較「專業」，這是不正確的觀念。使用 visual 時，一定要考慮是否真的有其必要，是否可以用簡短的句子說明即可。

> **Key Points**
> - 製作 visual 時，要考慮到讀者。
> - 有 visual 輔助時，會比只有使用文字要容易記憶。
> - 使用 visual 前要思考是否真的需要。

17.3 Visual 的類型

　　visual 的類型繁多，我們接著來看看科學論文裡常用到的 visual 及其功能。

　　為了對照本文或比較不同的數值和數據時，可以使用表格 (table)。為了呈現資料的走勢或資料間的相互關係時，可以使用線圖 (graph)。為了顯示各階段或某個裝置的構造，可以使用圖解 (diagram)。為了說明化學實驗過程或各個構造之間的關聯，可以使用流程圖 (flow chart) 或是照片 (photograph)。

　　因為呈現資料及數據的方式很多，使用時要注意到以下兩點：visual 是否必要，它是否有助於提高論文理解度；若有其必要，還須考慮使用哪種類型的 visual 較佳。很多寫作者以為 visual 的使用相當簡單，其實不然。每種 visual 的優點和效果各不相同，使用時得相當留意。我們把各類 visual 的功能作一個簡單的整理：

- 表格 (table) ──┐
- 線圖 (graph) ──┴── 適用於歸納資料、統計、走勢
- 圖表 (chart) ──┐
- 圖解 (diagram) ──┼── 適用於表示概念、階段
- 照片 (photograph) ──┘

　　表格和線圖的功能有別。使用表格是爲了強調實際的數值或比較不同數值，讀者從表格收到的訊息以數字爲主。相反地，線圖的視覺感較強，讀者從線條的高低起伏便可得知某個數值的變化。因此，線圖較不適於用來表示或比較實際的數值。

Table: 用在比較數字句數字.

Graphic: 用来觀察數值的變化.

17.4 製作 Visual 時的一般注意事項

　　接著來歸納一下在科學論文中使用 visual 的注意事項。一般來說，visual 都會附上圖說 (figure caption)。多數的期刊都會規定在論文本文之外，以另外的稿紙記載這些圖說，並命名爲 Figure Captions。此外，投稿期刊時，圖表要用另外的稿紙製作，和本文一起提出。圖表的尺寸要適當（一般來說大小約爲 A4 尺寸的 60 ～ 80%，有些期刊會規定尺寸）。爲了印刷完成時的美觀，製作簡單易懂、清楚明白的圖表是很重要的。另外要注意，論文刊登時，圖表常因須配合期刊的版面而被縮小。因此，要確認 visual 被刊登在期刊時的尺寸。將自己製作的

將 visual 縮小到實際刊登的尺寸，以確認是否清楚易讀。

visual 縮小成刊登在期刊上的尺寸，就可以確認 visual 中的線條和文字是否夠清晰。另外，多數的期刊會要求在本文的空白處註明 visual 的位置。

若圖表的刻度單位太長時（例如 10,000,000,000 或 0.000000001），可以將其省略。為了要表示這個數字是被省略的，座標軸上的單位就要註明乘數 ($kg \times 10^{-3}$、$kg \times 10^{3}$）。不過，要注意這樣的標記不要引起讀者誤解。倘若標示成 $kg \times 10^{3}$，刻度的數字是已經和此乘數相乘了嗎？還是接下來才要相乘呢？不確定時可以參考投稿期刊的類似論文，確認一下格式（有些期刊會標記成 $10^{3} \, kg$ 或 $10^{-3} \, kg$）。若還是擔心不夠清楚，可以標示註腳，清楚說明該乘數的意義。

最後，記住 visual 要簡單清楚，例如：避免添加多餘的箭頭或文字，或為了分辨數種資料而使用長條圖時，也不要使用太過複雜的，重點就是要遵守簡單清楚的原則。

17.5 表格的製作

以下整理出幾項表格製作時的重點。想要系統化地歸納無法用文字敘述的大量資料，或想要表示資料的詳細數值時，使用表格是最適合的。不過，表格不適合用來表示資料的走勢。但記住，若是能以文字簡單說明的內容就不要做成表格。一般來說，表格都是直行排列，若想特別比較其中幾項資料時，可將資料比鄰排列。表格的直行和橫列的第一個欄位必須標上名稱，說明直行或橫列的數據分別代表什麼意思，另外得視情況加上單位符號或名稱，表格內的數字則不加單位符號。數字並列時，一般來說會將小數點的位置對齊。至於表格的標題、編號、文字說明則寫在表格上方。由於表格的大小有限，如果要在表格中加入文字說明，可利用註腳的方式，並注意註腳編號（或是文字）與表格的對應要清楚。

17.6 線圖的製作

　　線圖種類繁多，以曲線圖 (line graph, line chart)、長條圖 (bar graph, bar chart)、圓餅圖 (circle graph, pie chart) 為代表。以下我們就最常使用的類型作討論。

　　首先是曲線圖。為了讓曲線圖簡單易懂，一個曲線圖的資料線最多只能有三到四條左右。藉由改變線條的樣式（—、----、……）或圖示（○、△、□、●、▲、■）來辨識不同的資料。有些期刊會規定線條的樣式或符號的種類，製作 visual 時要特別注意。座標軸須標上說明內容的標題或單位符號，但記住不要超過圖表的範圍。座標軸上的刻度線應該要標示於線圖的內側。不能標示過多刻度數字，以免太過雜亂。座標軸上除了要寫上說明內容的標題或單位符號，有時甚至要列出每份資料的圖示。單位的寫法有許多種方式，一般來說，若投稿單位沒有特別規定（例如符合國際單位制 (SI units)），與其使用斜線，如 Wavelength /nm，不如使用括號，如 Wavelength (nm)，因為使用斜線會給人分數或是比率的印象。

　　製作線圖時，要注意不要讓讀者誤解資料所代表的意義。以 pH 值與產率之間的關係所製作的線圖為例（圖 17.3），圖 17.3b 僅標示 pH 2 到 pH 6 產率的資料，給人「pH 值愈高，產率就愈高」的錯誤印象，這是因為沒有正確傳達實際的結果（pH 6 時產率最高，但 pH 值超過 6 時，產率就逐漸下降了）而造成的。圖 17.3c 則讓人產生

表 17.1　線圖中常用的各種記號的名稱

記號	名稱
———	solid line
-----------	dashed line
··········	dotted line
- · - · -	dotted dashed line
○	open circle
●	closed circle
□	open square
■	closed square
△	open triangle
▲	closed triangle
◇	open diamond
◆	closed diamond
▽	open inverted triangle
▼	closed inverted triangle
▯	open bar
▨	striped bar
▮	closed bar

產率的增減相當急速的印象。而圖 17.3d 則是給人產率太過緩和的感覺。這三個線圖都可能讓人產生誤解。圖 17.3a 才是最能夠正確傳達實際實驗結果的線圖。

再來看看長條圖。製作長條圖時，最重要的是柱狀 (bar) 的寬度要均等，柱狀之間的間隔不可和柱狀寬度一樣（可以比它寬或窄），以免混淆。另外，柱狀的長度也很重要，所有的柱狀都要從基準線 (base line) 開始畫起。

> ### Key Points
>
> - 將 visual 縮小到實際成品的大小，確認文字的大小或是線條的粗細是否夠清晰。
> - 製作曲線圖時，資料線最多只能有三至四條。
> - 製作長條圖時，柱狀的寬度和柱狀之間的距離不可相等。
> - 圓餅圖以 12 點方向為基準，依順或逆時鐘依序排列。

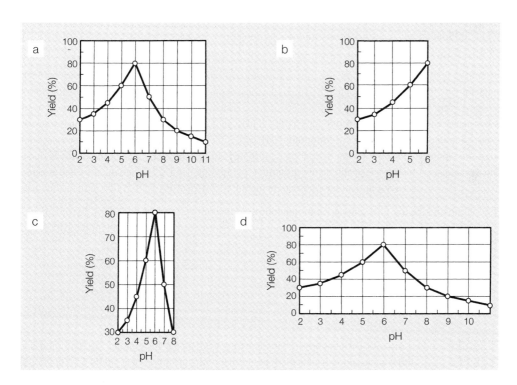

以上的曲線圖都是基於相同資料製作而成的，但因為刻度的標示不同，給人的印象也會大不相同。a 為較好的例子。

圖 17.3 因製作方式不同，曲線圖給人的印象也大不相同

　　接著看圓餅圖。圓餅圖也跟線圖一樣，不可涵蓋太多資訊，最好不要超過六種資料。以 12 點方向為基準，先寫所占比例最高的資料，再依比例大小以順時鐘或逆時鐘方向排列。在圓餅圖的各區塊中寫入名稱時，盡量寫在區塊內，真的寫不下時，可以用線條表示哪一區塊表示什麼內容。

　　至於圖表、圖解和照片就不特別說明了，製作重點和線圖或表格的狀況相同。重點就是做出清楚易懂，有助讀者理解本文的圖表。上述提到的表格和線圖的注意事項，例如不要涵蓋過多資料、不要使用複雜且繁瑣的符號、文字不可過小等原則，也都適用於這些 visual。

　　至於照片，則須注意要以何種形式提出，是要列印照片還是提供底片呢？電腦科技的進步，使用數位檔案提供圖片或照片也愈來愈普遍。若提供數位檔案時，又要用哪種格式的檔案呢？這些問題都要事先想過，不過，最重要的還是要遵守投稿規定。

活用電腦

本章將探討如何善用電腦軟硬體，有效提升科學論文寫作的速度。

18.1 軟硬體的進步

首先來看一下，如何善用電腦及相關軟體，使科學論文寫作變得更有效率。

從打字機到文字處理機乃至於今日的電腦，相關軟硬體的進步使得撰寫論文變得愈來愈方便。然而，這些設備開始影響研究者的寫作，也不過是在 1970 年代末期。筆者早期曾與研究團隊共同發表論文，當時使用的是打字機，作業時間長且容易犯錯，完成的作品也很難毫無瑕疵。1979 年年底，我完成第一篇博士論文，當時我正就讀加州大學柏克萊分校，在所屬的研究團隊中，我是第一個使用電腦撰寫論文的人。而即便在當時，使用電腦也比打字機來得快速且正確多了。

隨著電腦的普及，論文寫作變得輕鬆多了。

當時的電腦是設置於電腦室的大型電腦（UNIX 系統）。這個系統可以改變格式、字型、字級，也可以使用特殊文字，還能在本文中放入表格，在必要之處自動放進文獻等進階作業。而且，列印的品質也相當不錯，完稿品質可媲美期刊、雜誌等印刷品。

這個系統在當時是最先進的設備，不是任何人都能使用的。然而，今日幾乎每個研究者都備有高性能的個人電腦、文書軟體、繪圖軟體、印表機以及網路等設備。儘管如此，並不是每個人都知道如何充分利用這些設備，因此本章將簡單介紹如何善用這些設備以提升論文寫作效率。

表 18.1 文書軟體各式有助寫作的功能

- 可以在畫面上看到實際完稿的 WYSIWYG 功能
- 利用鍵盤和滑鼠進行輸入的功能
- 使用滑鼠的 drag-and-drop（拖曳）功能
- 複製格式的功能
- 尋找和尋找及取代功能

18.2 研究活動和電腦

1990 年代資訊科技 (information technology, IT) 快速發展，時至今日，電腦幾乎已普及至每個家庭。每個研究者都相當熟悉電腦的各種系統及相關設備：高速的中央處理器 (CPU)、高容量的記憶體、軟式磁碟片 (FD)、光碟 (CD)、磁光碟 (MO)、高品質的印表機、光纖網路等。使用者還可透過網路取得某些免費的繪圖軟體、資料庫軟體、文獻管理軟體、瀏覽器軟體、電子郵件軟體等，也可以進入各種資料庫。就算沒有個人電腦，也可利用公司、大學或研究機關的設備。因此，若是從利用電腦來撰寫論文的觀點來看，如何精通運用這些軟硬體，要比使用何種軟硬體來得重要。

然而，不僅只用在論文撰寫過程，從研究之初的準備工作一直到論文完成的各項研究活動，電腦等相關設備都是不可或缺的角色。現在，我們就來看看電腦在研究各個階段所扮演的角色：

1. 研究的準備階段

a. 資料搜尋：欲了解目前的研究領域裡，已有何種研究存在，還有哪些問題尚未被研究過，透過網路進行各種資料庫或是網站 (website) 的搜尋，就可以知道自己應該在研究中做些什麼。

b. 溝通管道：利用電子郵件與學者或研究夥伴聯繫，快速收發有用的資訊。

2. 研究的進行階段

a. 資料收集：實驗資料等的收集。將電腦連接到實驗機器，自動接收資料。

b. 資料管理：管理從實驗中得到的資料。將資料製成資料庫統一管理。

c. 資料分析：分析實驗的資料（圖像解析、數值分析等）。

3. 研究結果的歸納

a. 資料處理：透過資料處理可以得知，從實驗資料中得到何種結論。

b. 溝通管道：為了解釋研究結果尋求學者的建議，或是從研究夥伴間獲得補充資料，或相互討論。

c. 報告或論文的製作：利用文書軟體或圖表軟體完成報告或論文，說明研究目的、重要性、新的發現和結論。

4. 研究成果的發表

a. 論文的提出：直接以電子郵件傳送投稿論文至學會或出版社的 website，或是將論文檔案存到儲存裝置（軟式磁碟片 (FD) 等），連同紙本一起郵寄出去。

b. 論文的修正：依據編輯的指示修改論文，這時常會使用電子郵件往返。

c. 論文的出版：最終完稿的出版（由學會或出版社等出版，包含網路上的電子版或是文獻資料庫的登錄）。

18.3 撰寫作業和電腦

　　我們都知道，資訊科技 (IT) 的電腦運用在研究活動上占了非常重要的角色。本書無法網羅研究活動裡所有的電腦運用，這也非本書的目的。在此我們只就一些對撰寫論文有幫助的功能作說明。

　　撰寫論文的電腦運用以文書軟體的使用爲主。目前最普及的文書軟體非微軟 (Microsoft) 公司的 Office Word（以下簡稱 Word）莫屬。事實上，Word 已成爲出版界和學界認可的標準文書處理軟體。1997 年，Word 在美國文書軟體的市場占有率已高達 93%。這件事也反映在主要的論文期刊所要求的論文格式上，例如，科學期刊 *Nature* 即建議透過 *Nature* 的 website，使用 *Nature* MS Word Template 的格式投稿；美國化學學會 (American Chemical Society) 則同時推薦 Word 和 Word Perfect 兩種文書軟體。而受理後的論文，則會被轉換成 PDF 檔案（PDF 是 Portable Document Format 的簡稱，此種類型的檔案可利用免費軟體 Acrobat Reader 讀取），用於 peer review（同儕審查）。順道一提，ACS Guidelines for Generating PDF Documents 可以從 ACS 的 website 下載。ACS 出版的論文不是以 PDF 檔，而是以 Word 或是 Word Perfect 檔案提供下載。由此可見，Word 在文書軟體的市場占有率中具有壓倒性的優勢，我們的討論也將以 Word 爲主。

　　Word 的普及率相當高，爲了因應各種需求，因此發展出相當完善的功能。使用者從學生到高齡者，從行政人員到研究人員，可說是遍及各個領域。而雖然 Word 具備了各式各樣的功能，不過一般人常用的功能，約僅占全部的 10%～20% 而已。

　　Word 會根據使用者的使用頻率，自動更改功能選項，也就是說，會優先顯示使用頻率高的選項，但也往往導致使用者忽略了其他便利的功能。研究者若能善用 Word 內建的各項功能，撰寫論文將方便不少。例如大綱編號功能可用於擬定論文大綱時；和研究夥伴一起撰寫論文時，追蹤修訂功能就可用於記錄修改的內文；論文完成後，還可以利用改變格式的功能以符合不同投稿單位的規定。雖

然多數人都已十分熟悉這套文書軟體，不過我們還是就一些重要功能作說明。

在介紹各項功能前，首先提醒使用者，工具列上的功能鍵都可以依照使用者的需求增減。例如，將一般字型變成上標或下標的按鍵、編號及項目符號的按鍵、字型大小的按鍵、插入表格或圖片的按鍵等，都可以依照使用者的需求加入工具列。藉由改變文書軟體的工具來配合自己的寫作習慣，便可大幅提升寫作的速度和便利性。

18.4 文書軟體的基本功能

文書軟體具備了各式各樣的功能，使各個階段的撰寫作業變得更容易。撰寫論文的準備階段便是擬定大綱（請參考 Chapter 3），而為了擬定具有邏輯性的大綱，Word 的「**大綱編號**」功能就可以派上用場。大綱編號可自動將大綱中每個項目編上號碼，使用者不論新增、刪除或挪動某些項目，它都會適當地修正編號，使用者不須一一修改。由於不必分心整理大綱格式，寫作者更能把心思集中在內容上，有效完成大綱。圖 18.1 即為一大綱範例。

I. Main Section 1 (e.g., Introduction)
    A. Sub-Section 1 (e.g., Background)
        1. Sub-Sub-Section 1 (e.g., First Key Background Point)
        2. Sub-Sub-Section 2 (e.g., Second Key Background Point)
    B. Sub-Section 2 (e.g., Objective)
        1. Sub-Sub-Section 1 (e.g., First Key Objective)
        2. Sub-Sub-Section 2 (e.g., Second Key Objective)

圖 18.1 大綱範例

因為這項功能，寫作者不僅可以快速完成大綱，修改大綱也變得十分方便。我們在 Chapter 3 提過，藉由架構完整的大綱，即使是長論文，也可以因此分成

幾個小部分依序撰寫。例如將 3,000 字的論文分成 30 個部分，每個部分就只需撰寫 100 個字。撰寫 100 字相當容易，寫作者就能從長論文的壓力中解放出來。透過大綱編號功能擬定大綱，有效提升論文寫作效率。

　　另外，要在大綱裡插入、刪除、移動項目時，只要使用以下三個功能即可。

1. 插入

a. 複製 (copy) 既有的段落或項目，把它貼上 (paste) 至欲新增處。〔快速鍵：copy 可按 Ctrl + C，paste 可按 Ctrl + V〕

b. 按 Enter 鍵，會出現新的一行。（使用 tab 鍵可讓游標快速地左右移動，往右移動時按 tab 鍵，往左移動時按 shift + tab 鍵）〔依使用者使用的軟體不同，功能可能會有所差異〕

2. 刪除

選取想要刪除的段落或項目，然後按刪除（快速鍵：刪除可按 Ctrl + X）。

3. 移動

選取要移動的段落或項目，利用滑鼠直接拖曳到想要放置的位置上即可。

　　利用如此簡單的操作，任誰都可以快速地製作大綱，並修改到最完善的境界。另外，也要善用「**複製**」功能。例如，製作大綱時，若要複製某個大綱格式，只要直接複製該項目，於其他處貼上，大綱格式也會一起複製。此功能也適用於複製字型的格式（如複製粗體字或斜體字）。

　　而若是想將某個單字（項目或句子）的特殊字型複製到文章多處時，使用複製格式功能就可以節省時間。只要選取想複製的特殊字型的該單字，並連續以滑鼠擊點複製格式鍵兩次，複製功能就會開啟（要解除時按 Esc 鍵即可），接著移動游標到其他想複製成該特殊字型的位置，反黑選取單字（項目或句子），單字就會變成想要的特殊字型。只要複製格式是在開啟的狀態，使用者就可以無限次的複製下去。

　　此外，也不能忘記「**尋找**」和「**尋找及取代**」功能。要在長篇的文章中快速

找出某個單字或句子，使用尋找功能就相當方便。而若是要修改整篇論文中某個特定單字或用法時，例如要改正某個單字的拼法、或是想要將某個單字改成斜體字、或想將縮寫字改成 full name 時，尋找及取代功能就可派上用場。這個功能還可以加速論文的撰寫作業，例如當某個長句會多次出現時，可以先用 wash I 等省略記號代替。例如以 wash I 代替 The product was washed with water three times and then dried in an oven at 100°C for 4 hours before it was placed into a glass tube and sealed under vacuum.（產物以水沖洗三次，然後在放進玻璃管、以真空狀態密封前，用烤箱以攝氏 100 度的高溫烘烤四小時到乾。）因為這段話將多次出現在論文中，寫作時就可暫用 wash I 來代替，等到論文完成後，再利用尋找及取代功能取代回原來的句子，論文寫作一下子就輕鬆許多。寫作者甚至可以利用**「尋找及取代」**的進階功能，將替代成省略記號的長句子，用**「全部取代」**功能一次完成更改作業。

18.5 字數統計功能

文書軟體中有很多相當實用的功能，**「字數統計」**就是其中最實用的一項功能。尤其是用在必須統計長篇論文的字數時。一般來說，論文的 Abstract 或本文都有字數限制，這個功能用在撰寫像 3,000 字這種長篇論文時特別有用。使用字數統計功能就可以一邊統計字數一邊寫作或修改，如此很容易就可以達到預期的字數。

18.6 寫作輔助功能

接著，我們來看看幾項能讓寫作更正確的功能。其中最重要的要屬**「拼字檢查」**功能，Word 會自動在拼錯或一般字典不常見的單字下標示紅線。使用者只要檢查標示紅線的單字，將它改正或確認沒有拼錯就可以了。或者，也可以使用

「**自動校正**」功能，讓電腦將偵測出的錯誤拼法自動更正為正確拼法。然而，自動校正雖然可以幫寫作者省下修改的時間，但有時候自動校正會把單字修改成和原意不符的單字，因此，最好先考量自己的撰寫風格，再決定是否使用自動校正會比較好。自己修改被偵測出的錯字時，只要將游標移至紅線處並點滑鼠右鍵，校正工具會自動顯示好幾個可能用字，寫作者可以從中挑選正確的單字，如果原本的單字是正確的，就不須修正，或選擇將該字新增至字典。不過，將某字新增至字典時，一定要確認拼法是正確的。

　　接著再來看看另一個常用的功能：「**文法檢查**」。這個功能是否真的實用，使用者評價不一，但透過這項功能，使用者可以再次檢視句子是否有誤，也不失為一項實用的功能。使用者將游標移到被偵測出文法有錯誤處，按下滑鼠右鍵後，會顯示正確寫法的建議。不過，這些建議不一定都有用，這項功能是針對英語系國家的人所設計，所以不太能檢查出非英語系國家的人常犯的錯誤。例如，非英語系國家的人寫作時常遺漏 the，但是文法檢查功能卻檢查不出來。不過，這項功能可以檢測出大部分用法或文法不正確的部分，實用性還是相當高。

表 18.2　便利的文書軟體功能

- 拼字檢查功能
- 文法檢查功能
- 同義字功能 (thesaurus)
- 文章比較功能

拼字檢查功能可減少拼字錯誤。

　　另一項「**同義字**」(Thesaurus) 功能對於非英語系國家的人也相當實用。此項功能會顯示某個單字的同義字選單。非英語系國家的寫作者在忘記或是不知道其他說法時，此項功能就非常方便。透過它還能學到新的單字或是說法，所以可以說這項功能還兼任了英文老師的角色。不過，也不可太過依賴 Thesaurus 功能，而選擇某些不適當的用字。例如，查詢 accurate 的同義字，選單中會出現 precise，但若把 accurate number（意思是指 particular number）改成 precise number，其實會有語意上的小差別。同理，若以 Thesaurus 功能尋找 exact 的同義字時，選單中會出現 specific 這個字，但把 exact match 改成 specific match，語意也會因此不太一樣。不過即使有這種問題存在，Thesaurus 功能還是相當實用的，重要的是要如何精通運用此項功能。

18.7 製作複雜格式的便利功能

　　接著，來看看一些製作格式的進階功能，其中最便利的功能要屬「**註腳**」功能。論文寫作者要編列文獻編號和註腳編號時，就可以使用這個功能。和大綱功能相同，它可以有效幫助寫作者正確無誤地編好號碼。假設沒有這個功能，一篇列有 30 項參考文獻的論文，想要在第 10 項後加入新的文獻，寫作者就必須找出論文中所有第 10 項以後的號碼，然後一一更改。若使用註腳功能，號碼就會自動更改，為寫作者省下不少時間及精力。

　　接著介紹相當實用的「**插入**」功能。若要在本文中插入圖片、表格、圖表，甚至音檔和影片時，就可以使用「插入」功能。如前所述，使用者可以先將要用的工具新增到工具列，例如將「表單」放到工具列上，要製作表格時只要按下表單鍵，選擇列數及行數（工具列甚至會出現圖像，顯示實際的表格），就能輕易地將表格插入本文中。接著，再鍵入表格的內容，表格就完成了。另外，也可以選擇表格工具（fuse cells、color/ pattern cells、line 的寬度更改、試算表功能等）格式，進一步將表格設計成使用者想要的格式。

　　我們常常需要在文件內插入 Excel 表格，這時使用「插入物件」的功能，就

可以將 Excel 的表格插入本文中。若要將兩個以上的 Excel 表格整合成一個表格時，一定要注意其一致性。

另外，需要使用圖表時，也可利用插入物件的功能。選擇要插入的圖表，就可以輕易地將圖表插入本文中。圖表工具裡，還可選擇圖表類型（曲線圖、長條圖、圓餅圖）、圖表顏色及圖表字型等功能。

文書軟體裡還備有插入算式的功能，因此若要在本文中插入算式的話，不需要在別的軟體中另外製作算式。

最後，來看看插入圖像和圖解的功能。若要在文中插入圖像，可以使用插入功能，或從別的軟體複製該圖像，直接貼到文章中。插入文件的圖像，還可以利用圖片工具進行修改，例如使用裁剪 (cropping) 功能，將圖像不要的部分（例如有太多空白時）切除。插入圖解的方式則同上。若是要製作簡單的圖表，可利用文書軟體的圖片功能。而若要繪製圖解，可以利用其他軟體（如 PowerPoint）繪製完成後，再直接將它複製貼到文章中。

表 18.3 文書軟體的各式進階功能

- 參考文獻／註腳
- 製作大綱
- 製作表格
- 製作圖表
- 繪圖
- 製作算式

表 18.4 便利的軟體

- 繪圖軟體、影像編輯軟體
- 文獻管理軟體
- 製作化學式軟體

18.8 其他有用的軟體

除了文書軟體之外，還有很多對論文寫作有幫助的軟體。例如，計算化學式的軟體 CorelDRAW 以及可以繪圖的各種繪圖軟體等。這些軟體製作出來的物件，幾乎都與文書軟體的文件相容。目前光是化學式計算軟體就有很多種，我們不一一詳述，因為要選擇何種軟體，主要還是依據使用者

Key Points
- 若能善用拼字檢查功能，就能大幅減低拼字錯誤的機率。
- 若使用中的軟體性能無法符合所需，就要改用更專業的軟體。不過事先要確認軟體和自己電腦的相容性。

的喜好和需求性。另外，也可以調查所屬研究領域中使用率最高的軟體，或其他研究者偏好的軟體（雖然軟體的性能是很重要的條件，不過可以跟其他研究者共享資料才是最重要的）。再者，也可參考所屬研究領域中的代表性期刊，或透過website 搜尋比較各種軟體。

18.9 共同撰寫時的實用功能

共同撰寫時也可運用一些便利的功能。共同撰寫論文時，最重要的便是知道文章的哪一部分是由誰、在何時撰寫或是修改的。為了達到這個目的，軟體裡備有可記錄、追蹤由何人做了哪些修改的**「追蹤修訂」**功能。寫作者可以選擇要不要使用這個功能。使用此項功能時，可以選擇於螢幕上或列印時要不要顯示這些修改的狀態。修改狀態顯示在螢幕上時，寫作者可以知道文章何處於何時被修改過了。使用者也可以選擇接受或拒絕修改（可以一次全部處理，或是一項一項處理）。使用「追蹤修訂」時須注意，寫作者常因為不想讓修改紀錄出現在螢幕上或列印出來，而將這項功能隱藏 (off) 起來，事後忘了檔案仍開啟這項功能，結果導致寄送檔案給他人時，對方在電腦螢幕上或列印時看到修改的地方。雖然這不是什麼大問題，但是文字檔案會變大，而且檔案可能會存有不想被別人看到的「舊」文章。

另外一個**「插入註解」**功能，除了可使用於共同撰寫上，更常使用於某些想請別人確認的項目，或是希望讀者閱讀時特別注意之處。共同撰寫時，將新增、刪除或移動文章的理由放到註解裡，如此一來，其他寫作者一看到註解就會立刻明白修改者的意圖。註解的顯示方式與追蹤修訂不一樣，使用者很容易辨識其差異。

18.10　網路的利用

　　網路也是有助論文寫作的工具之一。網路上存有龐大的資料和文獻，使得網路幾乎已成爲研究者撰寫論文時不可或缺的設備了。website 的種類繁多，內容涵蓋一般新聞性報導、各種期刊（美國化學學會或 *Nature* 期刊）、各式資料庫到各種專門領域的技術資訊，撰寫論文前若能先查詢幾個跟自己研究領域有關的 website，將會很有幫助。在網路上檢索時，可透過各種搜尋引擎找到需要的 website。撰寫論文時，預先打開一兩個搜尋引擎和特定的 website 將會非常方便。

　　除了搜尋資料外，網路也可作爲溝通工具之用。現在利用網路收發電子郵件 (E-mail) 已成常態，不論何時何地，隨時都可以藉由電子郵件與研究夥伴（有時在隔壁的房間，有時則在地球的另一端）討論研究內容。此外，前面曾提過如透過 *Nature* 期刊的 website 進行線上投稿的情況也愈來愈多了。因爲透過網路，連受理回函等繁瑣的作業，都可以自動化了。或許在不久的將來，大部分的期刊都會要求透過 website 進行線上投稿了。網路利用 (E-mail, browser, website) 已和文書軟體一樣，變成撰寫作業不可或缺的工具了。

　　除了有助於資料文獻的搜尋和作爲溝通工具外，寫作過程中若遇到問題也可求助於網路。想知道所使用的字詞或用法是否正確時，可以直接將其輸入搜尋引擎的查詢欄中，查出正確用字或最普遍的用法。對於非英語系國家的人而言，用網路查詢特定的字詞或語句的用法非常實用。例如，非英語系國家的研究者常會寫 Our researches show that... 這樣的句型，但 research 是可數或不可數名詞呢？我們分別以 Our researches show that... 及 Our research shows that... 的句子放到網路上查詢，結果發現第一個句子只有 23 筆查詢結果，但第二個句子卻有高達 12,200 筆查詢結果（順道一提，Our researches shows that... 這種用法是 0 筆）。因此，使用者就可以大致判斷 Our research shows that... 才是正確的用法。不知該使用哪一種用法時，搜尋引擎絕對能幫上大忙。

18.11 其他的軟體

　　除了文書軟體，還有幾種軟體對於撰寫論文也很有幫助。文獻管理軟體如
EndNote、ProCite、Reference Manager 等除了在撰寫論文時，在研究過程中
也對研究者很有幫助，在此不一一贅述各個軟體的功能，只是提醒使用者這些軟
體的存在，而因為它們的存在使得文獻管理變得非常簡單。若缺少這些軟體（如
Access 等資料庫軟體），會使得文獻管理變成一件費時又易犯錯的工作，因此，
筆者強力推薦這些文獻管理軟體。透過這些軟體，可以簡單地從文獻資料庫中擷
取所需的文獻資料，配合投稿期刊的格式放到論文當中。使用這些軟體，不僅可
以節省時間，還能將錯誤降到最低。

18.12 善用電腦提升寫作效率

　　比起早期的打字機或文字處理機，現在的電腦與相關軟體功能強大，已是撰
寫論文時不可或缺的設備了。透過各種軟體及內建的強大功能，撰寫研究論文變
得簡單多了。軟體就像工具箱裡的工具，若是用了適當的工具，工作便能快速有
效地進行。就像切割大量木板時要倚賴電鋸，使用文書軟體的大綱功能、複製格
式功能、註腳功能等，也能讓寫作輕鬆進行；就像畫直線時要用直尺一樣，製作
圖表時就可以求助繪圖功能；就像組合機械時需要各種規格的螺絲起子一樣，寫
作時也要先準備好有用的相關 website。總之，若能事先備妥工具，撰寫作業就
能有效率地進行，如此不但可以節省時間，還可寫出出色的英文論文。

Part **4**

寫作篇

寫作前準備

接下來的兩個章節將介紹如何有效率地撰寫科學論文，重點擺在「書寫」的過程。事實上，任何文章體裁都自有一套按部就班的程序，科學論文更是如此；尤其必須以外語撰寫論文時，程序的釐清更顯重要。以母語以外的語言進行描述的工作，效率原本就會大打折扣。因此，本章對打算用英文撰寫科學論文的非英語系國家者來說應該會有很大的幫助。

19.1 四個基本步驟

寫文章基本上包含四個步驟，論文也不例外。第一，撰寫草稿 (writing)；第二，以草稿為基礎，補充更多相關資料 (rewriting)；第三，將文章從頭到尾仔細看過一遍，加以修正 (revising)：第四，著重在文章的細節，進行細部修飾的工作 (editing)。

先決定好投稿單位和論文類型，再開始動筆寫論文。

以上步驟在 Chapter 20 會有更詳盡的說明。在此之前,必須先調整心態,有效率地為寫論文做準備。一般人在撰寫論文時遇到的最大困擾,往往是寫論文並不像寫其他東西時那麼輕鬆愉快。大部分的人在寫論文時總是一拖再拖,而且常常因為一些芝麻小事,就先把論文擱在一旁。例如特地衝回研究室翻箱倒櫃查一兩筆資料,或專程上圖書館找一篇文獻,甚至只是為了確認一個單字而跑去書櫃搬出字典查個半天。正因為寫論文並不有趣,寫作者很容易分心先去做些瑣碎的事,這樣反而拖延寫作時間,最後只能眼看期限一天天逼近。

19.2 周全的準備

如何保持愉快的心情並且有效率地撰寫論文呢(至少不要寫得那麼痛苦)?

事前周全的準備就能避免上述各種阻礙寫作的小狀況。例如,選擇適合論文寫作的文書軟體、善用完整保存參考文獻的資料庫、有條有理的筆記、詳載頻譜圖表的實驗紀錄,以及照片等資料。另外,先備齊英英、英漢、漢英等各式字辭典、該領域的工具書以及研究相關的文獻報告。花點時間把上述資料、工具備妥找齊,然後放在伸手可及處,例如電腦附近。但別以為這樣準備工作就結束了,還必須選擇適合的投稿單位。

19.3 決定投稿單位

先決定投稿單位和論文類型,然後再開始寫論文是件非常重要的事。這表示寫作者必須相當清楚論文的方向及所需格式。

然而,尚未決定好論文類型和投稿單位便倉促下筆的人卻不在少數。筆者常協助朋友審訂論文,當我問起其中幾位:「決定好論文要投去哪裡了沒?」他們的回答卻是:「還在考慮。」期刊雜誌的屬性與類型林林總總,都要準備

動筆了卻還不知道要把論文刊在何處，多少令人有點擔心。我們在 Chapter 9「Reference Section 的寫法」曾提到，研究報告指出 52 種科學期刊裡囊括 33 種參考文獻的寫法。由此可見，如果遲遲不能決定論文類型，便沒辦法開始寫論文了。

選擇適當的投稿單位、決定論文類型（簡報 (letter)、研究報告 (report)、長論文 (full paper) 或文獻回顧 (review) 等）、控制論文字數（往往以論文類型為準）以及如何將研究重點呈現給讀者等，這些都是寫論文時需要考慮到的重點。若掌握了以上要點，寫作者對論文也就有大致的輪廓。關於這一點，請參閱 Chapter 2「科學論文寫作準備」的寫作計畫表 (Planning a Paper) 及論文大綱的範例 (worksheet)。本章則針對第一次接觸論文寫作的人，提出更淺顯易懂的寫作入門方式。這個辦法稱為 storyboard（分鏡腳本），意思是把論文化作一種 visual image（視覺圖像）。

19.4 活用 Storyboard

確立影像風格是 storyboard 主要用途之一。電影製作者透過 storyboard 掌控每一幕場景。驚悚片大師希區考克 (Alfred Hitchcock, 1899-1980) 便是這種方式的愛好者。據說他在電影開拍前，會先準備好所有的分鏡草圖，藉由這份腳本，在開拍前精準拿捏電影的步調，以及每一個場景間的關聯性。另外，storyboard 的概念也可應用於使用投影機 (OHP) 製作投影片的用途上，利用分鏡以了解內容的梗概，避免 OHP 的投影片做好之後，才驚覺內容與原本的想法出入甚多的情況。storyboard 的用途同樣可以套用在論文寫作上，特別是對於初次撰寫論文、對論文整體風貌毫無概念的寫作者而言。

論文的 storyboard 和電影或口頭報告不太一樣，但基本概念相同。把論文視覺化最簡單的辦法，便是從欲投稿的期刊中選擇一篇性質相似的論文。大概看過之後，就可以先掌握字數、標題、圖表和參考文獻的篇幅比例（圖 19.1a）。接著從同一本期刊裡影印一份只有文字不含圖表的內容（如果沒有那樣的頁面，

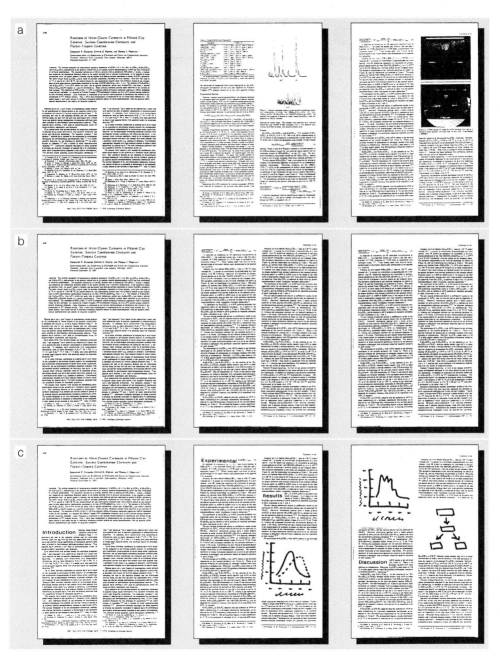

從自己想要投稿的期刊中影印一份類型相當的論文 (a)，一份只有文字沒有圖的論文 (b)，接著加入 section title 和必要的圖表 (c)，就能知道大概的論文字數。圖表可使用便利貼。

圖 19.1 論文 storyboard 的範例

> ## Q & A
>
> **Q** 請問一篇英文論文通常有幾個字？該怎麼將圖表或算式換算成字數呢？
>
> **A** 每本期刊各有其投稿規定，投稿前一定要弄清楚，以便順利完成投稿動作。
>
> 一旦決定好投稿單位及論文類型 (note, letter, paper, full paper)，便可按照投稿規定來決定篇幅。此外，請留意參考文獻和圖表有沒有特殊規定。一般來說，一張圖表以 100 字計算（過大的圖表則另當別論）；論文字數限制為 3,000 字時，若內容有五張圖表，就相當於占掉 500 個字，這表示內文必須控制在 2,500 字左右。算式的話，一行算式即視為一行，以此類推。
>
> 至於該如何計算科學論文的字數呢？一個字一個字慢慢算是一種辦法（很花時間），或是先算出一行有幾個字，再乘以行數便可得知大約的字數。目前大部分的文書軟體都有字數統計的功能，使用起來既簡便又正確。
>
> 論文寫作時必須特別注意字數。如果投稿單位要求論文在 2,500 字之內，切記要把字數修改到符合標準為止（但也不要過少）。有些投稿單位或許會接受論文稍微超出一點字數（例如超出 2,500 字，但控制在 2,600 字之內），不過最好還是盡量控制在標準之內。

可以試著動手裁切）。利用這份影印稿，勾勒出自己的論文標題、參考文獻和內容（圖 19.1b）。接下來，補上 Introduction, Methods, Results 及 Discussion 等 section title（圖 19.1c）。各 section 的篇幅及各 section 資料量的多寡按照論文的需求而定。接著填入內容涵蓋 Materials, Methods 的 Methods section 的 subtitle，以及 Results 和 Discussion 相關的 subtitle。至於 section title 及 subtitle 之間的位置，就是本文的位置了。

接著是插入圖表。即使還不太清楚要放什麼樣的圖表，至少得曉得哪些圖表一定要出現在論文裡，這部分後續尚可調整。關於圖表呈現的方式，可運用手繪草圖或把確定要用的圖表製成縮小版。如此圖文並茂的 storyboard，已經十分接

近送印前的模樣。寫作前藉由 storyboard，
除了了解每個段落的關聯性，對 section 或
sub-section 的篇幅比例及整體結構也會有
比較完整的想法，對於後續的論文撰寫有很
大的幫助。如上所述，分鏡對於不清楚論文
結構和篇幅比例分配的新手來說非常簡便。
要讓一個論文投稿新手完成 3,000 字的論文

Key Points

• 事前準備工作當中，最重要的是決定論文類型及投稿單位。
• 事先把欲投稿期刊的論文篇章影印下來，做成一份分鏡腳本，有助於了解論文章節字數的配置，對論文整體可有清楚的輪廓。

並不是件容易的事，而 200 字的 section 就輕鬆多了。storyboard 的優點之一，
是讓投稿人大概知道一篇論文要寫多少個字。雖然我們在下一章會提到論文寫作
的第一階段是用自己的方式書寫，但如果寫的時候懂得控制字數，對之後修改也
會更為有利。

　　論文寫作前的準備工作到此就算完成了（對於經驗老到的人而言或許是牛刀
小試了吧）。

論文寫作流程

熟悉論文寫作前的各項準備工作後，接著就來看看實際的寫作流程。

完成準備工作後，若能在動筆前事先擬好一份論文大綱 (outline)，則會有事半功倍的效果。論文大綱類似上一章提到的 storyboard，Chapter 18 曾介紹的 Microsoft Word 等文書軟體，多半都有製作大綱 (outlining) 的功能，只要懂得善加利用，就可以讓頁面變化出僅有 section title、section title 和 sub-section title 並列或各 section 完整呈現等格式。寫作者藉由大綱掌握各 section 所呈現的內容，寫起論文來更駕輕就熟。擬定大綱最大的優點在於讓寫作者按部就班地進入寫作的各階段，先安排各 section 的分層架構，接著檢視 sub-section，最後探討每個 sub-section 的內容呈現，讓論文寫作變得輕鬆有效率。

20.1 第一階段：Writing Stage

論文寫作的第一個階段為 Writing Stage（撰寫）。這個階段並不包括重寫 (rewriting)、修改 (revising) 及編輯 (editing) 等作業。第一階段最簡單的辦法是我手寫我口，完整寫下自己對論文的想法。我們可以把論文寫作看成使用黏土製作半身像，沒有人從頭到尾都只用小塊黏土拼湊，一開始一定是先拿大塊的黏土捏出雛型（肩膀、頸部、頭部等，相當於 Writing Stage）；其次捏出比較好掌握的部分（耳、鼻、唇等，相當於 Rewriting Stage）；接下來，再看看整體的外觀是否均衡，讓雕像更貼近本人（相當於 Revising Stage）；最後，完成最需要細心勾勒的部分（眉毛和臉部線條等，相當於 Editing Stage），栩栩如生的半身人像便誕生了。這一連串的過程猶如論文寫作的各個階段。而論文寫作的第一階段，就好比製作半身像時，利用黏土捏出雛型。總之，把想到的全先鍵入頁面（電腦的 work space），並時時刻刻提醒自己該寫出什麼樣的論文，各章節的配置又是如何。雕塑也是如此，一旦決定好製作半身像，黏土的用量就不會少到只

能捏出小老鼠,更不會多到可以用來做一頭大象。

　　在這個階段不用刻意控制字數、文章結構或書寫格式,而文法、拼字、數據是否正確、文章內容是否完整也暫時拋在腦後。第一次撰寫論文的人或許很難想像這麼做究竟有什麼效果,但只要嘗試過一次,絕對會發現這比一開始就抱定要把論文寫好的沈重心情來得輕鬆多了。

20.2 第二階段:Rewriting Stage

　　論文寫作的第二階段為 Rewriting Stage(重寫)。意思是指通盤了解第一階段完成的草稿,並視情況增刪文字或移動段落,使內容更通順。Rewriting Stage

寫論文就像雕塑半身像,共分為四個階段。

是以第一階段的草稿為基礎，進行整合的動作。藉由草稿來塑造論文的骨架，就像把半身像的雛型搬到工作台上，半身像的製作才正要開始。因此，必須重新閱讀草稿，把內容修正到接近最初的研究方向。在 Rewriting Stage，寫作者要搜尋在上一個階段沒發現的重要說明、決定性資訊，以及具有價值的背景資料；彙整各式資訊後，再納入論文裡。如果發現邏輯不清或解釋不明之處，應該立即修改，務必使內容明確流暢。必要時，還可移動 sentence、paragraph 及 subsection。完成後，論文便更接近最完整的模樣。

論文寫作進行到 Rewriting Stage 時，寫作者應該要很清楚需要什麼圖表。若尚未準備，便須即刻著手進行，並為每張圖表附上簡單扼要的標題。此外，圖表是否必要？會不會過多？或什麼樣的圖能讓論文清楚易讀？這些都是寫作者必須在這個階段留意的問題，而在論文中使用 visual 時，最好先釐清論文主題。圖表完成後，還要確認圖表上的數據與資訊正不正確，是不是與內文相符合。完成圖表後，Rewriting Stage 就算告一段落，準備進展到下一階段的 Revising Stage。

20.3 第三階段：Revising Stage

第三階段 Revising Stage（修改）的重點在於統整論文的格局與架構，並將完成的初稿做細部的修改，以提高完成度。建議可在此階段將論文交給同學或同事看過，以確認內容符合原先設定的概念。由於在上一個階段已做過增刪與挪動的動作，本階段就不用特別挪動 sentence 或 paragraph，而是應該把重點放在論文的流暢度上，例如潤飾表達的方式、刪除多餘的贅字及 sentence，使文章顯得更簡潔。務必修改過長的 sentence 以及長度不適當（過短或過長）的 paragraph，並確認 paragraph 的重點是否明確，除了確認每個 paragraph 的文意清楚，sentence 也要切合 paragraph 的要旨。熟讀每個 sentence，確認單字是否運用得宜，並把語意表達地更加明確。此外，更要確認 sentence 的結構是否正確。本階段有許多要留意的地方（例如避免使用 very hot 或 completely full

這類用語），別忘了盡可能多看幾遍。

Revising Stage 的另一個重點是完成 reference，確認引用的 reference 是否完整、適當，reference 是否對讀者有所幫助。並確認沒有遺漏任何 reference。詳細檢查拼字（人名、期刊名、報導或書名等）和數字（文獻編號、期刊卷數或號數、日期和頁數等），並留意 reference 的格式是否符合投稿單位的要求。

Key Points

● 論文寫作共分 Writing Stage, Rewriting Stage, Revising Stage 及 Editing Stage 四階段。
● 若能按部就班完成各階段的主要工作，你會發現論文寫作並沒有想像中困難。
● 善用確認清單，並反覆確認。

Revising Stage 的最後步驟，就是把論文拿給同學或同事看過，確認有無明顯的錯誤或缺漏。這裡提到的同學或同事，指的是共同作者或共同研究者。透過第三者的檢視，更能確定論文是否流暢易懂，說明是否清楚，組織架構是否健全，以及數據是否正確等。

20.4 第四階段：Editing Stage

Revising Stage 的下一階段為 Editing Stage（編輯）。這一階段的目的是將論文編輯成可以投稿到期刊的完稿。首先，在請同學或同事們看過一遍論文後，把他們提出的想法或建言加以組織，適當納入內容中。接著自己將論文從頭到尾熟讀過，以確認提出的論點明確清楚、句子流暢易讀；另外，拼字和文法也必須再三確認（可以善加利用電腦既有的功能），所有數據都要仔細校對。最後，別遺漏了 reference 的部分。或許有人覺得重複檢查 reference 的步驟有點矯枉過正，然而，這部分卻是論文最容易出錯的地方，因此應該在撰寫論文的過程中隨時檢查。論文寫作進行到第四階段，因為要檢查的地方相當多，很難一次顧及所有要點，所以不妨反覆閱讀，每看一次校對一個重點，讓檢查更加深入。可善用表 20.1 的確認清單，一次檢查一個或多個關聯性較高的項目，仔細對照論文內容。

待全篇檢查完畢，這份論文便具備了投稿的資格。

表 20.1　確認清單 (Final Checklist)

☐ Sentence structure（句子結構）

☐ Paragraph structure（段落結構）

☐ Concise writing（文字簡潔）

☐ Clear writing（表達清楚）

☐ Tables（表格）

☐ Figures（圖表）

☐ References（參考文獻）

☐ Consistent terminology（專門術語前後用法一致）

☐ Redundancy (parts, ideas, words, etc.)（多餘的章節、論點或字詞等）

☐ Punctuation（標點符號的用法）

☐ Capitalization（大寫的用法）

☐ Grammar (use a grammar checker)（文法〔利用文法檢查功能〕）

☐ Spelling (use a spell checker)（拼字〔利用拼字檢查功能〕）

投稿注意事項

　　論文完成後便剩下投稿與出版兩項任務。然而，這階段只要稍微一個疏忽，很可能會讓之前的努力付諸流水。

21.1 不只是「投稿」而已

　　或許讀者會認為，不過是投稿而已，有什麼好解釋的呢？但其實投稿是門不簡單的學問，有許多細節需要注意。到了投稿這一階段，除了該遵守的投稿須知與規範外，寫作者應該還要了解把寫好的論文拿去投稿並不代表大功告成。遞交論文後，意味著複雜的出版程序開始啟動，牽涉的範圍也變得更加廣泛。所以本章不只要來檢視投稿的步驟正不正確，還希望能讓各位了解投稿之後一連串的流程。接下來，將一一介紹論文的投稿工作、相關資料的準備方法，以及如何撰寫向投稿單位說明論文內容的投稿函。

投稿前要再次一一確認投稿規定。

21.2 投稿從決定投稿單位開始

早在動筆撰寫論文之前，就要設想所有和投稿相關的環節。在撰寫論文時，必須同時鎖定若干符合論文屬性與類型的國內外投稿單位。一旦做出了決定，論文就必須遵守該單位的投稿規定，包括論文類型、投稿注意事項（例如送件時需附上列印好的論文，還是排版完成的版本 (camera ready)？影印的份數？非紙本的資料該如何繳交？）以及其他投稿單位的特殊要求等。

投稿前的準備工作從論文寫作時就已經開始。若尚未確認過確認清單上的注意事項，可以說尚未達成投遞論文的標準。因此，請務必落實確認的工作，包括一一核對投稿規定，檢查論文的拼字、文法和標點符號等。如此一來，才能進行後續的投稿動作。

21.3 遵守投稿規定

論文最重要的當然是內容本身。論文寄送之前，絕對要再三留意是否遵守投稿單位的規定。另外，還需注意影印的份數是否符合要求。投稿規定多半會要求投稿人多準備幾份影本，為的是提供論文審查者 (reviewer) 參考。近年來，許多投稿單位也接受論文以電子郵件寄送或透過 website 上傳，因此請留意注意事項上規定的投稿方式。此外，論文格式也要注意，例如某些期刊會要求投稿人將參考文獻和圖片索引條列於全文之後。無論是在撰寫論文時或論文完成後，若能多加注意投稿規定，便能順利邁向論文完成的階段。

21.4 設想投稿單位的立場

確認論文內容時，對於不足之處加以修飾固然重要，但也別忘了要多為投稿

單位設想。身為投稿人，我們遞出的只是一篇論文，然而投稿單位每天收到的卻是幾十篇、甚至幾百篇的論文；其中除了初次發表的論文，當然還包括已修改、非首次刊登或已有校樣本的論文。因此我們必須確保遞送的論文容易閱讀且方便使用。疏忽了這一點，很有可能發生論文或投稿函與其他論文混淆不清的情形。此外，送出的論文一定會經過審查的程序，因此要便於翻閱。論文結構不是唯一的重點，還要讓人看得懂才行。以下是一般論文完稿時的注意事項（依照期刊的投稿規定而言）：

- 白紙列印
- 符合用紙規格（8.5×11 英寸或 A4 尺寸）
- 上下留白 3 ～ 4 公分
- 選擇適當的字級與字體（字級為 12 ～ 14 級）
- 行與行之間留一空行

除此之外，還有一些要遵守的事項。以下這些圖表（含照片）的注意事項也很重要：

- 遵守投稿單位對圖表格式的規定（圖表的列印像素規格及正確存檔格式，例如 JPEG 或 TIFF 檔）
- 圖表完整、清晰
- 圖表不可汙損
- 圖表與內文相符
- 圖表與圖說相符

為了讓圖表完好無缺地送達，並順利刊登於期刊上，還有三點需要注意：

- 將圖表裝裱在厚紙板上
- 在圖表背面註明正確的擺放位置（尤其是清楚標明上下的位置）
- 在圖表背面標上號碼，並註明論文標題（若論文和圖表分開寄送時）

　　若遞交的論文為可以直接送印的版本 (camera ready)，代表審查通過之後直接可以送印，因此更要嚴格遵守論文的投稿規定。送印後才發現錯誤，也會為投稿人自己帶來相當大的困擾。此外，投稿前必須清楚論文格式（例如重新印刷時，原稿的行距以兩倍行高較佳，而 camera ready 版本則以單一行高或 1.5 倍行高為宜）。camera ready 版本的處理方式同最終印刷校樣。

　　如果是線上投稿，需確認投稿的方式為電子郵件寄送或直接透過 website 上傳。這部分的論文和圖片的格式也多有既定的規則，記得在寄送或上傳前確認清楚。

> **Key Points**
> - 遞送論文前請務必對照投稿規定。
> - 論文的格式要方便審查者閱讀。

21.5 撰寫投稿函

　　遞送論文前的投稿函也十分重要。投稿函的用途，除了告知該篇論文的投遞事宜，也能讓投稿單位對論文先有大致的了解。以下是撰寫投稿函時應該注意的事項。

- 盡可能採用制式用紙，例如印有公司、學校或研究室名稱的信紙
- 註明論文為首次刊登（而非經過修改、重複投遞的作品）
- 註明投稿單位（可能同時有好幾家投稿單位）
- 註明論文類型 (letter, note, full paper, review)
- 註明論文標題
- 註明共同作者
- 附上論文大綱
- 明列論文要點
- 列出其他注意事項（例如投稿資格等）
- 如投稿單位主動要求或認識該領域的學者，可逕自向投稿單位推薦審查者
- 附上投稿單位要求的著作權相關文件

Global Chemical Industries, Ltd.
_____
　　　　　4-9-5 Gendai, Tsukuba, Ibaraki, 300-0000 Japan　Tel: 0298-12-3456　Fax: 0298-65-4321
　　　　　　　　　　　　　　　　　　　　　　　　　　　　　　　　　E-mail: sewil@GCI.com
　　　　　　　　　　　Wednesday, March 1, 2009

Professor Woody Hoffman
Editor, Journal of Chemistry
Department of Chemistry
University of the States
Smithville, CA 91234
U.S.A.

Dear Professor Hoffman:

I am submitting a paper entitled *Light-Induced Modification of Compound Z Produced by the Gizmo Process to Diamond* for publication in the *Journal of Chemistry* as a full paper. This is the first submission of this material to any journal. There was one preliminary oral report on this work at the *International Chemical Society* meeting held in San Diego in February of 2009. This paper is co-authored by Dr. Wallis Smith (Global Chemical Industries), Professor Gertrude McGillicutty (University of the West), and myself. Enclosed are the required three copies of the manuscript and a completed official copyright form for your journal.

The key point of this paper is that for the first time we report our findings on a new way to modify compound Z that is produced by the Gizmo Process. To date compound Z has resisted all attempts that have been made to modify it into more useful compounds. Our work is not only noteworthy because we have successfully accomplished this long sought–after goal, but it is also noteworthy because we have succeeded in producing a very valuable material–**diamond**–via this new modification process. Thus, we feel that this new process and the resulting material will attract wide attention. We strongly believe that your journal is the most appropriate journal in which our paper should be published and that your journal will provide our paper with the broad distribution that it deserves.

For reviewers, we would like to recommend the following three people, who are experts on the key topics covered in our paper.

1. Professor Willy Jones	2. Professor Yuki Samui	3. Professor Hackmir Smartzildin
Department of Chemistry	Department of Chemical Engineering	Department of Industry
University of the South	University of the North	University of the East
1234 Alligator Avenue	5678 Slippery Street	91011 Camel Street
Hotsville, FL 101234	Coldsville, Hokkaido 123-4567	Drysville, Sabako 12-34-5
U.S.A.	Japan	Egypt

We hope that our manuscript meets the high standards of your journal. We are looking forward to receiving a favorable response from you regarding the acceptance of our manuscript.

　　　　　　　　　　Sincerely,

　　　　　　　　　　Frank Liu, *Ph.D.*
　　　　　　　　　　Manager of Research

　　　　　　　　　　投稿函的寫作範例

（寄件人單位、地址、電話號碼、傳真號碼、電子郵件地址）

（寄件日期）

（收件人姓名、地址）

Hoffman 教授您好：

我想投稿一篇名為「以光誘導的修飾將 Gizmo 製程法製成之化合物 Z 轉變成鑽石」的研究論文到《化學期刊》。這是此論文第一次投稿，在此之前，我們曾於 2009 年 2 月在聖地牙哥所舉辦的國際化學學會會議中針對本論文發表過一次口頭報告。這篇論文由全球化學工業的 Wallis Smith 博士、西方大學的 Gertrude McGillicutty 教授以及我三人共同完成。隨信並附上貴期刊所要求的三份原稿影本以及完整的正式版權相關文件。

本論文的重點是我們首次發明改良由 Gizmo 製程法製成之化合物 Z 的新方法。在此之前，所有為了改良化合物 Z，使之成為更有用的物質所做的嘗試全都失敗了。我們的研究之所以值得注意，在於我們不僅達到大家長期以來所追求的目標，更藉由這個新的修飾過程，成功製造出價值非凡的物質——鑽石。因此，我們認為此過程和其所得的物質會引起高度注意。我們堅信貴期刊是刊登本論文的最佳選擇，貴期刊廣大的銷售量將使本論文獲得應有的注意。

至於審查者的部分，在此推薦三位學有專精的專家，他們對本論文涵蓋的主題有深入的研究。

（略）

我們希望本論文能達到貴期刊誌的高標準要求，靜候佳音。

（略）

　　若能掌握以上要點，撰寫投稿函應該不至於太難。上述的例子就是參考各項要點寫成。這裡不針對書信的寫作方式作說明，若想知道撰寫書信的注意事項，建議參考相關書籍。

　　此外，電子郵件也是聯絡的方法之一，務必記得在投稿函裡註明電子郵件信箱。

　　寫完投稿函之後，論文投稿的準備工作算是大功告成了。接著便是備齊各項資料，一併寄送出去。一般而言，投稿函要放在論文之前，論文則依期刊規定排列整齊（首先是正文，接下來是參考文獻、索引及附圖等），並注意是不是準備好所需的份數。照片或其他容易受損的 visual 資料，請多套上一層保護夾。另外，為了避免出現折痕，所有資料可以用厚紙板上下墊好，甚至再加上一層防水的塑膠封套。最後，按照格式寫好信封（中間是收件人姓名與住址，左上則是投稿人的姓名與住址），再放進尺寸剛好並且堅固的信封中。

　　封口之前，記得再次確認，要給共同作者的原稿及 visual 資料等影本是不是都準備好了。

論文出版作業

到目前爲止，已陸續提到關於科學論文各 section 的寫作方法、文法要點、善用電腦，以及實際撰寫步驟等細節。本章則將介紹論文投稿後的出版事宜。

身爲投稿人，有必要了解投稿後接踵而至的程序。投稿不等於結束，而應視爲論文寫作另一階段的開始。當論文進展到出版作業，所涉及的人事物將更加廣泛而複雜。

通常投稿過程可分爲三大階段。第一階段是審查 (review)，委請專家學者檢視投稿論文，以確定論文是否符合投稿單位需求。接著是編輯 (editing)，最後則是出版。

22.1 論文審查

首先介紹論文審查。當投稿單位收到一篇論文，得判斷這篇論文適不適合刊載。首先，編輯人員要先確定論文是否符合讀者的口味，投稿人在撰寫論文時應該設想到這點。不少編輯會因爲論文不符合期刊屬性而將其退件。類似的情況尤其常出現在 *Nature*、*Science* 或 *Journal of the American Chemical Society* 等知名期刊。這些赫赫有名的期刊多半擁有廣大的讀者群，相對地，收到的投稿論文也多如牛毛。正因爲閱讀者衆，儘管論文內容十分專業，如果對讀者

愈是知名的期刊，論文刊登的機率就愈低。

來說過於冷僻，反而會被期刊歸爲無法刊登的一類。

　　一般來說，愈具權威性的期刊，刊登的難度就愈高。爭相投稿的人不勝枚舉，只爲了博得一塊版面。也因此，這些期刊特別嚴格把關投稿論文的品質。

22.2 審查者所扮演的角色

　　接著來探討適合出版的論文。投稿單位有時會收到一些符合期刊要旨、但品質與內容稍嫌不足的論文。此時出版社不會立刻做出刊登或退件的決定，而是把論文交給專家評斷。這裡的專家便是論文的審查者 (reviewer)。然而，審查者並非論文最後的把關者，刊登與否依舊是編輯 (editor) 的工作。審查者不做任何批判，僅提供專業的見解以供編輯參考。審查者負責檢視投稿的論文是否符合期刊屬性，值不值得刊登。另外，對於適合刊登的論文，亦會提出有助於論文更臻完備的意見。一篇論文通常會有 2 ～ 3 名審查者。編輯參考審查者的意見，做出最後的決定。

22.3 論文審查的基準

　　投稿後的論文，會依照若干基準接受審查。一般的審查基準如下：

1. 科學方面 (Scientific Aspects)

- 原創性 (Originality)
- 有效性 (Validity)
- 重要性 (Importance)
- 適切性 (Suitability)

2. 編輯方面 (Editorial Aspects)

- 格式 (Form)
- 文體 (Style)
- 英文 (English)

在此稍微描述一下實際審查的過程。期刊編輯為了得到論文正確的評價，會進行幾項工作。

第一，要求審查者在期限內完成審查作業，以確保期刊準時出刊。第二，為了得到最好的結果，編輯會仔細閱讀審查報告。第三，決定論文可以直接刊登，或需要針對研究內容、編排等方面稍作修改。

各家期刊雜誌為維持其一貫的品質，自有一群熟識的專家學者。當論文需要審查時，便和這些專家學者取得聯繫。如果有論文審查的需求，期刊編輯會請審查者於特定的時間內（通常是兩週左右）回覆審查報告；若審查者不能在要求的時間內完成工作，必須事先提出說明。多數的期刊會製作一份有助於論文審查的表單，將審查的程序標準化。審查完成的表單上面，主要顯示三種結果：

1. 建議刊登
2. 建議退件
3. 建議刊登，但仍有修改空間

22.4 審查作業

在此簡單介紹最常見的「同儕審查制度」(peer-review system)。peer-review system，顧名思義，就是延攬該領域多位專家學者共同進行論文審查的工作。推薦這項審查制度的人並不少，但也有人持保留態度，認為這樣的審查方式有過度仰賴審查者專長的嫌疑。近年來，論文出版有了全新的管道，使用者只

需登錄特定的網站，便可瀏覽大量的論文。也因此，愈來愈多電子期刊採用「不具審查機制」(non-reviewed method) 的方式，刊登所有投稿論文。

儘管如此，peer-review system 依舊存在，並且對於維持論文的品質與水準貢獻卓越。然而這項制度並不能全盤檢視論文的優劣與否，因此無論是投稿人或編輯，都必須十分清楚同儕審查的步驟，並了解這項制度的優缺點。若想深入了解 peer-review system，可參考相關研究報告 (E. Ernst *et al.*, Drawbacks of peer review, *Nature* (London), 363, 296 (1993))。

該項研究挑選出 45 名對該篇論文的內容十分了解的專家學者，並在未告知的情況下，請他們審查同一份論文。結果，45 名審查者當中，寄回審查報告的有 31 人，另外 14 人則以審查時間不足，或不清楚論文內容為由，婉拒了審查工作。

從這項研究，可以了解到審查者在面對審查工作時的反應。如果進一步分析論文在科學或語言學的價值，以及每位審查者對於論文整體的見解，會發現幾乎沒有兩份意見一致的審查報告。有趣的是，儘管該篇論文的作者為英語系國家者，但審查報告對其英語寫作的評價卻不一。負責這項研究的專家們認為，同儕審查不夠明確的部分，很可能影響研究論文的出版，甚至是科學研究者的經歷。由此可見，review system 需要一而再、再而三接受審視與修正。

22.5 編輯人員決定刊登與否

當編輯收到審查者寄回的審查報告，就要做出刊登或退稿的決定。如果多數的審查者對論文的評價不佳，編輯就會告知投稿人論文並未獲准刊登。若審查者之間出現意見相左的情況，編輯就必須思考論文修改後刊登的可行性。編輯在決定哪篇論文適合刊載時，理所當然會先避開需要修改的論文，而選擇更無懈可擊的文章。或者，審查

> **Key Points**
> - 投稿後的論文，需接受出版社或學會的審查。
> - 審查者負責論文審查工作。編輯則按照審查者的意見，決定是否刊登論文。

者可能會認同論文具備刊登的價值，但同時提出修改意見，這時候編輯便會請投稿人依照審查意見修改論文。不過，最好的情況是論文通過審查，投稿單位直接刊登。

22.6 修改論文

　　當期刊認為論文須修改時，投稿人與編輯之間便展開另一階段的交涉過程。編輯向投稿人建議改善審查者評論與修改的部分，投稿人這時候得依據匿名審查者的評論，重新審視論文並做修改。絕大多數的審查者提出的意見對論文都非常有幫助，所以投稿人也會從善如流、進行修改。不過，偶爾也會出現審查者的意見並不適切，甚至在審查時誤解論文內容，而提出錯誤的見解。投稿人必須了解，審查者多半事務繁忙，審查論文篇數繁多；而且論文的某些段落可能已超越審查者研究的範疇，才會產生誤判的情況。

　　在此舉個簡單的例子。非英語系國家者用英文寫的科學論文，通常會被建議在投稿前請英語系國家的人事先看過。筆者的母語是英文，所以經常協助修改論文。有一次某篇筆者批閱過的論文，卻被某日籍審查者評論為如果投稿前先給英語系國家的人看過，大概就能過關。不僅如此，該名審查者認為修改後的英文仍然是錯誤百出。這番見解，令筆者及該篇論文的作者不禁懷疑，是哪位審查者對自己的英文能力過度自信，覺得只要是非英語系國家者寫的英文論文都大有問題。舉這個例子，目的是要提醒各位，對於審查者及編輯的建言不一定要照單全收。若投稿人認為審查者的意見並不適切，應當立即向編輯反應。

　　投稿人根據編輯的要求修改論文，再寄回投稿單位。往返過程中，投稿人務必用最簡單明瞭的方式，回應審查者與編輯提出的要求。換句話說，投稿人除了寄出修改好的論文，還須附上信函，說明如何處理審查者與編輯的意見。

22.7 期刊的製作流程

投稿人和編輯之間完成論文修改的動作後（有時會往返很多次），便進入下一個階段，也就是刊登前的各項出版作業。這階段的工作難易度不一，端看各家期刊處理的方式。情況好的，很快就能順利出刊（例如將編輯好的論文直接製版印刷），但也有投稿人和期刊負責人多次討論之後才定案的例子，甚至會出現審查者要求再次修改的情形。最普遍的情況是，編輯依照期刊要求的排版印刷格式（字數、行數、段落與字體）製作版面，並交付投稿人再度確認。這個階段牽涉到的人事可說是非常廣泛。

當論文來到排版印刷的階段，應盡量避免更動內容。雖然也常有一些投稿人在這

Key Points

● 當投稿人認為審查者或編輯對論文的意見不適切時，應該主動向編輯提出說明。

● 除了修改後的論文，投稿人還須以信函說明如何處理審查者或編輯提出的建議。

● 論文若進行到排版校對階段，應盡量避免大幅度的更動。

論文的編輯、製作需要多方人員的參與。

個關頭提出補充資料或修改措辭的要求，但這麼做不僅論文需要重新交付審查，對編輯人員來說也是不小的困擾，不可不慎。由於大幅度的修改恐延遲論文出刊的時程，所以如果到了這階段仍遇到需要修改的狀況，請務必將修改幅度降至最低，並讓論文以最佳的面貌呈現在讀者面前。

22.8 多人參與的出版工作

透過本章的介紹，寫作者應能充分了解投稿的動作不等於論文寫作的結束。當論文順利投遞出去，表示即將展開一連串和編輯有關的程序，涉及的人事更是比想像中來的深而廣。直到上述作業告一段落，論文才真正進入出版階段，刊登於期刊裡，供全世界讀者閱讀、利用並接受評價。另外，論文若獲得引用，或受資料庫節錄其標題與摘要，收錄該篇論文的期刊便有再版的可能。

Part 5

實戰篇

論文寫作的 Survival 英文

全球化的社會中，愈來愈多研究者用英文向科學界展示研究成果。為了讓非英語系國家的研究者也能以這個全球共通的語言撰寫論文，以下將說明撰寫英文論文時的注意事項，也就是所謂的實戰英文 (Survival English)。

本書的 Part 5 由擁有理工領域的 Ph. D. 和 M. S. 的三名美國學者 (Robert M. Lewis, Nancy L. Whitby, Evan R. Whitby) 所執筆。這三名學者的研究領域廣泛，擁有 40 年以上審查與編輯非英語系國家者所寫的英文科學論文的經驗，經手的論文多達 1,500 多篇，因此相當了解寫作者在撰寫英文論文時常見的問題及易犯的錯誤。這些問題，往往是造成論文難以理解，導致不受期刊青睞的主要原因。

本書為了避免寫作者犯下這些錯誤，除了點出易犯錯誤，更提供實際的解決方法。

首先，我們來看看論文寫作的步驟。撰寫科學論文主要分為三個階段：

1. 決定論文方向
2. 擬定大綱 (outline)，包括章節配置與圖表的選擇（將圖表列成清單並依序排好）
3. 開始撰寫句子 (sentence)、段落 (paragraph) 與章節 (section)

關於這三階段的寫作細節，請參考 Part 1 基礎篇的說明。Part 5 的重點將著重在上述的三階段，利用例句傳達寫作重點，最後整理出十項寫作要訣。本書不詳述基礎文法，若對基礎文法有不了解之處，請自行翻閱其他參考書籍。

筆者在編輯論文時，基本上會遵循三項原則，使讀者更容易理解。研究者如果也能遵守這些原則來撰寫論文，必定能提高論文受期刊青睞的機率。

1. 站在讀者的角度書寫（而非寫作者自身的立場）
2. Simple is best
3. 清楚的文章結構（包括句子的流暢度與一致性）

以下就針對這三項原則一一說明：

23.1　站在讀者的角度書寫

論文寫作者常高估讀者的理解力，導致寫出的論文語焉不詳、沒有重點。這多半是因為寫作者對自己的研究內容相當熟悉，很清楚研究範圍內的相關細節，卻也因此導致在寫論文時，省略了許多重點。例如「為什麼」要進行這項研究，或是「為什麼」認為這項研究很重要。撰寫論文時必須時時站在讀者的角度，反覆思考語意是否容易理解、立論是否明確、是否回答了讀者的疑惑等。另外，也要隨時反問自己：「我的研究目的是什麼」、「這項研究為什麼重要」、「研究架構是否健全且簡單明瞭」、「關於這項實驗的描述是否必要」、「研究結果真的

每個讀者對於論文的見解各有不同。

有意義嗎」、「這個 section 能不能再簡單扼要一點」，以及「有沒有點出論文重點」……。

　　站在讀者的角度來撰寫論文，就是要寫出語意明確的句子。下面的例子，對寫作者來說或許算是清楚的句子。

> Changing the pressure caused a large change in temperature.
> 壓力的改變使溫度產生巨大的轉變。

　　不過，站在讀者的角度來看，這樣的句子卻可能引發諸多疑惑：「是什麼樣巨大的轉變？」、「改變什麼的壓力？」、「所謂巨大的，是指多巨大？」或「溫度轉變是指什麼轉變？」寫作者對這些問題可能毫無疑惑，但讀者卻要絞盡腦汁找出解答，甚至還可能推測錯誤。例如，寫作者所指的 large increase 是 5%，但讀者可能解讀成 20%。一篇好的論文，不應該讓讀者浪費時間在理解句意上，還得努力猜謎。上面的句子只要稍微修改一下，意思就可以更明確：

> Increasing the chamber pressure by 20% (from 100 to 120 Torr) caused a 5% increase in the substrate temperature (from 300 to 315K).
> 將容器的壓力增加 20%（從 100 托耳升到 120 托耳），基質溫度便會上升 5%（從絕對溫度 300 度到 315 度）。

　　「站在讀者的角度書寫」的原則，會影響論文的各個部分：

- 標題
- 研究背景
- 段落的開頭
- 主、被動語態
- 時態

　　由此可見，小至 word、大至 sentence, paragraph 到 section，都必須考慮到讀者的立場，才能下筆。

　　那麼，站在讀者的角度撰寫標題時，要注意哪些事項呢？我們來看看下面這個標題：

> A Study on the Effect of Dipolar Compounds on Reaction rates Using a
> Novel Approach
> 使用新方法探討偶極化合物對反應速率影響之研究

　　因為寫作者相當了解研究的方向，認為這樣的標題能夠指出研究的內容，然而讀者是第一次看到這篇論文，不清楚該研究詳細的內容，只能憑空猜測標題的含意，結果反而產生更多疑惑。例如，是何種「Effect（影響）」？是什麼樣的「Dipolar Compounds（偶極化合物）」？產生了什麼樣的「Reaction（反應）」？利用什麼樣的「Approach（方法）」？又這樣的方法為何稱為「Novel（新）方法」？最後，讀者可能因為無法從標題判斷該論文的意義與重要性，而放棄閱讀。一個懂得為讀者著想的寫作者，不應該訂出如此模糊的標題。上述的標題可改成：

> Kinetic Analysis of the Rate Enhancement Effect of Dimethyl Formamide
> on Diels-Alder Reactions
> 二甲基甲醯胺對狄爾士－阿爾德反應加速之動力學分析

23.2 Simple is best

　　科學論文的最終目的是促成學術交流，而不是用來取悅大眾。因此，寫作者須嚴格遵守論文寫作的第二項原則：Simple is best。我們來看以下兩個例句：

> We found that nano-sized particles damage silicon wafers.
> 我們發現奈米大小的粒子會損害矽晶圓片。

> In the case of silicon wafers, we found that <u>as far as</u> somewhat small particles are <u>concerned</u>, they <u>obviously</u> cause a lot of damage to the wafers, <u>which is an important finding</u>.
> 至於矽晶圓片部分，我們發現小粒子很顯然會對晶圓造成極大的損害，這是很重要的發現。

　　乍看之下，是不是覺得例句二比較詳細？其實不然。事實上，冗長的句子大部分都令人難以理解，而且例句二顯然使用了過多無意義的詞彙。科學論文不像文學小說需要引人入勝、感動人心，不用故弄玄虛，更沒必要拐彎抹角。科學論文講求正確性與邏輯性，短短一句話就要道出重點，盡可能用容易理解的詞句，達成交流的目的。Simple is best 最大的阻礙便是贅字。畫蛇添足的結果，只會浪費期刊版面，徒增寫作者與讀者雙方的困擾。例句二中，in the case of, as far as ... concerned, obviously 以及 which is an important finding 等都是贅字。論文寫作中，力求簡潔的標題或 Abstract（摘要）中尤其嚴禁贅字。另外，也要避免一些如 somewhat small, a lot of 等語意不清的用字，以免違反了 Simple is best 原則。

Simple is best

23.3　清楚的文章結構

接著探討第三項原則：清楚的文章結構 (structure)。文章結構可以從流暢度與一致性兩方面探討。寫作者在撰寫草稿時就要開始注意流暢度，這裡的流暢度，指的是寫作者與讀者間溝通的順遂，也就是文章中 Introduction → Body → Summary 的流暢性。無論整體架構或各個 section 及 paragraph，都必須遵循這樣的模式。此外，我們也能在 IMRAD 格式中，窺見此一架構。IMRAD 格式包括以下四個部分：

Introduction	{ 1. Introduction
Body	{ 2. Methods
	3. Results and
Summary	{ 4. Discussion

論文的各 section 都不可忽略 IMRAD 的完整性。例如，許多寫作者會在 Introduction section 裡提到已經從事的研究、或相關文獻的詳細評論，卻忽略研究目的及其重要性，導致讀者尚未理解研究目的與其重要性之前就打退堂鼓。英文有一句俚語：

Can't see the forest for the trees.
見樹不見林。

用來形容論文寫作時，表示當寫作者身在研究核心當中 (standing directly in the middle of the forest) 時，把全部心思都投注在細部的研究 (the trees of the forest) 上，反而看不見研究目的與重要性 (the forest itself)，也就是論文全體的面貌。

除了整體架構之外，撰寫 paragraph 時也要注意 Introduction → Body →

Summary 的結構。好的 paragraph 應該先用一、兩句話帶出主題，接著補充說明，paragraph 的最後，再以一、兩句話統整該 paragraph 的要點（最好順勢帶出下個 paragraph 的主題）。我們來看看寫作者常在 Results 一章中犯下的錯誤：

As can be seen in Figure 5 the optimum yield for the reaction was obtained at a pH of 3.5.
從圖 5 可得知，最大產率出現在 pH 值為 3.5 時。

例句中，寫作者直接寫出研究重點。其實若先說明背景 (Introduction)，能讓讀者更快進入狀況，順利將 paragraph 的研究目的傳達給讀者。上述例句加入背景說明後，改成：

To confirm the effectiveness of the new reagent that we developed, we next studied the reaction of ketone 1 with that new reagent. Under standard reaction conditions (described in the experimental section), the maximum yield was obtained at a pH of 3.5 (Fig. 5).
為了確認我們所研發的新試劑的效果，我們檢視新試劑用於酮 1 化合物上的反應。結果發現，在標準的反應條件（記載於實驗章節）下，最大產率出現在 pH 值為 3.5 時（圖 5）。

清楚的文章結構需要注意的另一個要點是一致性，寫作時必須隨時注意以下各點，以符合論文的一致性。

- 用語的一致性
- 形式的一致性（包括文章結構與時態）
- 論點的一致性
- 各要點的一致性
- 緒論中提到的問題與 Discussion section 答覆的一致性

23.4 本章整理

寫作者在撰寫論文時，請務必謹記 Key Points 提到的三項原則，並徹底落實。如此，論文不僅易於閱讀，研究的重點也能確實傳達出去，此外，還能增加論文被刊登或引用的機會。接下來的各章，將繼續探討這三項原則。

Key Points

- 站在讀者的角度書寫。
- Simple is best。
- 論文結構須具備流暢度與一致性。

Chapter 24 確實傳達研究目的

24.1 研究目的的重要性

　　本章將探討如何有效地透過 Abstract（摘要）與 Introduction（緒論）——論文獲刊登或遭退件最關鍵的部分，以突顯論文的目的與重要性。寫作者在撰寫論文時，常常會犯下一個錯誤，就是只描述做過哪些實驗以及研究內容，卻忽略了提及研究目的。這麼一來，讀者往往只能自己推測論文的目的和重要性。

　　以下是四個典型的例子：

1. The effect of ionic compounds on polymer formation was studied.
   離子化合物對聚合物形成的影響之研究。

2. We determined the effect of pressure on Diels-Alder reactions.
   我們確定了壓力對狄爾士—阿爾德反應的影響。

3. The formation of dioxin was investigated.
   戴奧辛生成之探討。

4. The factors affecting scale-up of nanotube synthesis were investigated.
   影響合成奈米管量產的因素之研究。

　　這四個例子都是直接表明要從事何種研究，並提及研究內容。這樣的寫法會讓讀者產生不少疑惑。例如，「寫作者是從當前研究領域裡的哪個議題著手研究」、「為什麼認為這項議題具備研究的價值」、「這項研究對我有什麼幫助，值不值得花時間閱讀這篇論文」等。撰寫論文時，寫作者必須十分清楚要進行什麼樣的研究，以及為什麼這麼做。掌握了這兩項重點，除了能讓讀者了解論文的目的，更能降低論文被退件的命運。上述四個例子的缺點在於不夠明確，因此，站在讀者的角度實為論文寫作首要的基本原則。

　　為了向讀者闡明論文的目的和重要性，寫作時最好依循 Issue-Need-Solution (INS) 規則（圖 24.1）。INS 規則將分作三個步驟，引導讀者進入主題。Step 1（當前研究領域裡的議題）與 Step 2（特定的需求）定義了研究領域的全貌，顯示研究的重要性。Step 3（解決之道）則描述論文的目的。

　　每個研究者最終都希望自己的研究能為社會帶來助益。因此，論文必須定位在探討「當前研究領域的議題」上，同時讓讀者了解研究者撰寫論文的初衷。也

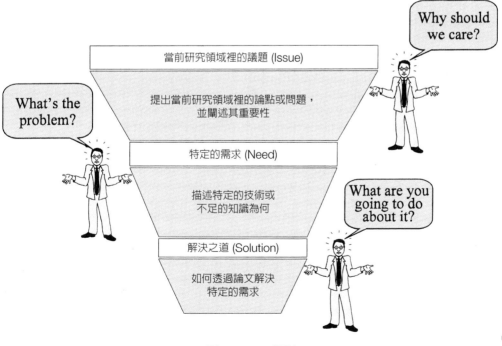

圖 24.1　INS 規則

等於是對「爲什麼讀者對我的論文感興趣，肯花時間來閱讀」等問題的回應。至於 Step 2 則說明若要解決或改善當前研究領域的議題，還缺乏哪些知識和技術。而這項說明，則回答了「想要解決的問題是什麼」。Step 3 則是闡述研究者該採取什麼樣的手段解決問題，同時也答覆了「此篇論文的目的爲何」。

24.2 INS 規則

　　接著我們以具體的例子，說明 INS 規則如何協助研究者正確且有效地傳達論文目的及重要性。第 210 頁的例一，其所闡述的內容如下：

Example 1

The effect of ionic compounds on polymer formation was studied.
離子化合物對聚合物形成的影響之研究。

The effect of ionic compounds on improving the yield of polymer formation was studied.
離子化合物對增加聚合物形成的產率的影響之研究。

Ionic compounds were used to improve the yield of polymerization.
離子化合物被用來提升聚合物形成的產率。

Potassium-containing salts of fatty acids were used to improve the yield of epoxide polymerization.

含鉀的脂肪酸鹽被用在增加環氧化物的聚合反應產率。

以 INS 規則修改後：

STEP 1: ISSUE

The polymerization of epoxide is an important commercial process with associated product sales of nearly US＄2 billion annually.

環氧化物的開環聚合是重要的商業工程，相關產品的年銷售額將近 20 億美元。

STEP 2: NEED

There is a strong need to significantly improve the polymerization yield, which is still low at only 63%.

目前非常需要大幅改善聚合的產率，因為其產率仍然相當低，只有 63%。

STEP 3: SOLUTION

We thus evaluated a wide variety of potentially beneficial polymerization additives in an effort to obtain higher yield. ...

因此，為了提高產率，我們評估了許多可能幫助聚合反應的添加物。……

　　如果能按照這三個步驟撰寫，便能突顯研究目的及其重要性，以及說明研究進行的情況。之後再描述從研究方法得到的結果等詳細的內容即可。

　　接著繼續按照 INS 規則，逐步修改第 210 頁的例句二、三及四。

Example 2

STEP 1: ISSUE

Diels-Alder reactions are commonly used in organic synthesis.

狄爾士—阿爾德反應常用在有機合成中。

STEP 2: NEED

Unfortunately, many Diels-Alder reactions are severely limited by slow reaction rates (often taking up to one month to reach equilibrium) and low conversion to product at equilibrium (often only about 30%).

可惜的是，許多狄爾士—阿爾德反應嚴重受到低反應速率（通常需要一個月的時間才能達到平衡）和低轉化率（通常只有 30% 左右）的限制。

STEP 3: SOLUTION

Because the transition volume of reactions is small compared to the molecular volume of the individual reactions, we examined the effect of pressure on improving the reaction rate and percent conversion of Diels-Alder reactions. ...

因為反應中的過渡體積比起個別反應的分子體積要小，所以我們檢驗了壓力對於改善狄爾士—阿爾德反應的反應速率和轉化率所產生的影響。……

Example 3

STEP 1: ISSUE

The generation of dioxin in various incineration processes has produced a pollution problem in Japan that is second only to the Minamata mercury poisoning that devastated thousands of people in Japan in the 1960s.

在各種燃燒過程中所產生的戴奧辛已在日本造成汙染問題，嚴重的程度僅次於 1960 年代水俁市波及數千人的汞中毒事件。

STEP 2: NEED

We are only just beginning to realize that this is both an extensive pollution problem and that it is having devastating effects on human beings.

我們才剛了解到此汙染問題的範圍廣大且對人類影響甚鉅。

STEP 3: SOLUTION

We have thus focused our efforts on determining the conditions under which dioxin is produced during the incineration of municipal waste. ...

因此，我們致力於測定都市廢棄物燃燒處理過程中戴奧辛生成的條件。……

Example 4

STEP 1: ISSUE

Carbon nanotubes were originally thought to be merely a unique form of carbon that had little practical application in the real world. Recent research in the area of advanced electronics, however, has shown that nanotubes will likely be critical components in most electronic devices used five years from now.

奈米碳管剛開始被認為只是一種獨特的碳形態,對現實世界並無實際用途。然而,在最近的尖端電子學領域研究中卻顯示,奈米碳管在五年後將成為大部分電子元件的重要部分。

傳達研究目的及其重要性。

STEP 2: NEED

These findings have thus created an urgent need for large-scale commercial production of ultra-pure nanotubes with well-defined structures.

這些發現引發大規模商業化生產結構完整且高純度奈米碳管的迫切需求。

STEP 3: SOLUTION

We therefore evaluated all known methods for producing nanotubes to determine which methods can be scaled up to large-scale production. ...

因此，我們針對奈米碳管現有的製作方法進行評估，以決定哪種方法可帶來大規模的量產。……

24.3 本章整理

以上四個例子都是參考 INS 規則完成的。若再加上研究方法與既有的見解，就能勾勒出一幅「完整的圖像」，包括實驗項目、實驗目的以及主要重點。而這幅為讀者設想周全的圖像，就更具備「生存」（論文獲得刊登的機會，或激起讀者共鳴）的價值。按照 INS 規則撰寫論文，無論對象是誰，寫作者都能把研究目的和重要性確實傳達出去。如果無法落實，就有必要重新審視這篇論文值不值得花費時間和金錢了。

Key Points

- 了解研究目的及重要性，並傳達給讀者。
- 依循 INS 規則，便可確實傳達研究目的及重要性給讀者。

條理分明的論文

本章以 Simple is best 為原則，介紹如何寫出一篇條理分明的論文。

想要寫出條理分明的英文論文，首先要留意英文的正確用法。如此，除了能避免中式英文，還能適當地使用簡潔的英文完成論文。

25.1 運用 Simple is best 修改草稿

小說的目的是藉由情節來營造氣氛，使讀者樂在其中；科學論文的目的則在於將研究者的想法正確地傳達給讀者，讓讀者迅速了解論文的內容。論文寫作從打草稿開始，先把自己的想法寫在紙上，接著挑出重點，仔細重整與編輯。無論新手也好、專業作家也罷，這些作業都是必經的過程。條理分明的英文論文，正是以 Simple is best 為依歸，由適切的單字 (word)、明確的字詞 (phrase) 以及精簡的句子 (sentence) 所組成。而修改草稿時，則可參考圖 25.1 所示的三階段，並遵守 Simple is best 原則。

表 25.1 英文寫作的特色

- 主詞明確
- 語意明確
- 段落較短

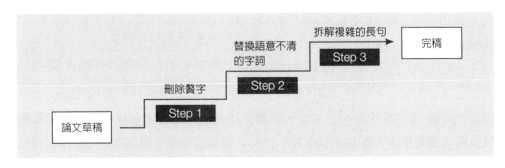

圖 25.1 以 Simple is best 為原則修改草稿

接著，我們一一解說這三個階段。

1. 刪除贅字

修改草稿的第一階段爲縮短或直接刪除贅字。贅字指的是縮短或刪除後不會影響全文意思的字詞。贅字會影響讀者的判斷，模糊論文的主旨，如表 25.2 所示。

表 25.2 常見的贅字

✘ 贅字	◯ 簡潔的用法
in order to	to
for the reason that	because
after much consideration	通常可省略不用

2. 替換語意不清的字詞

論文寫作的第一原則是站在讀者的角度，因此盡量避免使用如 high, low, some, many 等語意不明確的字詞。請看以下例句：

✘ We operated the reactor at a high temperature.
反應器的操作溫度設定在高溫。

假設寫作者意指的 a high temperature 是 650°C，但如果讀者湊巧是個陶瓷專家，就會以爲 a high temperature 是 1200°C，生化學家則認爲是 100°C。爲了避免解讀錯誤，最好的辦法就是寫出明確的數據。

◯ We operated the reactor at 650°C.
反應器的操作溫度設定在攝氏 650 度。

✘ Increasing the temperature caused a large change in the reaction rate.
溫度的提高使得反應速率出現極大的轉變。

這句話應該加上明確的數據，修改成：

> ○ Increasing the temperature by 10℃ doubled the reaction rate.
> 溫度提高攝氏 10 度，反應速率則增加了一倍。

3. 拆解複雜的長句

修改草稿的第三階段，則是要縮短複雜難懂的長句，將其拆解成好幾個短句。過長的文章容易模糊論文的重點。一般而言，句子愈長、理解的程度也愈低（請參考 Chapter 11 的圖 11.1）。

再者，「複雜的長句會讓寫作者本身也不清楚究竟在寫些什麼；短句較能突顯論文的重點。」（引用自美國政府 Plain Language 網頁：http://www.plainlanguage.gov）。所以一個 sentence 只敘述一件事情，複雜冗長的 sentence 就拆解成若干短句。一般而言，一個 sentence 最好控制在 25 words 以內。不過，這並不表示論文的 sentence 全要由短句組成，這樣會使得論文缺乏流暢度。一篇都只用 10 words 的 sentence 完成的文章，理解上或許沒有問題，但缺乏流暢度，反而增加閱讀上的負擔；而一篇全由 50 words 的 sentence 完成的文章，則會讓人很難找到重點。

25.2 以 Simple is best 為原則的修改範例

接下來，就依循 Simple is best 的修改草稿三階段（Step 1 ～ 3），來看看要怎麼修改草稿。我們以下面這個段落為例：

> ✕ After much consideration of many alternative reactions, we decided
> that in one of the steps of our reaction, we should probably use

a Diels-Alder reaction, but this required a very long reaction time and resulted in a pretty low yield, and so that in order to improve the performance of this reaction, we therefore spent a lot of time searching for ways to increase the reaction rate and yield, the result of which may imply that better production characteristics might be possible.

Step 1：刪除贅字

這個段落是由 82 words 組成的長句，或許寫作者是抱持著寫愈多愈清楚的想法，但卻讓人因此找不到重點。因此，第一步驟，挑出贅字，並將它們刪除或替換成簡單的字詞（表 25.3）。

修改後如下：

表 25.3　例句中的贅字及修改方式

✗ 贅字	○ 修改方式
after much consideration	刪除
many alternative reactions	刪除
we decided that	刪除
one of the steps	簡化成 one step
should probably	刪除
very	刪除
so that in order to	簡化成 to
spent a lot of time	刪除
may imply ... might be possible	簡化成 indicate

▲ In one step of our reaction we used a Diels-Alder reaction, which usually required a long reaction time and resulted in a low yield, so to improve the performance of this reaction, we therefore searched for ways to increase the reaction rate and yield, the result of which indicates better production characteristics.

句子的意思清楚多了，讀者也能從中得知兩大重點：

1. A reaction had a problem.（反應有問題。）
2. The cause of the problem was investigated.（探討其原因。）

Step 2：替換語意不清的字詞

　　上述修改過的句子中，有幾個用字不夠明確，無法呼應上述兩項重點，可能會讓讀者對內容感到疑惑。所以，第二步驟就是要替換這些語意不清的字詞，如表 25.4 所示：

表 25.4　例句中語意不清處的處理方式

✘ 不明確的字詞	讀者可能產生的疑惑	◯ 明確的字詞
in one step	Which step?	the third step
usually	ow often?	9 runs out of 10
long reaction time	ow long?	one month reaction time
low yield	ow low?	30% yield
performance of this reaction	What aspects of performance?	the reaction time and yield of the reaction
searched for ways	What ways?	investigated the effects of temperature, pressure, and solvents
the result of which	What is "the result"？	shorter reaction time and higher yield
better production characteristics	What characteristics? What production?	increase throughput in industrial-scale synthesis

　　修改後如下：

▲ The third step in our synthesis used a iels-Alder r eaction, which required a long reaction time of one month; however, 9 runs out of 10 resulted in a low yield of 30%, so to improve the reaction rate and yield of this reaction, we therefore investigated the effects of temperature, pressure, and solvents; shorter reaction time and higher yield will increase the throughput in industrial-scale synthesis.

Step 3：拆解複雜的長句

句子已從原本的 82 words，修改到現在的 66 words。但一篇用字簡潔明確的文章，並非用一個冗長的 sentence 說明一個重點。像這篇短文，就可以拆成四個較短的 sentence 來描述要說明的重點。修改後如下：

○ The third step in our synthesis used a Diels-Alder reaction. In 9 runs out of 10, however, this required a long reaction time of one month and resulted in a low yield of 30%. We therefore investigated the effects of temperature, pressure, and solvents on the reaction rate and yield of this reaction. Shorter reaction time and higher yield will increase the throughput in industrial-scale synthesis.

我們在合成的第三階段使用了狄爾士—阿爾德反應。但是，該反應十次有九次需要長達一個月的反應時間，產率也僅有 30%。因此，我們針對溫度、壓力、溶劑對反應速率和產率的影響進行研究。較短的反應時間和較高的產率將可增加工業規模合成的產量。

修改後的段落，字數變少了，重點卻更明確了，讀者可更快理解重點。總之，修改時一定要遵守愈簡單愈好的原則。

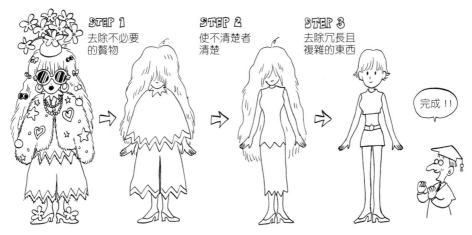

STEP 1
去除不必要
的贅物

STEP 2
使不清楚者
清楚

STEP 3
去除冗長且
複雜的東西

完成！！

愈 Simple 愈好。

25.3 本章整理

　　爲了寫出簡明扼要的英文論文，除了使用簡單易懂的 phrase，務必記住讓一個 sentence 只講一件事。撰寫時，先擬出草稿，再依循以 Simple is best 爲原則的修改草稿三階段修改即可。

1. 適切的 phrase（刪除贅字）
2. 明確的字詞（替換語意不清的字詞）
3. 精簡的句子（拆解複雜的長句）

　　掌握以上三原則寫出的論文，一定可提高獲得投稿單位青睞的機會。

　　另外，本章所提到的「贅字」及「語意不清的字詞」，可以參考下面這個網站 http://www.ChimeraTech.com/English。

簡明扼要的標題

為什麼標題 (title) 是科學論文中最重要的部分？

1. 標題最能顯示論文主題
2. 讀者決定閱讀與否的關鍵
3. 標題通常是資料庫中索引 (index) 的重點

論文一旦刊登在期刊裡，就會有成千上萬人看過標題。然而，真正繼續閱讀下去的人會有多少？讀者翻閱期刊時，通常只是先稍微瀏覽每篇論文的標題。資料庫或網路上的論文檢索系統，通常不會有更多的介紹，讀者得憑著短短的標題來決定是否閱讀全文。為了能通過讀者的「篩選」，論文標題必須簡單明瞭，直接點出研究重點，否則，讀者恐怕會失去閱讀的興趣。此外，如果標題無法正確傳達出論文的主題，屆時納入資料庫檢索系統，很可能因此被歸類到錯誤的領域裡。

本章除了說明令人一目了然的論文標題不可或缺的元素，並指導寫作者如何定出簡明扼要的標題。

26.1 簡明扼要的標題

論文的 Abstract（摘要）歸納了全篇論文 (main body) 的重點，而 Abstract 簡化後就變成了標題（圖 26.1）。如果 Abstract 歸納了各部分的主要概念，那麼標題就是全篇論文的關鍵字。論文完成後，標題也就此誕生。

Robert A. Day 認為一個好標題應該是：the fewest possible words that adequately describe the contents of the paper（以最少的字適切地傳達論文內容）(Robert A. Day, *How to Write and Publish a Scientific Paper*, 5th ed., Oryx

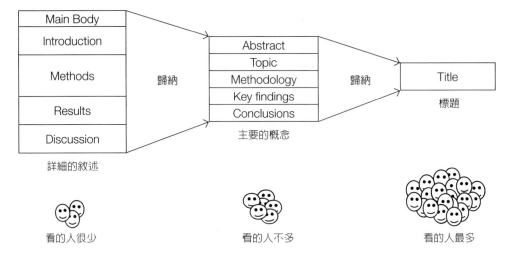

圖 26.1 標題是論文的濃縮，是最多人會看見的部分

Press (1998))。因此，論文標題應該具備以下特徵：

1. 用字簡單明瞭

遵循 Simple is best 的原則。換句話說，避免贅字 (waste words)、語意不清 (vague words)、不常用的縮寫 (nonstandard abbreviations) 或專門術語 (technical jargon)，並留意結構。

2. 限制字數

盡量維持在 10 words 左右。J. S. Dodd 在所編著的 *The ACS Style Guide— A Manual for Authors and Editors*, 2nd ed. American Chemical Society (1997) 一書中提到：「2 ～ 3 個單字組成的標題容易讓讀者忽略，標題以 14 ～ 15 字為宜。」因此，10 words 是一個基準。根據調查，JICST（日本科學技術情報中心）收錄國際上化工領域的 2,500 多篇論文，其標題的平均字數為 13 words。

3. 點出研究主題

標題要能點出研究主題。我們先來看看下面這個標題：

> ✗ Study on the measurement of particle size using a novel DMA with micro-orifice mass-flow controllers

圖 26.2 指出這個標題有問題之處，讓我們一起來想想該如何修正吧。

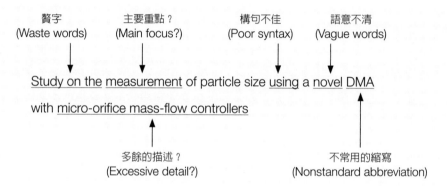

圖 26.2 錯誤的論文標題範例

26.2 用字簡單明瞭

以下應用 Simple is best 原則作說明。科學論文原本就和研究有關，所以例子中的 Study on the 沒有意義，應該刪除。而 using a novel DMA 這樣的 phrase 容易讓人誤解，以為 particle size 是動作者，使用了 DMA，但使用 DMA 的應該是研究者本身，而非 particle size。另外，novel 的意思不夠明確，何謂新的 DMA，需要多一點解釋，例如寫成 portable DMA。此外，並非每個讀者都知道 DMA 代表什麼，應該寫出全名 differential mobility analyzer。以下為修改後的標題：

▲ Measurement of particle size by using a portable differential mobility analyzer with micro-orifice mass-flow controllers
使用配有微孔流量控制的可攜式微分型移動度分析儀來測量粒子大小

26.3 限制字數

上述標題中同時出現 DMA 和 micro-orifice mass-flow controllers，但標題最多不要超過 15 words，所以上述標題中的 micro-orifice mass-flow controllers 應該要再簡化。寫作者必須思考這樣定義研究範圍會不會過度詳細，對讀者有沒有實質上的幫助。如果把它刪掉，標題會變成下面的樣子：

▲ Measurement of particle size by using a portable differential mobility analyzer
使用可攜式微分型移動度分析儀來測量粒子大小

接著再檢查研究範圍和主題是否正確。若研究者是首位使用 portable DMA 測量粒子大小的學者，那麼上述的標題就非常適合。否則，研究者就必須指出研究的特殊之處，例如測量奈米粒子分布的情形：

○ Measurement of nanoparticle size distributions by using a portable differential mobility analyzer
使用可攜式微分型移動度分析儀來測量奈米粒子大小分布

這就是一個明確的標題。不僅簡潔（共 12 words），同時也點出研究目的（測量粒子大小）與使用 DMA 的重要性。

26.4　點出研究主題

為了吸引讀者的注意，研究主題一定要出現在標題中。以上述例子為例，稍微更動順序後變成：

○ Portable differential mobility analyzer for nanoparticle size distribution measurements

這也是一個好標題。除了簡單明瞭，點出研究主題 (differential mobility analyzer)，也突顯使用 DMA 的重要性 (portability) 與研究目的 (nanoparticle size distribution measurements)。然而，前一個例子的主題是 measurement of nanoparticle size distribution，但這個例子的主題變成 portable differential mobility analyzer。總之，一個好的標題，必須點出研究主題。

26.5　如何定出簡明扼要的標題

定出好的標題有三個必要的步驟：

Step 1：決定論文主題
Step 2：找出關鍵字句
Step 3：遵循 Simple is best 原則

Step 1：決定論文主題

決定論文標題，首先要從論文內容裡找線索（表 26.1）。從各個要素釐清出的重點中，決定論文主題。表 26.1 列出可能成爲論文標題的要素。

表 26.1 決定標題的要素與例句

要素	關鍵字（句）	重要與否
Thing studied （研究對象）	DMA （微分型移動度分析儀）	Yes
Aspect of thing studied （研究觀點）	Portability （可攜帶性）	Yes
Purpose （研究目的）	Nanoparticle size distribution measurements （奈米粒子大小分布的測量）	Yes
Methods （研究方法）	Replaced standard mass-flow controllers with smaller micro-orifice mass-flow controllers, Computational Fluid Dynamics (CFD) simulations of internal flow （以微孔流量控制器取代標準流量控制器，利用計算流體力學模擬內部流動）	No
Materials （研究材料）	NaCl nanoparticles （氯化鈉奈米粒子）	No
Defining conditions （研究條件）	Nanometer size range （奈米尺寸範圍）	Yes
Results （研究結果）	Portability achieved but accuracy decreased （達成可攜帶性但準確度降低）	No
Conclusions （結論）	Acceptable balance between portability and accuracy （達成可攜帶性與準確度的平衡）	No
Impact （對其他研究的影響）	Portability allows measurements at remote locations （可攜帶性提供遠端測量）	No

Step 2：找出關鍵字句

接著，整理出每種要素的重點。請注意，標題要與論文主題有關，而主題可能是具體或抽象（如粒子、化學反應、裝置或理論）。主題多半會出現在表 26.1 的第一項「研究對象」或第二項「研究觀點」。某些標題直接就是研究主題，例如：

> A recyclable ruthenium-based metathesis catalyst
> 可回收的含釕複分解反應觸媒

至於其他要素，需仔細評估是否非得出現在標題。評估的工作有助於限制標題的字數。研究者要記住標題最好為 10 words 左右。

Step 3：遵循 Simple is best 原則

最後，檢查標題中有無贅字、語意不清的字、不能縮寫的字詞、technical jargon（專門術語）或結構過度複雜的句型。每本期刊對於縮寫的接受度不一，只要確定符合投稿規定即可。

26.6 標題修改範例

接著來看看一些標題修改的範例，這些都是從已出版論文中挑選出來的標題。以 Link（連接語）連接關鍵字詞。

> ✕ Experimental study of aerosol filtration by fibrous filters
> 　　Waste Words　　　　　Thing　　Aspect　Link　　Material

○ Aerosol filtration by using fibrous filters
  Thing   *Aspect*   *Link*   *Material*

使用纖維濾片過濾氣膠

刪除 Experimental study of。因為實驗原本就是研究裡不可或缺的過程。

✕   The   influence of combustor operation on fine particles from
Waste Words   *Aspect*   *Vague Words Link*   *Thing*   *Link*

coal combustion
Defining condition

○ Influence of combustor operating conditions on fine particle formation
                  Aspect   *Link*   *Thing*

from coal combustion
Link   *Defining condition*

燃燒器操作條件對煤燃燒中的細微粒子生成之影響

上述例句中，operating conditions 的語意比 operation 清楚多了。若操作的條件不多，建議在標題中直接將具體的條件寫出來。另外，句首的 The 並無特別功能，屬於 waste word。標題內的 waste word 務必刪除。

✕   The   influence of hydrodynamic turbulence on
Waste Words   *Aspect*   *Link*

acoustic turbulent agglomeration
          Thing

○ Influence of hydrodynamic turbulence on acoustic turbulent agglomeration
　　Aspect 　　　　　　　　　　　　　 *Link* 　　　　　*Thing*

流體力學紊流對聲紊流凝集之影響

○ Infrared spectroscopic analysis of the effect of ultra-high pressure
　　Method 　　　　　　　　　　 *Link* 　　　　　　 *Aspect*

on Diels-Alder reactions
Link 　　　　*Thing*

超高壓對狄爾士—阿爾德反應的影響之近紅外線光譜分析

　　上面的例子裡，論文主題為研究的方法。過去有關壓力對 Diels-Alder 反應的研究應該是使用別的方法，因此標題一開始必須寫出使用的研究方法。

挑選適切的關鍵字作為標題。

○ Nanometer-sized particle formation from $NH_3/SO_2/H_2O$/Air mixtures
　Defining condition　　　Thing　　　Aspect　　Link　　　　　Material

by ionizing irradiation
Link　　　　Method

使用游離輻射法從氨氣／二氧化硫／水／空氣混合物取得奈米微粒

✕ Study of numerical diffusion in a discrete-sectional model and
Waste Words　　　　Aspect　　　Link　　　　　Thing　　　Link

its application to aerosol dynamics simulations
　　　　　　　Purpose

○ Numerical diffusion in discrete-sectional aerosol dynamics models
　　Aspect　　Link　　　　　　　　　Thing

離散一分區氣膠動力模型中的數值擴散

上述的例子裡，numerical diffusion 和 discrete-sectional model 與 aerosol dynamics simulations 沒有太大的關係。discrete-sectional model 是 aerosol dynamics simulations 中特定的 model，改為 discrete-sectional aerosol dynamics models 會更為明確。

○ Organic and elemental composition of　airborne
　　　　　　　　　Aspect　　　　Link Defining condition

particulate matter in Beijing, Spring 1981
　Thing　　　Link　Defining condition

1981 年春天，北京空氣中懸浮微粒的有機成分與元素分析

○ Reactivity of a substituted *m*-benzyne biradical
　　　Aspect　*Link*　　　　　　　　*Thing*

間位取代的苯雙自由基的反應性

○ Synthesis　of　the first stable cyclotrisilene
　　Method　　*Link*　　*Conclusion*　　　　*Thing*

第一個穩定環三矽烯的合成

26.7 本章整理

　　為什麼要寫科學論文呢？因為科學論文是科學界的一種溝通方式，是將研究傳達給他人的途徑。如果標題不夠明確，就無法實現交流的目的。最後，再次提醒讀者下標題的三項檢視標準：

- 研究主題是否納入標題當中
- 是否一開始就點出研究主題
- 列出的研究主題是否簡潔明確

　　依循上述三項標準完成的標題，不僅可提高論文被刊登的機率，更是讀者閱讀與否的關鍵。

易誤用或誤解的字詞

27.1 站在讀者的角度書寫

　　科學論文是否簡潔正確，是學術交流成功與否的關鍵。若要達成此目的，研究者在撰寫論文時就要考慮讀者的立場，力求文字簡潔明確。一般來說，即使句子的文法正確，但若結構太複雜，也常爲非英語系國家的讀者帶來困擾。因此，撰寫論文時，用字遣詞必須特別留心，以減少讀者誤解的可能。容易造成誤解的字詞通常分爲兩大類：

1. 誤用的字詞

　　寫作者經常誤用某些字彙，例如將 respectively 誤用成 separately（請參考 p.243）。

2. 語意不清的字詞

　　意思是含有多種解釋的字詞。例如 since 同時具有 from the time 和 because 兩種意義。

　　以下列出十個易誤用或誤解的字詞供寫作者參考，寫作時要特別留意。這麼一來，必能將研究內容準確傳達給讀者。

27.2 易誤用或誤解的字詞 Top 10

1. since vs. because

　　since 是容易引起誤解的字彙。一般來說，since 較常用於「自從⋯(from the

time)」的解釋上，為避免誤解，盡量避免用它來表示「因為 (because)」。同樣地，也不要用 as 取代 because。

✖ <u>Since</u> we added the inhibitor, the reaction rate decreased.

▶ 讀者可能解讀成 From the time we added the inhibitor, the reaction rate decreased. (自從我們添加了抑制劑，反應速率就下降了。)

○ Because we added inhibitor, the reaction rate decreased.
因為添加了抑制劑，使得反應速率下降。

✖ <u>As</u> we were mixing the solution, we did not add a dispersion agent.

▶ 讀者可能解讀成 During the time we were mixing the solution, we did not add a dispersion agent. (我們攪拌溶液時，沒有加分散劑。)

○ Because we were mixing the solution, we did not add a dispersion agent.
因為我們在攪拌溶液，所以沒有加分散劑。

2. that vs. which

　　that 和 which 是用來連結一個 sentence 中兩個子句的關係代名詞。that 所引導的關係子句，用來限定先行詞。有些句子的先行詞非常明確，有些則否。而 which 引導的關係子句多半只是用來附加說明。在此提供大家一個該**使用 which 或 that 以引導關係子句的判斷法則：以 sentence 中的關係子句來判斷**。若刪

除關係子句後，句子的意思依舊明確，那麼就可以使用 which，並在前面加上逗點；若省略關係子句後，句子變得不夠清楚，那麼就要使用 that，且前面不能加上逗點。雖然記者或作家常用 which 取代 that，但是科學論文講求的是內容的精準度，誤用字詞只會造成讀者閱讀上的困擾。

○ The crystals that were red were purified by recrystallization from hexane.
紅色的結晶是從己烷再結晶中純化出來的。

▶ 限定用法，表示只有紅色的結晶是純化出來的。可能還有藍色、綠色等結晶，但並非由純化而來。

○ The crystals, which were red, were purified by recrystallization from hexane.
結晶是紅色的。它們是從己烷再結晶中純化出來的。

▶ 非限定用法，表示全部的結晶都是紅色的。

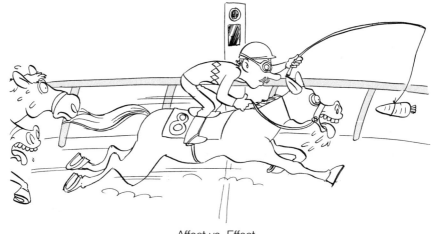

Affect vs. Effect

3. affect vs. effect

affect 常作動詞使用，意思是「影響；對…產生作用」。而 effect 則常作名詞使用，意思是「效果，影響」。

○ The pH of the solution affected the yield of the reaction.
溶液的 pH 值影響反應的產量。

▶ 意思等同於 The pH of the solution caused changes in the yield of the reaction.。

○ We studied the effect of pH on the yield of the reaction.
我們研究 pH 值對反應的產量所造成的影響。

▶ 意思等同於 We studied the changes caused by pH on the yield of the reaction.。

4. while vs. whereas

while 用來表達對照或比較的情況時，容易被人誤解，因為 while 常用在描述某個時間點（例如 during 或 simultaneously）。

✕ The concentration of iron salts was increased, <u>while</u> the sodium hydroxide concentration was kept constant.

▶ 讀者可能解讀成 The concentration of iron salts was increased, during the time the sodium hydroxide concentration was kept constant.（鐵鹽濃度增加的同時，氫氧化鈉的濃度維持不變。）

○ The concentration of iron salts was increased, whereas the sodium hydroxide concentration was kept constant.

鐵鹽的濃度增加了，而氫氧化鈉的濃度則維持不變。

5. fewer vs. less

fewer 用於修飾可數名詞，less 則用於修飾不可數名詞（例如 mass, volume 等）。

✖ The reaction rate decreased when <u>less cells</u> were used in the first step.

○ The reaction rate decreased when less water was used in the first step.

在第一個步驟使用較少的水時，反應速率會下降。

○ The reaction rate decreased when fewer cells were used in the first step.

在第一個步驟使用較少的細胞時，反應速率會下降。

6. number vs. amount

number 用於可數名詞，amount 用於不可數名詞（例如 mass, volume, bulk, aggregate 等）。

✖ <u>The amount of particles</u> released into the atmosphere decreased by 20%.

○ The amount of gas released into the atmosphere decreased by 20%.
釋放到大氣中的氣體量減少了 20%。

○ The number of particles released into the atmosphere decreased by 20%.
釋放到大氣中的粒子量減少了 20%。

7. over vs. more than

　　不少寫作者會以 over 來表示 more than（超過）的意思。over 意指位置上的相對關係，較常用來表示「在…之上」，為避免讀者混淆，盡量不要用在 more than 的解釋上。

✖ <u>Over</u> 50 of the samples did not react.

○ More than 50 of the samples did not react.
有超過 50 種以上的樣本沒有產生反應。

8. varying vs. various

varying 意指「隨時間不停變化的」，various 則與時間無關，意指「不同的」。

> ✕ <u>Varying</u> concentrations of the buffer solution were used to determine the concentration that produced the highest yield.

▶ 加入緩衝液時，緩衝液的濃度應該不會有變化。

> △ The concentration of the buffer solution <u>was varied</u> and the concentration that produced the highest yield was determined.

▶ 雖已知緩衝液的濃度產生變化，但仍無法得知使用期間的變化情形，以及是否使用了不同濃度的緩衝液。

Varying vs. Various

○ Various concentrations of the buffer solution were used to determine the concentration that produced the highest yield.

使用了各種不同濃度的緩衝液，以決定何種濃度可以獲得最大產率。

▶ 由此可見，為決定何種濃度可獲得最大產率，需利用多種不同濃度的緩衝液。

9. respectively vs. separately

寫作者常把 separately 誤用成 respectively。respectively 是用來連結兩件事（項目）和其各自相對應的資訊。

✕ The surface morphology and composition of the ceramic film were measured <u>respectively</u>.

○ The surface morphology and composition of the ceramic film were measured separately.

陶瓷薄膜的表面型態和組成被分開檢測。

▶ 亦即陶瓷薄膜的表面型態 (surface morphology) 和組成 (composition) 是「分開」檢測的。

○ The surface morphology and composition of the ceramic film were measured by using an AFM and an SEM, respectively.

分別利用原子力顯微鏡和掃瞄式電子顯微鏡來測定陶瓷薄膜的表面型態和組成。

▶ 亦即用原子力顯微鏡 (AFM) 測定陶瓷薄膜的表面型態 (surface morphology)，用掃瞄式電子顯微鏡 (SEM) 測定陶瓷薄膜的組成 (composition)。

10. and/or

　　and/or 是英文常見的用法，意指連接詞前後的事件同時或個別成立，但經常被誤用，即使用法正確，也常引起讀者的誤解。因此，不論是一般寫作或科學論文寫作，通常都不建議使用 and/or，而改用其他說法取代。

▲ Adding component A <u>and/or</u> B to the solution caused the reaction rate to increase.

在溶液中加入 A 化合物和／或 B 化合物，使得反應速率增加。

○ Adding either component A or component B to the solution caused the reaction rate to increase.

在溶液中加入 A 或 B 化合物，使得反應速率增加。

○ Adding component A and component B to the solution caused the reaction rate to increase.

在溶液中加入 A 和 B 化合物，使得反應速率增加。

○ Adding either component A or component B, or both, to the solution caused the reaction rate to increase.

在溶液中加入 A 或 B 化合物，或者同時加入，使得反應速率增加。

　　從這三個例句就能清楚看出 component A 和 component B 之間的關係。

27.3 本章整理

　　學術交流成功的關鍵在於研究者站在讀者的立場來撰寫論文。因此，研究者下筆時要字字斟酌，並反覆檢視。本章列出科學論文中易誤用的字詞，若能多加留意，必能寫出簡潔明確的論文。

論文的一致性

28.1 一致性是論文的基礎

　　無論是實驗或生產過程，若要求得最好的結果，一致性 (consistency) 是必備的條件。如同科學與技術領域講求一致性，科學論文同樣也視其為基礎。科學論文若具備一致性，讀者便不會對某些概念或用語感到混淆，如此，讀者閱讀的時間將會大幅縮短，更能充分理解論文。可見一致性高的論文，除了方便閱讀，還能幫助讀者理解內容。

　　科學論文的「一致性」分為兩方面：

1. 出版時的一致性

　　投稿的論文必須和已出版的論文一樣，依循固定的格式或慣例。從 Abstract 到 Conclusions 的格式、動詞時態及 paragraph 的架構都要統一。各個投稿單位為了讓所有刊登的論文符合一致性，都會要求投稿人遵循投稿規定。

必須遵守投稿單位的格式規定。

2. 論文中的一致性

論文本身也要求一致性。這可從兩方面來看，首先是用語的統一、內文和圖表說明的一致、清單的統一，以及描述結果比較時，文章結構和用語的統一。其次是數字、縮寫、頭字語（acronym，列出一連串字彙的第一個字母。例如NMR)、記號和拼法的統一。寫作者在撰寫論文時必須確認這些項目的一致性，以方便讀者閱讀、順利理解論文內容。

以下條列出撰寫論文時必須維持一致性的十個項目：

28.2 必須符合一致性的十個項目

1. 論文格式

論文架構必須遵守一定的格式，這樣讀者才易於了解內容。幾乎所有投稿單位都會要求寫作者按照特定格式書寫。關於論文的格式，大部分的論文都採用下列格式：

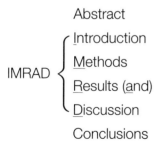

Abstract

IMRAD
- Introduction
- Methods
- Results (and)
- Discussion

Conclusions

若要進一步了解 IMRAD 格式（請參考 Chapter 3）。

2. 時態

科學論文的動詞時態也有必須遵守的規定。透過時態，讀者才能區別何者是寫作者進行的實驗或得到的結論，何者是引用而來的參考文獻。關於各種時態的基準，請參考表 28.1。

表 28.1 時態的基準

描述內容	例句	時態
已確立的知識	The use of high pressure accelerates the rate of reactions that have a small activation volume. （使用高壓可加速具有小活化體積的反應速率。）	現在式
實驗方法或結果的描述（自行完成）	The copper complex was added to the solution, and the resulting precipitate was removed by filtration. （在溶液中加入銅錯合物，並使用過濾法去除產生的沉澱物。）	過去式
文中圖表的說明	Figure 2A shows that the yield increased as the pH of the solution was increased. （表 2A 顯示，當溶液的 pH 值增加時，產量也隨之增加。）	現在式
引用其他研究者的成果	Jones (1997) reported that the β form of the compound is the active component. （Jones〔在 1997 年發表的論文中〕表示，化合物的 β 形式是主要的活化成分。）	過去式
從本身的研究結果得到的結論	This result shows that the addition of carbonates doubles the reaction rate. （結果顯示，加入碳酸鹽使得反應速率倍增。）	現在式

3. 段落的結構

paragraph（段落）的結構也必須符合一致性。一般而言，段落分為三個部分。

開頭：導入主題的引言，必須確實點出該段落的主題。
正文：段落的中段部分，補充並強化主題。
結尾：結論和歸納，並連結下個段落的主題。

4. 用語

用語的一致性也相當重要。例如，寫作者在描寫同一個物質時，可能會使用不同名稱，而這可能會讓讀者誤以為有很多種物質。我們來看下面例句：

The next sample was produced under acidic conditions and was green in color.

⋮

The second sample was used in the next reaction.

⋮

The sample made under acidic conditions had a strong carbonyl band in its infrared spectrum.

⋮

The green sample was later identified as having a methyl ketone structure.

上述的例句若出現在同一個段落，讀者或許會覺得寫作者在講同一件樣品，但若句子分散在論文各處，可能會被誤認是不同的樣品。為避免這樣的情況，只需稍微修改一下，統一用語即可：

Sample 2 was produced under acidic conditions and was green in color.
樣品二在酸性條件下產生，顏色呈綠色。

⋮

Sample 2 was used in the next reaction.
樣品二使用於下一個反應中。

⋮

Sample 2 (made under acidic conditions) had a strong carbonyl band in its infrared spectrum.
（在酸性條件下製造的）樣品二在近紅外光譜分析中有強烈的羰基吸收。

⋮

Sample 2 (green in color) was later identified as having a methyl ketone structure.
樣品二（綠色）稍後被鑑定具有甲基異丁酮結構。

修改後的句子結構雖然缺乏變化，意思卻相當清楚。

我們再接著看下一個例子：

We developed <u>a portable instrument</u> capable of accurately measuring particle concentration. <u>This portable aerosol-concentration counter (PAC counter)</u> was connected to a laptop computer for use in the field.

我們研發了一種可用來精準測量粒子濃度的攜帶型儀器。這個攜帶型氣膠濃度測量器（PAC 測量器）可連接到筆記型電腦於戶外使用。

⋮

✗   <u>This system</u> was 20 cm long, 15 cm deep, and 3 cm high.

⋮

<u>This apparatus</u> weighed 1.4 kg.

例子中對於 a portable instrument 有很多不同的說法，很容易造成讀者的混淆。而 this system 是指 PAC counter 和 laptop computer 兩者、或單指 PAC counter，也沒有說明清楚。而 this apparatus 更是不知所指何物。建議將用語統一如下：

○   The PAC counter was 20 cm long, 15 cm deep, and 3 cm high.

PAC 測量器長 20 公分、寬 15 公分、高 3 公分。

⋮

The PAC counter weighed 1.4 kg.

PAC 測量器重 1.4 公斤。

5. 內文、圖表和表格

內文、圖表和表格的用語也必須符合一致性。圖表的出處非常多，有的是引用自己出版的論文，有的是由共同研究者提供，所以常會發生內文、圖表和表格的用語不一致的情況。因此，應該把論文整個看過一遍，確認各種用語、記號、單位和格式有沒有統一。

✕ {
Cryogenic Chamber　　　　　　　　　　　　　　　　（圖表說明）

CryoReactor Specifications　　　　　　　　　　　　　（表格說明）

The low temperature reaction vessel was loaded with the solution　（內文）
}

○ {
Cryogenic Chamber　　　　　　　　　　　　　　　　（圖表說明）

低溫器

Cryogenic Chamber Specifications　　　　　　　　　（表格說明）

低溫器規格表

The cryogenic chamber was loaded with the solution　　　（內文）

將溶液注入低溫器中
}

6. 清單

　　清單也必須符合一致性。同一個清單中的項目必須統一，包括名稱、語態及數字。我們以下面這個混合物調製步驟的清單為例。

✕ {
1. Clean the beaker with ethyl alcohol.

2. Adding of component A.

3. The addition of component B.

4. Mixing of the A-B mixture by using an ultrasonic bath.

5. Heat the mixture to 100℃.

6. Cooling of the mixture to room temperature.
}

　　因為各個步驟的描述方式皆不同，使六個步驟看起來相當混亂。寫作者應該要統一描述的方式，讓步驟看起來連貫且流暢。

{
1. Clean the beaker with ethyl alcohol.

　　以乙醇清理燒杯。

2. Add component A.

　　加入成分 A。
}

3. Add component B.

加入成分 B。

4. Mix the A-B mixture by using an ultrasonic bath.

以超音波混合 A 及 B 混合物。

5. Heat the mixture to 100℃.

將混合物加熱至攝氏 100 度。

6. Cool the mixture to room temperature.

將混合物降溫至室溫。

接下來透過兩組例句，比較修改前和修改後的描述方式。

✖ Compared with commonly used optical particle counters, our instrument is <u>lighter</u>, <u>faster</u>, and <u>will use less energy</u>.

▶ lighter 和 faster 是形容詞，但 will use less energy 不是。

○ Compared with commonly used optical particle counters, our instrument is lighter, faster, and more energy efficient.

與常用的光學粒子計數器相比，我們的設備較輕、較快而且效能較好。

✖ We developed a new spectrometer to determine <u>reaction rates</u>, <u>total yield</u>, and <u>because of the overall importance of the reaction</u>, we determined the optimum operating conditions.

▶ reaction rates 和 total yield 是名詞，但 because of the overall importance of the reaction 不是。

○ We developed a new spectrometer to determine reaction rates, total yield, and optimum operating conditions.
我們發展出一台新的光譜儀來檢測其反應速率、總產量以及最佳化操作條件。

最後，來看兩組句子中有數字的例句。如果清單裡的數值或比較用的數值用的是阿拉伯數字，那麼所有的數值都應該用相同的格式。

✖ We found that <u>nine</u> out of <u>10</u> samples turned green.

○ We found that 9 out of 10 samples turned green.
我們發現十個樣品中有九個變成綠色。

✖ We deposited <u>two</u> layers on Sample A, <u>eight</u> layers on Sample B, and <u>12</u> layers on Sample C.

○ We deposited 2 layers on Sample A, 8 layers on Sample B, and 12 layers on Sample C.
我們在樣品 A 上放 2 層、樣品 B 上放 8 層、樣品 C 上放 12 層。

7. 結果的比較

針對各種結果進行比較時，應該使用相同的句型結構。我們來看以下的例子：

✗ <u>For Sample A, the reaction rate increased</u> as the catalyst concentration was increased. But when we increased the concentration of the catalyst, <u>the reaction rate of Sample B decreased</u>. In contrast, <u>the reaction rate for Sample C showed no change</u> when the catalyst concentration was increased.

上述例句在比較三種樣品，但因採用的句型結構不同，讀者可能得反覆看過好幾遍，才能分清楚 A、B、C 三種樣品的異同之處。如果統一句型結構，就可以避免這樣的情況。

○ When the catalyst concentration was increased, the reaction rate for Sample A increased, whereas that for Sample B decreased, and that for Sample C remained unchanged.
當觸媒濃度增加，樣品 A 的反應速率加快、樣品 B 的趨緩、而樣品 C 的則維持不變。

○ For Sample A, the reaction rate increased with increasing catalyst concentration, whereas for Sample B it decreased, and for Sample C it remained unchanged.

8. 縮寫

縮寫 (abbreviation) 也必須注意一致性。

✘ Substituting <u>Eqn. (1)</u> into <u>Eq. (2)</u> and using the boundary condition for the top wall defined by <u>eq (3)</u> and the boundary condition for the side wall defined by <u>equation (4)</u>, we can derive the following expression for the velocity profile.

○ Substituting Eq. (1) into Eq. (2) and using the boundary condition for the top wall defined by Eq. (3) and the boundary condition for the side wall defined by Eq. (4), we can derive the following expression for the velocity profile.

將算式一代入算式二中，然後用牆頂的邊界條件來定義算式三，牆邊的邊界條件來定義算式四，我們就可以導出用來表達速度的式子。

---

9. 頭字語和記號

頭字語 (acronym) 和記號 (symbol) 的用法也需要統一。頭字語首次於文章中出現時，先以全名標示，之後再以頭字語的方式標示。記號不可雜亂無章，必須統一。

✘ It was necessary to add <u>ethylene glycol (EG)</u> to the aqueous reaction solutions to obtain yields over 50%. No changes in the yield were seen when <u>glycol</u> was added to the organic reaction solutions.

○ It was necessary to add ethylene glycol (EG) to the aqueous reaction solutions to obtain yields over 50%. No changes in the yield were seen when EG was added to the organic reaction solutions.

為取得超過 50% 的產量，必須將乙二醇加入水反應溶液中。將乙二醇加入有機反應溶液中時，產量並沒有發生變化。

✗ The inlet gases were a mixture of <u>carbon dioxide (CO_2)</u> and <u>hydrogen (H_2)</u>. We independently set <u>the hydrogen flow rate, F_{H_2},</u> and <u>the CO_2 flow rate, F_{CO_2}.</u> For case A we used <u>a hydrogen flow rate</u> of 1 lpm and <u>a CO_2 flow rate</u> of 10 lpm.

○ The inlet gases were a mixture of carbon dioxide (CO_2) and hydrogen (H_2). We independently set the H_2 flow rate, F_{H_2}, and the CO_2 flow rate, F_{CO_2}. For case A we set F_{H_2} = 1 lpm and F_{CO_2} = 10 lpm.

注入的氣體是二氧化碳 (CO_2) 及氫氣 (H_2)。我們分別設定氫氣的注入速度 (F_{H_2}) 與二氧化碳的注入速度 (F_{CO_2})。我們將 A 案件設定為 F_{H_2} 每分鐘一公升、F_{CO_2} 每分鐘 10 公升。

10. 拼法（英式或美式）

一篇論文裡，單字的拼法必須統一為英式或美式。確認是否統一最簡便的方法，就是利用文書處理軟體，如 Microsoft Word 的「拼字檢查」功能。如果文章裡同時出現兩種拼法，只會增添讀者閱讀上的困擾。

✗ The <u>colour</u> changed from blue to <u>gray</u>. （英式美式混用）

○ The color changed from blue to gray.（美式）

○ The colour changed from blue to grey.（英式）
顏色由藍轉灰。

✕ Our <u>modelling</u> of the reaction system shows that particle <u>behavior</u> is influenced by temperature.（英式美式混用）

○ Our modeling of the reaction system shows that particle behavior is influenced by temperature.（美式）

○ Our modelling of the reaction system shows that particle behaviour is influenced by temperature.（英式）
我們的反應系統模擬顯示粒子行為受到溫度的影響。

統一使用英式或美式說法。

28.3 本章整理：論文一致性的確認表

　　研究者在修改論文時可參考表 28.2 的確認表，以符合一致性的要求。這麼做的話，就能寫出讓讀者容易理解的論文。

Be Consistent!!

表 28.2 論文一致性的確認表

☐ 論文架構 (paper structure) 是否符合標準格式（IMRAD 或投稿規定）

☐ 動詞時態 (verb tense) 是否適當

☐ 段落 (paragraph) 是否包括開頭、正文和結尾三部分

☐ 論文中的用語 (terminology) 是否一致

☐ 內文 (text)、圖表 (figure) 和表格 (table) 的標示是否一致

☐ 清單 (list) 中項目的形式是否一致

☐ 比較結果 (result) 的句型是否一致

☐ 縮寫 (abbreviation) 是否一致

☐ 頭字語 (acronym) 和記號 (symbol) 在內文中是否有意義，並且一致

☐ 拼法 (spelling) 是否統一為英式或美式，並且利用拼字檢查 (spell check) 確認

論文中的平行結構

29.1 什麼是平行結構

除了上一章介紹的一致性 (consistency)，本章的平行結構 (parallelism) 同樣是科學論文中不可或缺的要項。什麼是平行結構？它是一個總稱，意指讓多個相似的字詞、片語或句子以相同的形式呈現。優點在於可讓讀者了解論文的整體架構，並迅速釐清各部分的關聯性。科學論文的平行結構，包括 section 結構上的平行 (macro-parallelism)，以及清單各項目的文法一致 (micro-parallelism)，如統一成名詞或形容詞。正確使用平行結構，能讓讀者正確理解論文的研究目的和重要性，並迅速釐清各部分的關聯性，否則讀者只會花費更多心力在釐清論文的意思上。

接著，我們來看平行結構幫助讀者有效理解論文的三項要點：

1. 明確的比較

首先，平行結構是如何幫助讀者理解和比較論文中的各個項目的呢？先來看看圖 29.1 的例子。試著比較圖 29.1a 三條線的排列情況。

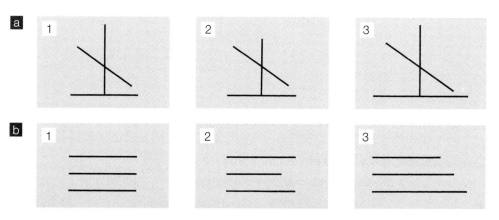

圖 29.1 兩種用來比較三條線長短的方式

從圖 29.1a 的三種組合裡，是否看得出來哪一組的三條線等長，哪一組的三條線長短不一呢？因爲線條的交錯排列，很難比較出三條線的長度。不過，如果三條線的排列方式如圖 29.1b，判斷起來就容易多了。

由此，我們可以推斷平行結構有助於各項目的比較或對照。三條線平行排列，很容易看出彼此間的關係，因此，讀者也能經由平行結構，比較並釐清論文的內容。

2. 明確的記述

接著，我們透過下面有關反應槽的例句，來看看平行結構如何幫助讀者理解論文內容。

✗ The length of the reactor was 30 cm, 5-cm diameter, and had a wall thickness of 5 mm.

○ The reactor dimensions were 30-cm length, 5-cm diameter, and 5-mm wall thickness.
反應槽的尺寸為高 30 公分、直徑 5 公分、腔壁厚度 5 公釐。

○ The reactor had a length of 30 cm, diameter of 5 cm, and wall thickness of 5 mm.

例句在描述反應槽的三種尺寸。例句一的測量對象（高度、直徑和腔壁厚度）與數值及尺寸單位（30 cm, 5 cm, 5 mm）的組合方式不一致，就像圖 29.2a 三條角度各異的線條。這種寫法會讓讀者很難進行比較，自然要花更多的時間理解。測量對象與尺寸單位應該採用平行結構描述，正確的描述方式如圖 29.2b、29.2c 所示。

圖 29.2 不符合平行結構的圖是哪一個？

3. 明確的理解

平行結構也有助於讀者釐清各項目之間的關係。我們藉由下面的例子，來看看不使用平行結構可能會引起的誤解。這個有趣的例子想表現的是，當多個類似項目沒有使用平行結構 (parallel form) 時，會發生什麼狀況。

> ✖ These collars are for dogs with fleas and cats.

這樣的寫法缺乏平行結構，無法看出跳蚤、狗和貓之間的關係。

These collars are for dogs with [fleas] and [cats].

"for dogs with fleas and for cats" vs. "for dogs with fleas and cats"

這個句子可以有兩種解讀：

解讀 1

dogs with | fleas | and | cats |

如果貓和跳蚤兩個名詞平行，那句子的意思就變成「項圈是給身上有貓和跳蚤的狗使用」。這對狗兒來說，應該不是個開心的情況。

解讀 2

dogs　with fleas and　cats

如果貓和狗兩個名詞平行，那句子的意思就變成「項圈是給貓以及身上有跳蚤的狗用的」。

運用平行結構解決

只要在原來的句子中加上一個 for，就可以達到平行結構的要求了。

○ These collars are for dogs with fleas and for cats.
項圈是給貓及有跳蚤的狗用的。

這麼一來，意思很明確，讀者也不會混淆不清了。

29.2 正確運用平行結構

平行結構對於科學論文寫作十分重要。一篇論文若不注意平行結構且文法錯

誤百出，不僅造成讀者閱讀上的負擔，也不可能受到投稿單位青睞。要寫出一篇文法正確無誤的論文有某種程度上的困難，學習如何將平行結構應用在論文裡反而容易多了。此外，注重平行結構的論文，閱讀起來也較為清楚易懂，大大提高論文受理的機會。

我們先來看看下面這個文法錯誤且不注重平行結構的句子：

✗ This process has been used for absorption columns with high efficiency and improvement catalyst conversion.

這個句子沒有運用平行結構，導致語意不明確，讀者無法得知 improvement catalyst conversion 和 process, absorption columns 以及 high efficiency 之間的關係。因此可能會出現兩種解讀：

解讀 1

This process has been used in two ways: (a) for making highly efficient absorption columns and (b) for making catalysts that have improved conversion capability.

該製程被用在兩方面：(a) 製造高效能的吸收塔以及 (b) 製造具有增進轉換能力的觸媒。

解讀 2

This process has been used in one way: for making absorption columns that have two characteristics, (a) high efficiency and (b) improved catalyst conversion capability.

該製程被用於製造有兩項特色的吸收塔：(a) 高效能以及 (b) 增進觸媒轉換能力。

運用平行結構解決

我們可以透過介系詞的運用，讓讀者了解句子中字詞間的關聯性。只要稍作修改，句子的意思就變得更明確（如上述例子中的 for 和 with）。有時候即使介系詞運用不太妥當，卻能讓句子的意思更明確，讓編輯更能掌握寫作者的意圖。接著，我們就以上的兩種解讀進行修改：

如果寫作者是要表達「解讀 1」的意思，可加入介系詞 for。

▲ This process has been used for making highly efficient absorption columns and for improved catalyst conversion.

○ This process has been used for making highly efficient absorption columns and for making catalysts that have improved conversion capability.

如果寫作者是要表達「解讀 2」的意思，可加入介系詞 with。

▲ This process has been used for absorption columns with high efficiency and with improved catalyst conversion.

另一個修改方式，則可加入 that 和 both。

○ This process has been used for making absorption columns that have both high efficiency and improved catalyst conversion capability.

使用平行結構修改後，句子的意思就相當明確了。

29.3 平行結構的應用

平行結構運用的範圍甚廣。除了可應用在論文各個篇章，如 IMRAD 格式 (macro-parallelism)，還可用來比較類似項目、強調文法上的一致性 (micro-parallelism)。科學論文中主要有四個需要運用平行結構的部分。

- **論文架構**
- **清單**
- **實驗方法的描述**
- **比較或對照**

接著來看實際的例子。

29.4 論文架構的平行結構

科學論文多半由 Introduction, Methods, Results and Discussion 等四個章節組成（稱為 IMRAD 格式）。各章節運用平行結構後如表 29.1 所示。

表 29.1 論文架構的平行結構 (macro-parallelism)

Introduction	Methods	Results	Discussion
We developed Method 1 and Method 2. We then tested each method with Sample 1 and Sample 2.	**Methods** Method 1 Method 2 **Materials** Sample 1 Sample 2	**Result 1** Method 1 with Sample 1... **Result 2** Method 1 with Sample 2... **Result 3** Method 2 with Sample 1... **Result 4** Method 2 with Sample 2...	**Interpretation of Result 1** Result 1 means... **Interpretation of Result 2** Result 2 means... **Interpretation of Result 3** Result 3 means... **Interpretation of Result 4** Result 4 means...

29.5 清單的平行結構

清單的各個項目有相互關係，因此需要採用平行結構。用語統一後，清單更顯清楚易懂。科學論文裡常見的清單包括以下幾種類別：

相同格式的項目

清單裡各項目的描述須維持一致性（例如順序、單位和縮寫等）。

✗ We added the following reagents to the solution: 5 ml of acetic acid, 25 cc of DMSO, and K₂CO₃ (25 g).

冒號後各項目的描述不一致。前兩個項目的單位數據置於物質名稱之前，但第三個則用括號置於物質名稱之後。而三者的單位名稱也不一致，不符合平行結構。修改後：

○ We added the following reagents to the solution: acetic acid (5 ml), DMSO (25 ml), and K₂CO₃ (25 g).

我們在溶液中加入下列試劑：醋酸（5 毫升）、二甲基亞碸（25 毫升）以及碳酸鉀（25 克）。

動詞為主的清單

✗
{
Add water.
Rinsing the flask.
Drying the crystals.
Redissolving of the crystals.
}

add 是動詞，但 rinsing, drying 和 redissolving 是現在分詞，不符合平行結構。修改後：

Add water.
加水。

Rinse the flask.
潤洗燒瓶。

Dry the crystals.
將結晶體除水。

Redissolve the crystals.
再次溶解結晶體。

修改後，add, rinse, dry 和 redissolve 全為動詞。

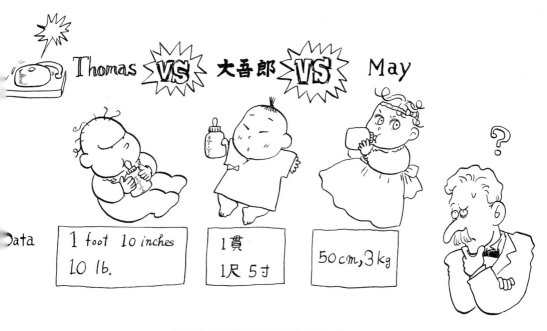

清單中各項目單位等寫法必須一致。

形容詞為主的清單

> ✗ Compared with existing optical particle counters, our instrument is <u>lighter</u>, <u>faster</u>, and <u>will use less energy</u>.

lighter 和 faster 是形容詞，但 use 是動詞，不符合平行結構。修改後：

> ○ Compared with existing optical particle counters, our instrument is lighter, faster, and more energy efficient.
>
> 與現有的光學粒子計數器相較，我們的設備較輕、較快而且效能較好。

名詞為主的清單

> ✗ To determine <u>reaction rates</u>, <u>total yield</u>, and <u>because of our interest in determining optimum operating conditions of Diels-Alders reactions</u>, we did the following analyses.

because of our interest in 是贅詞。刪除後，名詞 rates 和 yield 與 determining optimum operating conditions of Diels-Alders reactions 還是不具平行結構。修改後如下：

> ○ To determine reaction rates, total yield, and optimum operating conditions of Diels-Alders reactions, we did the following analyses.
>
> 為了得到反應速率、總產量以及狄爾士—阿爾德反應的最佳條件，我們進行了下列分析。

29.6 實驗方法描述上的平行結構

科學論文常須記載包括實驗材料 (material) 的實驗方法 (method)，以作為實驗結果的再現性。運用平行結構，就能迅速讓讀者得知實驗當中運用了何種材料、裝置，或進行的過程等。這部分運用到章節的平行以及句子的平行。例如進行數個實驗時，在 Results 一章中報告數個實驗結果或於 Discussion 一章中詮釋數項結論時，描述的順序要同於 Methods 一章；而在撰寫上述的描述時，則要注意句子間的平行結構。我們來看下面的例子：

描述步驟時的平行

描述實驗步驟時，必須使用平行結構，否則很容易導致讀者誤解研究重點。不注重平行結構，很容易使讀者誤會語意，導致無法重現實驗。

✗ For Sample A, <u>the temperature and pressure were increased to 1000°C and 10 bars</u>, respectively.
For Sample B, <u>the pressure and temperature were increased to 11 bars and 1100°C</u>, respectively.

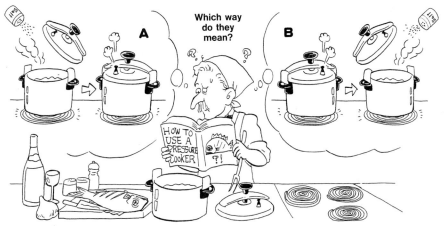

For pork it is good to use pressure cooking and salt.
For fish it is best to use salt and pressure cooking.

究竟要在蓋上壓力鍋之前加鹽、還是之後再加？

　　上述的描述無法看出 Sample A 和 Sample B 的調製順序是否相同。由於兩個句子不符合平行結構，讀者有可能對調製的順序產生以下兩種解讀：

解讀 1 強調順序

　　如果解讀成「Sample A 先是溫度上升，然後壓力增加；而 Sample B 則剛好相反」，例句應修改如下：

○
> For Sample A, first the temperature was increased to 1000℃, and then the pressure was increased to 10 bars.
>
> 對樣品 A 而言，溫度先上升至攝氏 1000 度，接著壓力升高至 10 巴。
>
> In contrast, for Sample B, first the pressure was increased to 11 bars, and then the temperature was increased to 1100℃.
>
> 相反地，對樣品 B 而言，先是壓力升高至 11 巴，溫度再接著上升至攝氏 1100 度。

　　如果強調樣品 B 採用他種調製法，在描述 Sample A 和 Sample B 時，就要正確傳達出調製法的差異處。

解讀 2 順序不是重點

　　若解讀是「用同樣的程序調製兩種 Sample，僅有條件上的改變」，則應修改如下：

○ For Sample A, first the temperature was increased to 1000℃, and then the pressure was increased to 10 bars. For Sample B, first the temperature was increased to 1100℃, and then the pressure was increased to 11 bars.

對樣品 A 而言，溫度上升至攝氏 1000 度，接著壓力升高至 10 巴；而對樣品 B 來說，溫度上升至攝氏 1100 度，接著壓力升高至 11 巴。

○ For both samples (A and B), first the temperature was increased (1000℃ for Sample A and 1100℃ for Sample B), and then the pressure was increased (10 bars for Sample A and 11 bars for Sample B).

對兩個樣品（A 和 B）來說，溫度先上升（樣品 A 為攝氏 1000 度、樣品 B 為攝氏 1100 度），接著壓力升高（樣品 A 為 10 巴、樣品 B 為 11 巴）。

29.7 比較或對照的平行結構

在描寫項目的比較或對照時，也會用到平行結構。透過平行結構，讀者能將重心放在寫作者提到的結果、原因、效果或趨勢上。一篇文法正確、言之有物的論文，若缺乏平行結構的概念，可能也不得讀者青睞。如果忽略平行結構的重要性，將導致讀者無法理解論文的結構及內容的正確涵義。

我們來看以下的例子。

比較方面的平行

下面各例句的文法雖然正確，但因為描述方式不同，讀者恐怕很難了解樣品間的差異性。

For Sample A, the temperature increased by 10% for a 20% increase in pressure.

For Sample B, for a 20% increase in pressure the temperature increased by 5%.

For Sample C, increasing the pressure by 20% caused the temperature to increase by 50%.

For Sample D, when the pressure was increased by 20%, the temperature increased by 20%.

The temperature increased by 10% for a 20% increase in pressure (Sample E).

若要比較結果時,建議使用平行結構:

For Sample A, the temperature increased by 10% when the pressure increased by 20%.

對樣品 A 而言,當壓力升高 20%,溫度上升 10%。

For Sample B, the temperature increased by 5% when the pressure increased by 20%.

對樣品 B 而言,當壓力升高 20%,溫度上升 5%。

For Sample C, the temperature increased by 50% when the pressure increased by 20%.

對樣品 C 而言,當壓力升高 20%,溫度上升 50%。

For Sample D, the temperature increased by 20% when the pressure increased by 20%.

對樣品 D 而言,當壓力升高 20%,溫度上升 20%。

For Sample E, the temperature increased by 10% when the pressure increased by 20%.

對樣品 E 而言,當壓力升高 20%,溫度上升 10%。

修改成平行結構後,整體看來清楚很多。但如果要讓句子看起來更加簡單明瞭,就可再度使用平行結構。如果比較的是溫度和壓力,建議修改如下:

○ When the pressure was increased by 20%, the temperature increased by 10% for Sample A, 5% for Sample B, 50% for Sample C, 20% for Sample D, and 10% for Sample E.

對照方面的平行

　　描述結果的對照時，重點是要讓讀者釐清兩者間的差異，因此必須維持形式上的一致性。

　　下面這個句子在比較結果的對照，但並沒有使用平行結構：

> ✗ As we increased the temperature of the solution that was adjusted to pH 3.5, the yield of the desired isomer increased. However, the isomer yield was lower when the solution that we had set to a pH of 7.5 was raised up to a higher temperature.

　　第一句首先陳述 cause，再接著描述 effect，但連接詞後的句子卻對調了描述順序。此外，as 的用法不恰當。

　　使用平行結構統一描述順序及形式，修改如下：

> ⊙ When the temperature of the pH-3.5 solution was increased, the yield of the desired isomer increased. However, when the temperature of the pH-7.5 solution was increased, the yield of the isomer decreased.
>
> 當 pH 值 3.5 的溶液溫度升高時，期望的異構物產量增加了；然而，當 pH 值 7.5 的溶液溫度升高時，期望的異構物產量卻減少了。

　　前後兩句都先陳述了 cause，接著再講到 effect。

29.8 平行結構的注意事項

平行結構能讓論文顯得更加簡潔有力，但使用時也要注意，若無須使用平行結構的句子，就不用特地使用平行結構。我們來看以下的例子：

> ✘ The new polymer is <u>stronger</u>, <u>cheaper</u>, and <u>revolutionary</u>.

這個句子使用了平行結構（所有的項目都是形容詞），但意思不明確。因為造成 revolutionary 的原因，應該是 stronger 和 cheaper 引導出來的。因此此句不適用平行結構，可以改成：

> ○ Because the new polymer is stronger and cheaper, it will revolutionize the chemical industry.
> 因為新的聚合物強韌且便宜，它將革新化學工業。

29.9 本章整理

為了完成研究，使論文獲得他人認同，寫作者必須善用平行結構。使用平行結構，可讓各個項目產生關聯，達到一致性或對等的要求。不懂得利用平行結構，將很難讓讀者了解研究過程中的各種關聯和趨向。

Think parallel!

一個 Paragraph 一個主題

30.1 結構完整的 Paragraph

　　一篇流暢的論文，應該要能迅速引發讀者的興趣，所以標題與副標題要能適切地帶領讀者進入主題，而層層分明的 paragraph（段落）則要能突顯重點所在，讓讀者一目了然。由此可見，段落是科學論文裡凝聚資訊、並提供詳盡解釋的重要部分。

　　既然段落在科學論文裡扮演十分重要的角色，怎麼樣才稱得上是一個結構完整的段落呢？結構完整的段落必須一開始便點出主題，接著再進行補充。好的段落能將冗長的論文切分為容易理解的分量，讓每個段落各有其著重的重點；相反地，不佳的段落則常塞了好幾個話題，讓人搞不清論文的主題，導致讀者愈看愈焦躁，最後乾脆放棄閱讀。如果讀者剛好是審查者，可能會導致論文慘遭退件的命運。接著，讓我們一起來看看如何寫出結構完整的段落吧！

30.2 Paragraph 的組成

　　一個好的段落包括單一性與連續性兩項特徵。所謂的單一性，指的是段落由一個主題 (topic) 構成；而連續性則是指用數個句子描述一個主題，讓主題更明確。

　　結構完整的段落要具備單一性與連續性，並且要能突顯主題，讓讀者很快進入狀況，明白主題跟論文的關聯性。組成段落的方式有好幾種，若要具備單一性和連續性，以下是三個不可或缺的要素：

- **Topic sentence(s)**：主題句，用來說明該段落的主題。由一個或多個 sentence 組成。

- **Support sentences**：發展句，用來鋪陳並說明 topic sentence，是論說的主要部分。
- **Link words**：連接語，用來連接 support sentences。

Topic sentence(s) 是段落的核心

　　要寫出結構完整的段落，可參考 Anne Eisenberg 在 *Guide to Technical Editing,* Oxford University Press (1992) 一書中提到的一句話：

One idea to a paragraph; new idea, new paragraph.

（一個段落，一個想法；新的想法，新的段落。）

　　由此可知，一個段落只能描述一個主題。而段落的主題句要負責點出該段落的主題。主題句的功能好比主標與副標，不僅為讀者指出該段落的主旨，還能協助讀者從之後的內容裡找出需要的資訊。

Support sentences 連結主題

　　support sentences 用以補充並說明 topic sentence。為確保單一性，發展句只能和該段落的主題有關。撰寫論文時，必須時時提醒自己，「文章是否切合主

一個段落只要一個主題 (topic)。

題,且邏輯清楚」。如果答案是 yes,那麼寫出來的文章就是恰當的;反之,就要進行修正或直接變更主題。

Link words 是段落的黏著劑

連接語指的是用來加強段落的連續性與一致性的字詞,連接語能幫助讀者了解句子與句子之間的關聯。連接語通常可分成三類:

1. 關鍵字詞

為維持一致性,寫作時應讓關鍵字詞反覆出現,而少用如 it 等代名詞。例如段落一開始若提到 reaction rate 這個詞彙,那麼接下來的描述就不應該改用 reaction speed 等其他說法(關於一致性的維持,可參考 Chapter 28)。

✗ The third module in the reactor model is for calculating <u>gas-phase reaction rates</u>. Because gas-phase reactions produce the precursors for particle formation, the <u>reaction speed</u> partly determines the particle formation rate. Therefore, accurate prediction of particle formation rates requires accurate prediction of the <u>rate of gas-phase reactions</u>.

○ The third module in the reactor model is for calculating gas-phase reaction rates. Because gas-phase reactions produce the precursors for particle formation, the associated reaction rates partly determine the particle formation rate. Therefore, accurate prediction of particle formation rates requires accurate prediction of the gas-phase reaction rates.

反應模式的第三階段是估計氣相反應速率。因為氣項反應會產生粒子生成所須的前驅物質,故此反應速率多少與粒子生成速率有關。因此,要精準預測粒子生成需要精準預測氣項反應速率。

2. 連接詞

連接詞為前後兩個句子建立起關聯性，有助於讀者的理解。這類字詞包括 however, in contrast, nevertheless, despite, also, furthermore, then, next 等。一般而言，寫作者對連接詞的使用比較沒有太大的問題。

3. 指示代名詞

指示代名詞包括 this, that, these, those 等。使用指示代名詞時要特別小心，切忌造成混淆。請看以下例句：

> ✗ Techniques are now being developed to increase the conversion rates of catalysts. <u>These</u> are the focus of an ongoing study funded by the Ministry of Economy, Trade and Industry.

我們看不出指示代名詞 these 在句中指的是 techniques, conversion rates 還是 catalysts，應改成：

> ○ Techniques are now being developed to increase the conversion rates of catalysts. These techniques are the focus of an ongoing study funded by the Ministry of Economy, Trade and Industry.
> 現今正發展專門用以提高觸媒轉化率的各種技術。這些技術是日本經濟產業省所贊助的一項計畫的重心。

30.3 如何撰寫出色的 Paragraph

以下介紹撰寫段落的三個步驟（圖 30.1）。若能謹記在心，必定可以寫出清楚易懂的段落。

Step 1：從論文中找出關鍵字，擬定大綱並寫出 topic sentence
Step 2：補充並說明 topic sentence，構成 support sentences
Step 3：利用 link words 加強句子間的關聯性

接著，一一來看各步驟及實際的例子。

Step 1：從論文中找出關鍵字，擬定大綱並寫出主題句

決定一篇論文的段落數以及各段落主題的最佳方式，就是在撰寫論文之前，先擬出一份大綱 (outline)。首先，列出論文的所有關鍵字，並列成清單。這些關鍵字，決定寫作者要呈現什麼樣的研究內容給讀者。清單完成後，將關鍵字分別放入大綱中 Introduction, Methods, Results 及 Discussion 的章節下。接著，放入適切的標題與小標題，完成大綱（圖 30.1）。

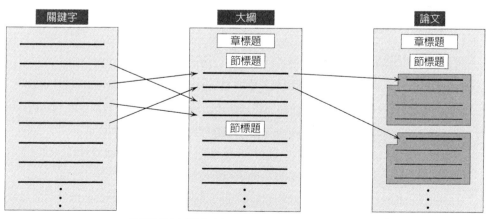

找出關鍵字擬定大綱，再由大綱發展出段落。

圖 30.1 收集關鍵字以擬定大綱 (Step 1)

擬好的大綱，必須確認是否提到研究要點，並再次確認段落的數量是否恰當以及主題是否符合研究方向。最好請一名不太熟悉該研究領域的朋友看過大綱，並針對研究方向提供意見，以確認大綱中的研究動機、研究方法、結果與討論都已相當明確。如果閱讀大綱的人無法理解大綱的重點，那麼寫作者就必須修改大綱的內容。

論文的大綱要涵蓋論文的每一個段落。擬定大綱後，再開始將大綱發展成論文。若以這樣的程序撰寫論文，寫 full paper 的龐大作業，就可以簡化成只是撰寫一個個段落的說明。

如此一來，論文的重點就可以相當有邏輯性的組織起來，而段落則用以說明這些重點。

Step 2：加入 Support sentences

擬定大綱並完成 topic sentence 之後，再利用 support sentences 針對主題補充說明（圖 30.2）。要判斷 support sentences 是否發揮功能，最好的辦法就是確認句子是否與 topic sentence 有直接的關係。如果答案是 no，就要換個說法或直接改變主題。

將大綱加入發展句以形成段落：

> Computers contain processor, storage, and input/output (I/O) sub-systems. These work together to form what we call a computer, and they are connected by a data bus to allow them to communicate with each other and to exchange information. They have typically been made as separate components and then connected together. There are problems of data transfer between the subsystems at high clock rates. They are now being integrated into single chips. This allows faster data transfer rates than if they are physically separate subsystems. In this section we describe their function and how they communicate with each other.

Computer Structure (outline) 電腦架構（大綱）	Computer Structure (paper) 電腦架構（論文）

COMPUTER SUBSYSTEMS （電腦子系統）	**COMPUTER SUBSYSTEMS** （電腦子系統）

Preprocessor, storage, and I/O subsystem
（前置處理器、儲存裝置、輸出入子系統）

Computer contains processor, storage, and input/output (I/O) subsystems
（電腦包含處理器、儲存裝置、輸出入子系統）

Processor subsystem （處理器子系統）	Processor subsystem （處理器子系統）

CPU, memory cache, I/O control
（中央處理器、記憶體快取、輸出入控制）

The processor subsystem contains a central processing unit (CPU), memory cache, and I/O control chips.
（處理器子系統包含一個中央處理器、記憶體快取以及輸出入控制晶片。）

CPU does calculations and controls information flow
（中央處理器計算及掌控資訊流）

Of the three processor subsystems, the CPU is the most important single component, doing calculations and controlling information flow. ......
（在這三個處理器子系統中，中央處理器是最重要的部分，專門計算及掌控資訊流。……）

Memory cache stores intermediate results in high-speed memory
（記憶體快取在快速記憶體中儲存中間結果）

To keep data flowing to the CPU, high-speed memory cache is used to store intermediate results. ......
（高速記憶體快取用來儲存中間結果，確保數據流向中央處理器。……）

I/O monitor, disk drives, printers, etc.
（輸出入監控、硬碟、印表機等）

The final processor subsystem is the I/O subsystem, which controls data transfer to and from the monitor, keyboard, disk drives, printers, speakers, etc. ......
（處理器子系統的最後一個為輸出入子系統，專門處理螢幕、鍵盤、硬碟、印表機及麥克風等之間的資料轉換。）

Storge subsystem
（儲存裝置）

I/O subsystem
（輸出入子系統）

圖 30.2　加入 support sentences (Step 2)

Step 3：加上 Link words

完成 support sentences 之後，接下來便是加上 link words（圖 30.3）。要不要加上 link words，最簡單的判斷方法是確定句子和句子之間的關係夠不夠明確。如果不明確，建議加上 link words。總之，文章要多看幾遍，再決定需不需要 link words。

✗

Topic?
The solution was diluted with 3 ml of ultrapure water. Link? It was mixed to a homogeneous dispersion. Link? It was transferred to a quartz cell. Link? The absorption spectrum was measured. Link? We determined the conversion rate (Eq.1). Link? This process was repeated.
We measured the density of the solution. (Supporting sentence?)

○

1. Conversion rates of the solution were obtained as follows. First, the solution was diluted with 3 ml of ultrapure water, and then mixed to a homogeneous dispersion. The dilute solution was transferred to a quartz cell. Then the absorption spectrum of the dilute solution was measured. From this spectrum, we determined the conversion rate (Eq. 1). This process was repeated for each solution.

Topic?
Figure 1 shows that at a constant mole fraction of 0.1 for species A, doubling the pressure from 1 to 2 atm doubled the reaction rate. Link? Figure 2 shows that at a constant pressure of 1 atm, doubling the mole fraction of species A from 0.1 to 0.2 also doubled the reaction rate. Topic?
These Link? results show that the reaction rate is proportional to the partial pressure of species A. Further study is needed to determine the pressure range where this behavior occurs.

2. We found that the reaction rate is proportional to the partial pressure of species A.
Two results confirm this. The first is that at a constant mole fraction of 0.1 for species A, doubling the pressure from 1 to 2 atm doubled the reaction rate (Fig.1). The second is that at a constant pressure of 1 atm, doubling the mole fraction of species A from 0.1 to 0.2 also doubled the reaction rate (Fig. 2). Further study is needed to determine the pressure range where this behavior occurs.

1. 此溶液的轉化率可由以下步驟獲得：首先，以三毫升的超純水稀釋溶液，攪拌至均勻分散。將稀釋的溶液置放至石英槽。接著測量稀釋溶液的吸收光譜。從光譜中，我們得到轉化速率（算式一）。每種溶液都重複此程序。

2. 我們發現反應速率與 A 種的分壓成正比，並由以下兩項結果得到證實：第一是將 A 種固定在莫耳分率 0.1 的狀態下，將壓力由一個大氣壓力加到兩個大氣壓，會促使反應速率加倍（圖一）。第二是將壓力固定在一個大氣壓下，將 A 種的莫耳分率加倍，也會促使反應速率加倍（圖二）。需要更多的研究以證實此效應發生的壓力範圍。

圖 30.3　加入 link words (Step 3)

將第 280 頁的段落加入連接語：

Computers contain processor, storage, and input/output (I/O) sub-systems. All of these subsystems work together to form what we call a computer, and they are connected by a data bus to allow them to communicate with each other and to exchange information. These subsystems have typically been made as separate components and then connected together. However, because of the problems of data transfer between the subsystems at high clock rates, these subsystems are now being integrated in computers into single chips. This integration allows faster data transfer rates than if they are physically separate subsystems. In this section we describe the function of each of these subsystems and how all of the subsystems communicate with each other.

電腦包括處理器、儲存裝置以及輸出入子系統。這些子系統分工合作構成我們所稱的電腦，它們透過資訊匯流排通信及交換資訊。這些子系統基本上都是各自分開的零件，然後再組合在一起。然而，在高速進行資訊轉化時，這些子系統會產生問題，因此它們現在被整合在一片晶片上。整合後的資訊轉化比分開的子系統更有效率。這一章我們將描述子系統各自的功能以及相互間的通信。

30.4 撰寫段落的注意事項

論文完成後，別忘了按照以下的注意事項，檢視各段落有沒有符合單一性與連續性的準則。

- 各段落的主題爲何
- 主題是否出現在段落開頭
- 發展句是否和主題有關
- 句子之間的關係是否明確

30.5 本章整理

段落是構成科學論文的要素之一，它是用來完整陳述一個主題（或想法）的最小單位。若要寫出條理分明的段落，必須掌握本章提到的三個步驟，多加練習。對很多寫作者來說，要寫好段落並完整呈現主題並不太容易。然而，對於有心擬定研究計畫，並按部就班實行的研究者而言，這項挑戰也並非難事。沒有寫作經驗的寫作者，勢必得花費更多心力，才能寫出流暢又符合一致性的段落。但也唯有努力執行，才能寫出更好的研究計畫、完成研究與論文。段落的撰寫其實是爲了完成研究與論文寫作的必要途徑。

Build good paragraphs!

論文的基本要素

31.1 論文的核心

研究 (research) 的核心包括四個基本要素：Action（行為）、相應於此的 Result（結果）、對應於 Result 的 Reason（理由）以及從 Reason 獲得的 Knowledge（知識）。科學論文是從研究行為至取得知識的一連串過程，所以必須詳細描述這四個要素：

Action → Result → Reason → Knowledge

為此，我們理出三項要確立的基本關係 (fundamental relationship)，分別為「行為－結果」、「結果－理由」及「理由－知識」(Action-Result, Result-Reason, Reason-Knowledge)。若論文無法確實說明這三種關係，必定無法讓讀者了解其研究目的，也會提高論文遭退件的機率。科學論文的四個基本要素與所屬論文章節，請見表 31.1。

表 31.1 論文的四個基本要素與所屬的論文章節

要素	論文章節
Action	Materials and Methods
Result	Results
Reason	Discussion
Knowledge	Discussion (and Conclusions)

其中，Knowledge 這個要素會列於探討研究結果的 Discussion 一章當中。研究者將研究進行到最後所得到的結論獨立成一個章節，放在論文的最後。至於 Action-Result, Result-Reason, Reason-Knowledge 等三項基本關係與例句，請見表 31.2。

表 31.2 三個基本關係與例句

關係	論文章節	例句
Action — Result	Results	When the polymer was heated, it turned blue. （聚合物加熱時，顏色變藍。）
Result — Reason	Discussion	The polymer turned blue because it contained cobalt. （聚合物變成藍色是因為它含有鈷。）
Reason — Knowledge	Discussion (and Conclusions)	Cobalt from the catalyst is contaminating the polymer. （觸媒中的鈷汙染了聚合物。）

31.2 確立基本關係的祕訣

　　為了將研究正確地傳達給他人，撰寫論文時一定要確立上述的三項基本關係。筆者從 1,000 多篇論文中，找出記述這三項基本關係的五項寫作祕訣。掌握這些祕訣，必能寫出條理清楚又簡潔的論文。

　　祕訣 1：將強調的事情 (emphasized item) 置於文章開頭

　　祕訣 2：實驗條件要放在適合的位置

　　祕訣 3：使用適當的時態 (verb tense)

　　祕訣 4：注意平行的文章結構 (parallel sentence structure)，以及用字的一致性 (consistent word usage)

　　祕訣 5：遵守 Simple is best 原則

　　接著，我們一一來看這五項祕訣。

祕訣 1：將強調的事情置於文章開頭

論文寫作的訣竅之一，就是把想強調的事情放在句首或接近開頭的地方。先確定要強調的是 Action, Result, Reason, Knowledge 的哪一項，再將相關的記述放在文章開頭。請見表 31.3。

表 31.3　希望強調的事情

希望強調的事情	例句
Action	When the polymer was heated, it turned blue.
Result	The polymer turned blue when it was heated.
Result	The pressure increased when the temperature was increased.
Reason	Increasing the temperature makes the pressure increase.
Reason	Because the polymer contained cobalt, it turned blue.
Knowledge	Cobalt from the catalyst is contaminating the polymer.

祕訣 2：實驗條件要放在適合的位置

科學研究通常是在各種條件之下進行。為了確立條件與研究兩者間的關聯，必須詳細描述 Action-Result 的關係。表 31.3 的例句較為單純，這裡再舉出兩個例子供作參考。

○ Under a nitrogen atmosphere, the polymer turned blue when it was heated.
在氮氣的環境下，聚合物受熱時會變藍。

▲ The polymer turned blue when it was heated under a nitrogen atmosphere.

實驗條件的內容在句子中的配置，會影響讀者對文章理解的程度。例句一明確地描述出某種特定關係 (Action-Result) 的實驗條件，也就是在描述新資訊（觀測結果）前，先說明背景（實驗條件）。例句二卻是先寫觀測到的結果，再說明背景，如果不仔細看完例句二，就無法正確理解觀測到的結果。因此，如果實驗條件的描述比結果的描述來得簡單，建議把實驗條件放在開頭，讓讀者可充分了解研究背景。如果情況相反，實驗條件的描述比結果的描述還要複雜時，那麼最好把實驗條件放在句尾。我們再看下面的例子：

✖ <u>For an SiH₄ partial pressure of 1 torr, an O₂ partial pressure of 10 torr, an He partial pressure of 100 torr, and a temperature of 500 K</u>, no particle formation was observed.

▶ 實驗條件放在開頭。

○ No particle formation was observed for an SiH_4 partial pressure of 1 torr, an O_2 partial pressure of 10 torr, an He partial pressure of 100 torr, and a temperature of 500 K.
在矽甲烷於分壓一托耳、氧於分壓 10 托耳、氦於分壓 100 托耳，且絕對溫度為 500 度的環境下，沒有粒子形成。

▶ 實驗條件放在句尾。

最簡單的做法就是把較短的敘述往前放。以上述的例子來看，描述結果的部分只有 5 words (No particle formation was observed)，而實驗條件卻有 28 words (for an SiH_4 partial pressure of 1 torr, an O_2 partial pressure of 10 torr, an He partial pressure of 100 torr, and a temperature of 500 K)。因此，把結果放在開頭，讓讀者先了解結果，再接著看在哪些條件下可獲得這樣的結果會比較適當。這麼一來，讀者在看過文章之後，無論資訊有多複雜，也能順利理出頭緒。

再看下面的例子：

✘ Increasing the temperature from 400 to 410 K <u>for a solution containing 0.1 M of component A and 0.3 M of component B</u> caused the reaction rate of component A to increase from 0.1 to 0.15 g/s.

▶ 實驗條件放在例句中間，操作條件與結果則分別置於句首與句尾。這樣讀者很難同時注意到實驗條件與分散前後的操作條件與結果。

✘ <u>For a solution containing 0.1 M of component A</u>, increasing the temperature from 400 to 410 K caused the reaction rate of component A to increase from 0.1 to 0.15 g/s <u>for a solution containing 0.3 M of component B</u>.

▶ 實驗條件分散在句子的開頭與結尾。讀者要同時注意兩項實驗條件與結果。

✘ <u>For a solution containing 0.1 M of component A and 0.3 M of component B</u>, increasing the temperature from 400 to 410 K caused the reaction rate of component A to increase from 0.1 to 0.15 g/s and caused the reaction rate of component B to decrease from 0.01 to 0.005 g/s <u>for a solution mixing time of 10 min</u>.

▶ 實驗條件分散在句子的開頭與結尾。如果要說明兩個以上的結果，這樣的寫法會讓讀者產生困擾，不明白結尾的實驗條件 (for a solution mixing time of 10 min) 是只針對 the reaction rate of component B，還是 the reaction rate of both components A and B？把全部的實驗條件放在文章開頭的話，就能清楚來龍去脈了。

▲ Increasing the temperature from 400 to 410 K caused the reaction rate of component A to increase from 0.1 to 0.15 g/s, for a solution containing 0.1 M of component A and 0.3 M of component B.

▶ 實驗條件置於句子結尾。

○ For a solution containing 0.1 M of component A and 0.3 M of component B, increasing the temperature from 400 to 410 K caused the reaction rate of component A to increase from 0.1 to 0.15 g/s.

在含有 0.1 莫耳濃度的 A 成分及 0.3 莫耳濃度的 B 成分的溶液中,將絕對溫度從 400 度提升至 410 度時,會使得 A 成分的反應速率從每秒 0.1 克提升至每秒 0.15 克。

▶ 實驗條件置於句子開頭。

○ We also measured the reaction rate of component A for a solution containing 0.1 M of component A and 0.3 M of component B, and we stirred this mixture for 10 minutes at 280 K before heating it to either 400 or 410 K. Under these conditions, increasing the temperature from 400 to 410 K caused the reaction rate of component A to increase from 0.1 to 0.15 g/s.

我們同時檢測溶液中 A 成分的反應速率,溶液中含有 0.1 莫耳濃度的 A 成分以及 0.3 莫耳濃度的 B 成分。我們在 280 度的絕對溫度下攪拌此混合物十分鐘,之後將其加熱至 400 度或 410 度。在這樣的條件下,將溫度從 400 度提升至 410 度時,會使得 A 成分的反應速率從每秒 0.1 克提升至每秒 0.15 克。

▶ 運用多個句子來描述實驗條件。如此,讀者很快就能明白實驗條件與結果間的關係。

祕訣 3：使用適當的時態

在描述 Action, Result, Reason, Knowledge 等四項基本要素時，時態的使用非常重要。透過時態，寫作者可以明確傳達哪些是描述自身的研究結果、哪些是描述已經確立的知識（established knowledge，也就是已出版的論文）、哪些又是描寫針對研究結果的討論。一般來說，論文在通過審查、獲得出版，並為科學界 (scientific community) 所接受後，就可以視為已確立的知識。關於時態的實際應用，請參考表 31.4。撰寫論文時，寫作者要特別注意時態的使用，以免造成讀者理解上的混淆。

表 31.4　時態的應用

基本要素	例句
Your result	Increasing the temperature resulted in an increase in the pressure. （溫度提高使得壓力增加。）
Your result	Figure 1 shows that the pressure increased when the temperature was increased. （圖一顯示，當溫度升高，壓力就增加。）
Established knowledge	Increasing the temperature results in an increase in the pressure. （溫度升高使得壓力增加。）
Established knowledge	Suzuki et al. (1994) found that an increase in pressure causes an increase in temperature. （Suzuki 等人〔於 1994 年發表的論文〕發現壓力增加使得溫度升高。）
Conclusion	Our results suggest that pressure increases with increasing temperature. （我們的結果顯示溫度愈高，壓力就愈大。）

實驗條件要放在正確的位置。

祕訣 4：注意平行的文章結構，以及用字的一致性

符合平行結構的句子，能讓讀者清楚理解句子的涵義（請參考 Chapter 28 & 29）。比較 Action-Result 的基本關係時，平行結構尤其重要。請看以下例句：

✗

The temperature of Sample A increased by 10% for a 20% increase in pressure.

For Sample B, for a 20% increase in pressure the temperature went up by 5%.

The temperature increased by 50% when the pressure rose by 20% for Sample C.

For Sample D, when the pressure was increased by 20%, the temperature increased by 20%.

The temperature went up by 10% for a 20% rise in pressure (Sample E).

○

For Sample A, the temperature increased by 10% when the pressure increased by 20%.

For Sample B, the temperature increased by 5% when the pressure increased by 20%.

For Sample C, the temperature increased by 50% when the pressure increased by 20%.

For Sample D, the temperature increased by 20% when the pressure increased by 20%.

For Sample E, the temperature increased by 10% when the pressure increased by 20%.

祕訣 5：遵守 Simple is best 原則

讀者都希望閱讀的科學論文簡單易懂，因此，撰寫論文時務必遵循 Simple is best 原則 (SIB rule)。SIB rule 包括避免使用贅字、語意不清的字詞、以及複雜的構句等（請參考 Chapter 25 & 26）。

我們來看以下的例子，說明如何用 SIB rule 修改句子：

> ✖ As a consequence of slightly raising the temperature, we found that this resulted in a corresponding significant increase in the pressure for varying reaction rates studied here.

▶ As a consequence of, we found that 和 corresponding 都是贅字 (waste word)。slightly 和 significant 則是語意不明的字 (vague word)。varying 是容易造成讀者誤解的字 (confusing word)。此外，raising 和 increase 兩個單字的用法不統一。

> ○ For the various reaction rates studied here, increasing the temperature by 10°C resulted in a 50% increase in the pressure.
> 在所研究的各種反應率中，其中溫度提升攝氏 10 度會使得壓力增加 50%。

31.3 本章整理

Action → Result → Reason → Knowledge 四個基本要素間的關係是科學論文的核心。本章介紹了如何在描述上更加簡潔明確的五項祕訣。最後，重新為各位整理這些祕訣：

- 將強調的事情 (emphasized item) 放在文章開頭 (Action, Result, Reason, Knowledge)
- 實驗條件要放在適合的段落、作明確的陳述

- 描述自身的研究結果時使用過去式，描述已確立的知識和結論時則使用現在式
- 注意平行的文章結構，以及用字的一致性
- 遵守 SIB rule（避免贅字、語意不清和複雜的結構）

Chapter 32 語態及人稱的使用

32.1 語態和人稱的重要性

撰寫科學論文的研究過程時，必須突顯研究的重要性與定位。科學論文當中，句子 (sentence) 的組成多半包括動作 (action)、action 的動作者 (agent) 以及 action 的接受者 (recipient) 三部分。撰寫論文時，若要正確表達研究定位與重要性，每一個句子都要顧慮到以下這幾個問題：

- 進行什麼樣的行為 (action)？
- 誰行使行為（agent，動作者）？
- 誰接受行為（recipient，接受者）？
- 重心 (focus) 是動作者或接受者？
- 需要明示動作者嗎？

最後二個問題與動詞語態 (voice) 及人稱 (person) 有關。正確使用語態和人稱並不容易。一般來說，句子的語意很少會因語態和人稱而改變，即使改變了語態或人稱，不同的只是重心的轉換（研究本身、其他研究者、技術人員、裝置或實驗參數）。所以語態和人稱在論文寫作中並非絕對要素，和其他文法規則相較之下顯得較為主觀。

那麼，語態和人稱的作用為何呢？

32.2 語態決定句子的重點

動詞語態（主動或被動）決定句子的重心。

主動語態

> Temperature affected the reaction rate.
> 溫度影響反應速率。

　　主詞是 Temperature，也是動作的主體（動作者），affected 為主動語態。句子強調的是溫度對實驗的影響。

被動語態

> The reaction rate was affected by temperature.
> 反應速率受溫度的影響。

　　主詞是 reaction rate，也是動作的接受者，was affected 是被動語態。句子強調的是反應速率因溫度而產生變化。

32.3 人稱用來強調動作者

　　人稱（第一人稱和第三人稱）是用以明確指出和強調動作者。

第一人稱（作者為單數時）

> I studied the effect of temperature on the reaction rate.
> 我針對溫度對反應速率的影響進行研究。

第一人稱（作者為兩人以上時）

We studied the effect of temperature on the reaction rate.
我們針對溫度對反應速率的影響進行研究。

第三人稱

They studied the effect of temperature on the reaction rate.
他們針對溫度對反應速率的影響進行研究。

▶ They 指的是其他研究者（如 Penrod *et al.*）。

It shows that temperature affects the reaction rate.
它顯示溫度影響反應速率。

▶ It 用來強調論文的圖表（如 Figure 1b）。

32.4 語態和人稱的轉變

科學論文的型態會隨著時代改變。1900 年以前，多數研究者使用 I 或 We 為人稱的主動語態敘述研究過程；1900 年以後，研究者開始使用被動語態，省略人稱代名詞。當時的研究者深信，使用被動語態較能以客觀的角度傳達研究內容。時至今日，科學期刊反而建議寫作者使用主動語態，因為文章看起來較為言簡意賅（即 Simple is best）。但這不表示寫作者要刻意避開被動語態、只使用主動語態。

接下來，我們來看看如何選擇適當的動詞語態及人稱。

32.5 主、被動語態的使用時機

主動語態和被動語態使用的時機，端看寫作者所決定的重心 (focus)，再決定要強調動作者或接受者。現今的研究者多半偏好以主動語態撰寫論文；如果無法肯定是否該用被動語態，建議先釐清有沒有必要強調接受者（圖 32.1）。如果答案是否定的，那麼就應該強調動作者（使用主動語態）。我們先來看看強調接受者的情況。

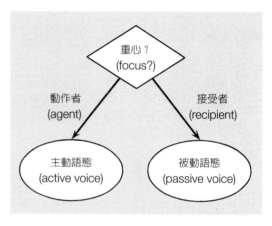

圖 32.1 句子的重心決定動詞語態

32.6 被動語態強調接受者

以下情況，通常使用以接受者為重心的被動語態。

- 接受者為全句重心
- 動作者很清楚，不須強調
- 動作者不重要
- 動作者不明確

請參考例句：

○ Diels-Alder reactions have been studied by many researchers.
狄爾士－阿爾德反應廣受研究者們研究。

▶ 由於 Diels-Alder 反應在研究中的地位吃重，所以是全句的重心。

○ An aqueous solution of H₂SO₄ (0.1 M) was used to dilute the reaction
solution.
硫酸（0.1 莫耳濃度）水溶液被用來稀釋反應溶液。

▶ 使用硫酸水溶液的人就是研究者，不須特別強調。

○ The beakers were rinsed with deionized water.
使用去離子水清洗燒杯。

▲ We rinsed the beakers with deionized water.
我們使用去離子水清洗燒杯。

▶ 清洗燒杯的人是研究者，不須特別說明。

○ The morphological changes were determined by using TEM.
型態變化是藉由穿透式電子顯微鏡來測定的。

▶ 這句話強調的是接受者 morphological changes。由於 TEM（穿透式電子顯
微鏡）是相當普遍的實驗方法，所以不用特別說明。由此可知論文的重點
是型態變化 (morphological changes)。

○ The comet was first described in an ancient Egyptian manuscript.
關於彗星的描述首見於古埃及手稿中。

▶ 動作者不明，因此使用被動語態。

32.7 主動語態強調動作者

主動語態通常用於以下情況。

- 動作者為全句重心
- 研究者為動作者，並且是全句重心
- 接受者不須特別強調

最後一點指的是在不須強調接受者的情況下，把重心放在動作者就好。換句話說，也就是使用主動語態。

○ Smith *et al.* reported that Diels-Alder reactions might be accelerated by the application of pressure.
Smith 等人指出，壓力的應用可能可以使狄爾士—阿爾德反應加速。

○ We previously reported that Diels-Alder reactions might be accelerated by the application of pressure.
我們之前曾指出，壓力的應用可能可以使狄爾士—阿爾德反應加速。

○ This report describes the effect of pressure on Diels-Alder reactions.

這份報告描述壓力對狄爾士—阿爾德反應的影響。

○ The procedure comprises three steps, where the application of pressure is the final step.

這個過程包含三個步驟，其中壓力的應用是最後一個步驟。

○ The experiments involve applying ultra-high pressure to a small reaction volume.

這些實驗包括將超高壓力應用於小型的反應體積。

重心在動作者還是接受者。

32.8 謹慎使用 It 和 There

撰寫論文時，需注意 it 和 there 可能帶來的陷阱。以這兩個代名詞起始的句子，會讓人看不出究竟是要強調動作者或是接受者。此外，it 和 there 的用法常顯得累贅（請參考 Chapter 25），違反 Simple is best 原則。為避免這些情況發生，請寫作者務必檢視論文裡含有 It is/was、There is/was 及 There are/were 的句子。接著來看一下例句：

it 的陷阱

> ✗ <u>It was found</u> that the concentration and composition of the solution affect the reaction rate.

▶ 看不出 It 指的是何種研究，也不知道是誰發現這項效果，更不清楚發生的時間。

> ✗ <u>It was shown by</u> Smith *et al.* that the concentration and composition of the solution affect the reaction rate.

▶ 雖然知道發現者是誰，但依然不知 It 代表的意義，It was 仍然算是贅字。

> ○ Smith *et al.* (1990) showed that the concentration and composition of the solution affect reaction rates.
> Smith 等人（曾在 1990 年發表的論文）證實，溶液的濃度和組成會影響反應速率。

▶ 去掉贅字 It was，意義不變。為了強調動作者，所以使用主動語態 (...showed that...)。

○ The concentration and composition of the solution affect reaction rates (Smith *et al.* 1990).
溶液的濃度和組成會影響反應速率（Smith 等人於 1990 年發表的論文）。

▶ 強調動作者 The concentration and composition。

○ Reaction rates are affected by the concentration and composition of the solution (Smith *et al.* 1990).
反應速率會受到溶液的濃度和組成所影響（Smith 等人於 1990 年發表的論文）。

▶ 為了強調接受者 (Reaction rates)，所以使用被動語態。

there 的陷阱

✗ There were three factors that affected the reaction rate of the ring-closure reaction.

▶ 無法看出 There 代表的意義，也看不出全句重心。

○ Three factors affected the reaction rate of the ring-closure reaction.
三個因素影響關環反應的反應速率。

▶ 少了贅字 There were，意義不變。這句話強調的是動作者 (Three factors)。

○ Smith *et al.* (1990) showed that the ion concentration, pH, and temperature of the solution affect the rate of the ring-closure reaction.
Smith 等人（曾在 1990 年發表的論文中）證明，離子濃度、pH 值與溶液的溫度會影響關環反應的反應速率。

▶ 這句話強調的是動作者 (Smith *et al.*)。

○ The rate of the ring-closure reaction is affected by the ion concentration, pH, and temperature of the solution (Smith *et al.* 1990).
關環反應的反應速率受到離子濃度、pH 值與溶液溫度的影響（Smith 等人於 1990 年發表的論文）。

▶ 這句話強調的是接受者 The rate of the ring closure reaction。

32.9 第一人稱代名詞的探討

研究者在撰寫論文時，常會避免使用第一人稱代名詞 (I, we)，因為第一人稱給人不夠正式、過於主觀、或態度傲慢等觀感。不過，某些類型的文章反而需要使用第一人稱來突顯語意。近年來，多數論文期刊也有了共識，認為如果要強調內容，使用第一人稱 (I, we) 似乎也無傷大雅。美國化學學會 (ACS) 就認為使用第一人稱可確保「語意的明確」。

第一人稱代名詞通常用於以下情況：

- 句子前後立刻出現關於其他研究者的論述
- 為了強調進行動作 (action) 的動作者 (agent)，可以使用第一人稱代名詞

請看以下例句：

✗ A study was done on the effects of ion concentration and pH of the
solution on the reaction rate.

▶ 無法看出是誰在進行研究。

⭕ We studied the effects of ion concentration and pH of the solution on
the reaction rate.
我們針對溶液的離子濃度與 pH 值對反應速率的影響進行了研究。

✗ The fact that such processes are under stereoelectronic control has
been demonstrated by previous work in this area.

▶ The fact that 是贅詞 (waste word)，且無法看出 previous work 是由誰主導的。

⭕ Our work in this area demonstrates that such processes are under
stereoelectronic control.
我們在此領域的研究結果顯示此過程受立體電子效應的影響。

✗ Smith *et al.* (1990) studied the effects of concentration, and here the
effects of composition were studied.

▶ here 的意思不明確，不清楚誰在進行這項研究。

○ Smith *et al.* (1990) studied the effects of concentration, and we studied the effects of composition.

Smith 等人（曾在 1990 年發表的論文中）研究濃度的效應；我們則研究成分組成的效應。

○ We used STM to show that large osmium clusters are formed on the substrate.

我們使用掃描式穿隧顯微鏡證實表面產生大量的鋨簇。

應該有不少寫作者會認為以 I 為主詞的科學論文並不恰當。當然，使用第一人稱代名詞有必須遵守的規定。例如 I 只能用在當研究者單獨進行研究，或論文作者只有一人時，而 we 則不可用於研究者只有一人時。

○ I studied the effects of ultrasound on the reaction rate of homogeneous hydrogenation catalysts.

我研究超音波對均質加氫觸媒的反應速率之影響。

○ I demonstrated in 1993 that the preferred configuration of the large B-ring contained a *trans*-olefinic bond.

我於 1993 年提出含有反式烯烴鍵的大 B 環之穩定結構。

撰寫論文時，請記得 Robert A. Day 說過的一句話：

Friends, it is not egotistical to say "I" or "we". It is simply stupid not to.
（吾友，說「我」或「我們」並不表示自負，不講的話反而更顯愚蠢。）

(Robert A. Day, *Scientific English: A Guide for Scientists and Other Professionals*, Oryx Press (1992))

32.10 從屬子句的語態

上述的句子都是單一動作 (a single action)、單一動作者 (a single agent) 以及單一接受者 (a single recipient) 的例子。然而，大部分的句子常常都包含好幾個從屬子句，而且其中擁有各自的動作、動作者及接受者。我們來看以下的例子：

○ Smith *et al.* (1990) showed that composition affects reaction rates.
Smith 等人（曾在 1990 年發表的論文）證實成分影響反應速率。

動作為 showed，動作者為 Smith *et al.*，接受者則是子句 composition affects reaction rates。至於子句裡的動作是 affects，動作者為 composition，接受者則是 reaction rates。如果要強調子句裡的 reaction rates，可以改為下面的說法。

○ Smith *et al.* (1990) showed that reaction rates are affected by composition.
Smith 等人（曾在 1990 年發表的論文）證實反應速率受到成分的影響。

上述例句裡，因為要強調動作者，整句話就以主動語態表現。但是在從屬子句裡要強調的是接受者 reaction rates，所以子句採用的是被動語態。本章所述有關主動語態和被動語態的原則也適用於從屬子句。

32.11 本章整理

　　研究者在撰寫論文時，必須明確表達研究方向與強調的重點。若能正確使用主動語態、被動語態以及人稱，便可將論文要旨正確傳達給讀者。下筆時，請確認以下兩點：

- 強調動作者時使用主動語態。當接受者明顯為全句的重心或動作者不須特別強調或不明確時，就要突顯接受者，使用被動語態
- 當語意明確，特別是研究者欲探討自己與他人的研究成果時，可使用第一人稱代名詞 (I, we)

使用正確的時態

33.1 正確的時態有助於讀者理解論文

很多寫作者不太在意論文的時態，但其實科學論文的時態相當重要。透過時態，讀者可得知研究的正確時間點。時態可幫助讀者了解：

- 現在的研究結果與過去的研究結果
- 目前確實無誤的資訊和已改變的資訊（如下例）

> In the middle ages people believed the earth was flat, but Columbus showed that the earth is round.
> 中古世紀人們認為地球是平的，然而哥倫布證實了地球是圓的。

- 現在的研究結果、結論或假設
- 過去的行為、原理或經驗法則

若時態不正確，讀者很可能會誤解寫作者所進行的研究，甚至導致論文被退件的命運。要讓讀者正確理解寫作者的研究主題，時態的運用扮演著相當重要的關鍵，尤其是過去式與現在式的使用。雖然科學論文比較常用的時態僅有過去式與現在式兩種，但寫作者卻還是常常搞不清楚正確的使用時機。所以本章將具體說明現在式與過去式的使用時機與方法。請注意，雖然這兩種時態普遍適用於各領域的科學論文，但也有例外。

33.2 過去式 vs. 現在式

　　一般而言，過去式用來描述過去特定的動作 (action) 或存在於過去的狀態 (state)，現在式則說明現在發生的動作或目前存在的狀態。接下來就透過更詳細的解釋，看看過去式和現在式的使用時機與方法。

33.3 過去式的使用時機

　　過去式通常用於描述以下情形：

- 描述目前研究中所使用的實驗方法 (method)、器具或材料 (material)
- 描述目前的研究結果
- 描述其他研究或研究者

以下一一舉例說明：

實驗方法、器具或材料

　　實驗方法、材料、操作條件、實驗條件、假設或決定等都屬於已經進行過的動作，所以要用過去式。我們來看看下面的例句：

> ✖ Atomic force microscopy (AFM) <u>is</u> used to image the surface morphology of the crystals.

▶ 例句中使用現在式 is，這樣會讓讀者搞不清楚寫作者是在描述已發表的研究結果，或只是在敘述普遍存在的理論。此外，也很難知道這項說明是針對現在的研究或過去發表的研究，更無法得知 AFM 的使用是不是普遍的情況。

○ Atomic force microscopy (AFM) was used to image the surface morphology of the crystals.

使用原子力顯微鏡觀察結晶體的表面型態。

○ We used atomic force microscopy (AFM) to image the surface morphology of the crystals.

我們使用原子力顯微鏡觀察結晶體的表面型態。

▶ 改成過去式後，代表寫作者描述的是研究過程中的步驟。另外，第一個例句把 Atomic force microscopy (AFM) 放在句首，強調實驗方法；第二個例句把 We 放在句首，強調的是實驗進行者。

研究結果

描述研究結果時應該使用過去式，因為得到結果是過去發生的事。論文在尚未於 peer-review journal（同儕審查期刊）發表前，不被視為已確認的知識。關於研究結果的時態，Robert A. Day 在 *How to Write and Publish a Scientific Paper*, 5th ed., Oryx Press (1998) 一書中提出這樣的看法：

研究結果是過去行為的串連。

Your own present work must be referred to in the past tense. Your work is not presumed to be established knowledge until after it has been published.

（研究必須以過去式表示。在出版之前，研究不應被視爲已確立的知識。）

> ✕ The reaction rate <u>is</u> stable when the temperature <u>is</u> less than 25℃.

▶ 使用現在式 is 是表示該理論為普遍接受的事實。若用於發表自己的研究結果，會讓讀者搞不清這是寫作者發表的結果還是既有的理論。

> ○ The reaction rate was stable when the temperature was less than 25℃.
> 溫度低於攝氏 25 度時，反應速率呈現穩定狀態。

▶ 句中使用過去式，可知寫作者描述的是個人得到的研究結果。

> ○ The reaction rate is stable when the temperature is less than 25℃ (Perry *et al.*, 1997).
> 溫度低於攝氏 25 度時，反應速率呈現穩定狀態（Perry 等人於 1997 年發表的論文）。

▶ 然而，若此句是作為引用文獻，就要使用現在式。句中強調的是 reaction rate。

> ○ Perry *et al.* (1997) reported that the reaction rate is stable when the temperature is less than 25℃.
> Perry 等人（曾在 1997 年發表的論文中）表示當溫度低於攝氏 25 度時，反應速率呈現穩定狀態。

▶ 這是另一種以現在式描述引用文獻（Perry 等人的報告）的方式。本句強調的是研究者 (Perry *et al.*)。

其他研究或研究者

　　描述其他研究或研究者時，也要使用過去式，以表示某位研究者於過去某段時間發表了研究。然而，若描述的是已經確立的知識，則要用現在式，表示描述的是一個既有的事實。

✕ Jones (1987) <u>states</u> that particle concentration in the lower atmosphere <u>is</u> independent of waste incineration.

◯ Jones (1987) stated that particle concentration in the lower atmosphere is independent of waste incineration.

Jones（曾在 1987 年發表的論文中）表示，對流層中的粒子濃度與廢棄物焚化沒有關係。

▶ 使用過去式 stated，表示 Jones 曾在 1987 年發表報告。而現在式動詞 is，則表示該結果是其領域公認的事實，屬於一種既定的知識。

33.4 現在式的使用時機

　　現在式通常用於描述以下情形：

- 原理或已確立的知識
- 圖表說明
- 算式和數值的分析
- 實驗器材和操作程序
- 計算結果和統計分析
- 結論和假設

我們一項一項說明。

原理或已確立的知識

描述原理或已確立的知識時，通常會用現在式。Robert A. Day 曾於書中表示：

When a scientific paper has been validly published in a primary journal, it thereby becomes knowledge. Therefore, whenever you quote previously published work, ethics requires you to treat that work with respect. You do this by using the present tense.

（當一篇科學論文刊登在期刊之後，該研究就變成為既定的知識。因此在引用任何已出版的論文時，應謹記學術倫理，引用時採用現在式，表示對該項研究的尊重。）

> ✗ Einstein <u>stated</u> that mass <u>was</u> converted to energy.

▶ 使用過去式 stated 代表此結果是愛因斯坦過去提出的。但使用過去式 was 則會讓人誤以為 conversion of mass to energy 此事實在過去是正確的，但現在卻已不正確。

O Einstein stated that mass is converted to energy.
愛因斯坦表示，質量可轉換成能量。

▶ 因為 conversion of mass to energy 如今仍是既定的事實，所以動詞使用現在式 is。

✗ Columbus showed that the earth was round.

▶ 理由同前所述，如果使用過去式 was，會讓人誤以為地球曾經是圓的，而現在不是。

O In ancient times, people believed that the earth was flat, but Columbus showed that the earth is round.
過去，人們認為地球是平的，但哥倫布證實地球是圓的。

▶ the earth was flat 代表一個不再是事實的理論，所以動詞使用過去式 was。
而 the earth is round 描述的是一個既定的事實，所以動詞使用現在式 is。

✗ An applied force caused an equal and opposite reaction.

O An applied force causes an equal and opposite reaction.
作用力會有一相等的反作用力。

▶ 使用現在式，代表這項敘述是一個既定的事實。

✖ *S. everycolor* <u>is</u> most susceptible to streptomycin at pH 8.2, whereas *S. nocolor* <u>is</u> most susceptible at pH 7.6 (Perry *et al.*, 1973).

▶ 描述已確立的知識時（由 Perry 等人進行的研究），動詞可以使用現在式 is，但第一個子句的時態有誤。

○ *S. everycolor* was most susceptible to streptomycin at pH 8.2, whereas *S. nocolor* is most susceptible at pH 7.6 (Perry *et al.*, 1973).
（Perry 等人於 1973 年發表的論文提出）*S. everycolor* 於鏈黴素 pH 值 8.2 時最易受影響，而 *S. nocolor* 在 pH 值 7.6 時最易受影響。

▶ 句中同時出現過去式與現在式。逗點之前的動詞是過去式 was，表示描述的是目前的研究；逗點之後使用現在式 is，表示引用文獻資料。

圖表說明

描述論文中的圖表時，使用現在式。

✖ Figure 1 <u>showed</u> the dependence of reaction rates on the concentration of A.

○ Figure 1 shows the dependence of reaction rates on the concentration of A.
圖一顯示，反應速率取決於 A 物質的濃度。

▶ 提到論文中的圖表，動詞用現在式 shows。

○ Figure 1 shows that the reaction rates increased with increasing concentration of A.

圖一顯示，A 物質的濃度愈高，反應速率就愈快。

▶ 提到論文中的圖表，動詞用現在式 shows。另外，過去式 increased 則代表這項結果是過去得到的。

算式和數值的分析以及實驗器材和操作程序

　　描述計算過程、實驗器材、操作程序或分析數值的意義時，時態要用現在式。但如果重點在於描述過去某個時段得到的結果、假設或實驗的條件時，時態要使用過去式。

✘ We <u>developed</u> an SEM that <u>used</u> higher electron density to increase resolution.

▶ SEM 是過去研發的，所以動詞用過去式 developed。但使用過去式動詞 used 會讓人解讀成現今如果要提高解析度就不用提高電子密度了。

○ We developed an SEM that uses higher electron density to increase resolution.

我們發展出一種掃瞄式電子顯微鏡，利用較高的電子密度來提高解析度。

▶ SEM 使用較高電子密度以提高解析度至今依然是既定的事實，所以動詞使用現在式 uses。

○ We developed an SEM that uses higher electron density to increase resolution. When the SEM was operated at a low voltage, the resolution was improved.

我們發展出一種掃瞄式電子顯微鏡，利用較高的電子密度來提高解析度。當該顯微鏡在低伏特電量狀態下運作時，解析度提高了。

▶ 第二個句子描述的是過去操作的條件與結果，所以使用過去式動詞 was。

✕ When we substituted A in Eq. (1) with Eq. (2) we formed the following relationship between A and B.

○ Substituting A in Eq. (1) with Eq. (2) yields the following relationship between A and B.

將算式二代入算式一中的 A，可得到以下 A 和 B 的關係。

○ Equation (3) contains a source term for the particle formation rate. We used the theory of Smith *et al.* to represent this source term.

算式三包含粒子形成速度的源項。我們以 Smith 等人的理論來表示此源項。

▶ 因為重點在於描述當初的操作程序，所以動詞使用過去式 used。

計算結果和統計分析

描述計算結果和統計分析時，時態要用現在式。

> ✗ The values for males <u>were</u> significantly greater than those for females of the same age.

> ○ The values for males are significantly greater than those for females of the same age.
> 男性的數值遠高於同齡女性的數值。

結論和假設

描述結論和假設時，時態要用現在式。

> ✗ From our results, we <u>concluded</u> that reaction rates <u>increased</u> with increasing temperature.

> ○ From our results, we conclude that reaction rates increase with increasing temperature.
> 從實驗結果我們得出以下結論：溫度愈高，反應速率愈快。

▶ 使用現在式 conclude 是正確的，代表寫作者提出了結論（寫作者獲得結論雖然是過去的事情，但對正在閱讀的讀者而言，並不是過去的事情）。另外，寫作者為了表示對結果深具信心，認為是可被普遍接受的事實，所以動詞使用現在式 increase。

✕ Our hypothesis <u>is</u> that gas temperature <u>affected</u> particle formation rates.

○ Our hypothesis is that gas temperature affects particle formation rates.
我們的假設是，氣體溫度會影響粒子的形成速率。

▶ 如果寫作者在完成研究、得到結果之後提出結論，就要使用現在式 is。而現在式 affects 則代表所得結果是既定的事實，即使實驗重新進行也不會改變結果。

關於論文各章節 (section) 的時態應用，請參考圖 33.1。

圖 33.1 論文各章節的時態應用

論文章節	主要時態	次要時態	描述內容
Abstract	現在式		參考文獻、廣為接受的知識、研究者的結論和假設
		過去式	研究者進行過的研究和觀測
Introduction	現在式		參考文獻或廣為接受的知識
		過去式	研究者進行過的研究
Methods	過去式		研究者進行過的研究
		現在式	算式、數值的分析和實驗器材
Results		過去式	研究者的觀察
Discussion	現在式		參考文獻、廣為接受的知識、研究者的結論和假設
		過去式	研究者的發現

注意

　　動詞時態不論在論文的 section、段落或句子中都相當重要，若能參考圖 33.1，選擇適當的時態，讀者就能夠迅速並確實地掌握寫作者想表達的重點。

33.5　本章整理

　　寫作者在描述自己的研究和他人的研究時，必須特別留意時態的使用。選擇正確的時態，有助於讀者對論文的了解。撰寫時，若對時態的選擇感到疑惑，可參考本章的介紹以釐清觀念。

33.6　實戰篇整理

　　一直到研究發表前，研究者可說沒有卸下研究工作的一天。全球化的社會中，意味著研究者必須透過英文發表論文或報告。為了讓研究者更精準掌握英文論文寫作的方法，本書的 Part 1～Part 4 介紹了撰寫英文論文的基本知識、常用文法、用字遣詞、以及提高寫作效率的方式；Part 5 則以英文例句，介紹各種有關文法和句型的常犯錯誤，以避免寫作者掉入英文寫作的陷阱。最後，本書特別將寫作時的注意事項集結成「Quick Reference－科學論文寫作 10 大要訣」，置於本書最後，希望在讀者寫作時能提供即時的幫助。（可以剪下來做成隨身攜帶的小卡。不過詳細的內容還是要參考各章的說明。）

　　最後，再強調一次「科學論文寫作 10 大要訣」的三項基本原則：

1. 站在讀者的角度書寫

2. 遵循 Simple is best 原則

3. 清楚的文章結構（包括流暢度與一致性）

寫作時若能掌握科學論文寫作 10 大要訣及三項基本原則，即使文法上不盡完美，也能寫出一篇讓讀者容易理解並獲得投稿單位青睞的論文。

英語用字一覽表

索引

Quick Reference
科學論文寫作 10 大要訣

1. 確實傳達研究目的

依循 Issue-Need-Solution (INS) 三步驟，站在讀者的角度來設想問題 (Issue)、思考研究的必要性 (Need) 及解決之道 (Solution)。詳細內容請參考 Chapter 24。

☐ 當前研究領域裡的議題 (Issue)

提出當前研究領域的論點或問題，或直接切入問題核心，說明該項問題的重要性（回答讀者「研究的理由」）。

☐ 特定的需求 (Need)

為解決當前的議題或情況，指出目前尚缺乏何者技術與知識（回答讀者「研究的重心」）。

☐ 解決之道 (Solution)

針對特定的問題或需求，找出解決之道（回答讀者「如何解決問題」）。

2. 遵循 Simple is best 原則

Simple is best 原則的三個要點包括適切的單字 (word)、明確的字詞 (phrase) 以及精簡的句子 (sentence)。詳細內容請參考 Chapter 25。

☐ 刪除贅字

盡量使用簡單易懂的字詞。例如以 to 和 because 取代 in order to 和 for the reason that。

☐ 替換語意不清的字詞

將 high temperature 等語意不清的片語加以量化、用明確的數據表達，例如 650℃。

☐ 拆解複雜的長句

一個句子描述一個事件。冗長複雜的句子會增加讀者閱讀上的負擔，因此要盡可能精簡，傳達正確的語意。

3. 標題簡明扼要

標題是全篇論文最容易被讀者注意到的部分，因此必須在此表明研究重點。此外，標題要盡可能用最精簡的字數表達論文的要旨。訂定標題包括以下三個步驟。詳細內容請參考 Chapter 26。

- ☐ Step 1：挑選符合論文主題的關鍵字
- ☐ Step 2：依序列出並決定論文標題需要的字彙和片語
- ☐ Step 3：遵循 Simple is best 原則，使標題簡潔

4. 避免容易產生誤解的字詞

寫作時要避免使用容易產生誤解的字詞。以下列出論文寫作時誤用頻率較高的 10 組詞彙。詳細內容請參考 Chapter 27。

- ☐ since vs. because
- ☐ that vs. which
- ☐ affect vs. effect
- ☐ while vs. whereas
- ☐ fewer vs. less
- ☐ number vs. amount
- ☐ over vs. more than
- ☐ varying vs. various
- ☐ respectively vs. separately
- ☐ and/or

5. 論文須符合一致性

確認以下項目是否符合一致性。詳細內容請參考 Chapter 28。

- ☐ 論文格式　符合標準格式（IMRAD 或投稿規定）
- ☐ 時態　動詞時態切合文章敘述
- ☐ 段落的結構　包括主題句、發展句及連接語
- ☐ 用語　字彙和片語的格式是否統一，同一件事是否以不同用語表示
- ☐ 內文、圖表和表格　包括縱軸、橫軸的說明，編號、記號、格式或用語等是否一致
- ☐ 清單　各項目的格式一致（符合平行結構，例如量詞對量詞、形容詞對形容詞）
- ☐ 結果的比較　結果和結果之間的比較需符合平行結構
- ☐ 縮寫、頭字語和記號　統一縮寫、頭字語和記號的用法
- ☐ 拼法　拼字統一為英式或美式

6. 運用平行結構

科學論文裡主要有四個部分會運用到平行結構。詳細內容請參考 Chapter 29。

- ☐ 論文架構　Introduction, Methods & Materials, Results, Discussion 的各 section 是否運用了平行結構
- ☐ 清單　清單當中各項目的形式統一（例如格式、數據、詞性等一致性）
- ☐ 實驗方法的描述　描述實驗方法的各項目時，常採用平行結構
- ☐ 比較或對照　進行比較或對照時，必須採用相同的文法結構

7. 一個段落一個主題

段落須具備單一性與連續性兩項特徵。意指段落由一個主題（topic 和 idea）構成，並且採用若干句子描述主題，使文章更加條理分明。論文各段落若要具備單一性和連續性，以下是三個不可或缺的部分。詳細內容請參考 Chapter 30。

- ☐ Topic sentence(s)：以首句或之後的句子導入主題
- ☐ Support sentences：鋪陳並說明 topic sentence(s)
- ☐ Link words：連結數個 support sentences 的連接語（例如 therefore, then）

8. 確立基本關係

Action-Result, Result-Reason, Reason-Knowledge 是論文內容的三種基本關係，可看出句子之間的關聯性。掌握以下五項祕訣，以寫出條理清楚又簡潔的論文。詳細內容請參考 Chapter 31。

- ☐ 祕訣 1：將強調的事情置於文章開頭
- ☐ 祕訣 2：實驗條件要放在適合的位置（如果實驗條件的說明文字較短，可放在開頭）
- ☐ 祕訣 3：使用適當的時態
- ☐ 祕訣 4：注意平行的文章結構，以及用字的一致性
- ☐ 祕訣 5：遵守 Simple is best 原則

9. 使用適當的動詞語態和人稱

撰寫論文時，依據內容使用適當的動詞語態（主動或被動語態）和人稱（第一或第三人稱），正確傳達研究的定位及重點。以下是兩點注意事項。詳細內容請參考 Chapter 32。

☐ 強調動作者時使用主動語態。當接受者明顯為全句的重心或動作者不須特別強調或不明確時，就要突顯接受者，使用被動語態

☐ 當語意明確，特別是研究者欲探討自己與他人的研究成果時，可使用第一人稱代名詞 (I, we)

10. 使用正確的時態

究竟是現在的研究結果或過去的研究結果？是目前仍確實無誤的資訊或已不適用的資訊？是現在的研究結果、結論或假設？還是過去的行為、原理或經驗法則？科學論文的時態通常只有現在式或過去式。以下為使用的基準。詳細內容請參考 Chapter 33。

過去式 描述過去從事的某種行為或曾存在的狀態

☐ 實驗方法、器具或材料　　　☐ 其他研究或研究者
☐ 研究結果

現在式 描述目前發生的行為或既定的狀態

☐ 原理或已確立的知識　　　☐ 實驗器材和操作程序
☐ 圖表說明　　　　　　　　☐ 計算結果和統計分析
☐ 算式和數值的分析　　　　☐ 結論和假設

國家圖書館出版品預行編目資料

理科英文論文寫作 / Robert M. Lewis, Nancy L. Whitby,
　　Evan R. Whitby 作；劉華珍, 李珮華譯 -- 初版. -- 臺北市：
　　眾文圖書, 民97. 12
　　面： 公分

ISBN 978-957-532-363-9（平裝）

1. 英語　2. 科學　3. 論文寫作法

805.175　　　　　　　　　　　　　　　　97022827

定價 350 元

理科英文論文寫作

2011 年 2 月　初版二刷

作　　者	Robert M. Lewis
	Nancy L. Whitby
	Evan R. Whitby
繪　　者	竹谷晶子
譯　　者	劉華珍・李珮華
英文校閱	Judd Piggott
校　　閱	劉耕硯
主　　編	陳瑠琍
編　　輯	黃炯睿
美術設計	嚴國綸
發 行 人	黃建和
發 行 所	眾文圖書股份有限公司
	台北市重慶南路一段 9 號
網路書店	http://www.jwbooks.com.tw
電　　話	(02) 2311-8168
傳　　真	(02) 2311-9683
劃撥帳號	01048805

科学者・技術者のための英語論文の書き方 (Technical Writing for Scientists and Engineers)
© Robert M. Lewis / Nancy L. Whitby / Evan R. Whitby 2004. Originally published in Japan
in 2004 by TOKYO KAGAKU DOZIN CO., LTD. Chinese translation rights arranged through
TOHAN CORPORATION, TOKYO, and Keio Cultural Enterprise Co., Ltd.

局版台業字第 1593 號　　　　　　　　　　　　　　版權所有・請勿翻印

本書若有缺頁、破損或裝訂錯誤，請寄回下列地址更換。
新北市 23145 新店區寶橋路 235 巷 6 弄 2 號 4 樓